且歌
远行处

孙源 著

浙江工商大学出版社

图书在版编目(CIP)数据

且歌远行处 / 孙源著. —杭州：浙江工商大学出版社，2018.7

ISBN 978-7-5178-2780-1

Ⅰ. ①且… Ⅱ. ①孙… Ⅲ. ①游记－作品集－中国－当代 Ⅳ. ①I267.4

中国版本图书馆 CIP 数据核字(2018)第 120984 号

且歌远行处

孙　源　著

责任编辑	沈明珠　姚　媛
封面设计	林朦朦
责任印制	包建辉
出版发行	浙江工商大学出版社
	（杭州市教工路 198 号　邮政编码 310012）
	（E-mail：zjgsupress@163.com）
	（网址：http://www.zjgsupress.com）
	电话：0571-88904980，88831806（传真）
排　　版	杭州朝曦图文设计有限公司
印　　刷	杭州半山印刷有限公司
开　　本	710mm×1000mm　1/16
印　　张	23
字　　数	258 千
版印次	2018 年 7 月第 1 版　2018 年 7 月第 1 次印刷
书　　号	ISBN 978-7-5178-2780-1
定　　价	52.00 元

行走:抵抗虚无

拿到孙源先生的这本关于行走的书稿时,我倏地想到了很多年前,读到辽宁作家刘元举在《西部生命》里写的一段话:"不知怎么活着活着就感到没意思了。没有兴奋,没有忧伤,就连欲望都在一点一点地消失。似乎唯一有意义的,就是行走。"

显然,刘元举的行走苍凉磅礴,像是对城市文明的逃逸;而孙源先生的行走似乎截然不同,温情疏淡,似是在有意去拥抱一个个异乡。然而,我很直接地,感觉到两者迥然的文字背后,有相通的东西。但,一时又说不上,究竟是什么。

结识孙源先生,得益于中文系学弟李臻颖的引见。臻颖如是向我介绍孙先生:"我的中学语文老师,亦是如今的莫逆好友;思想沉潜有忧患,却性情豪迈善饮酒;语文课堂诙谐有趣,如今在某中学任书记。"这样的描述,是带给我想象和期待的——是个真文人,摸爬俗世里——这便是我对他最早的印象。这也许也是我在这部书稿里,看到了些许隐秘的矛盾的缘由。

孙先生书写记录的是自己的行走。他笔下的有些地方,我同样去过且熟悉,有些地方,我未曾到过,却也向往。行走记游的文字,我们读过不少了,或冠以文化的审视,或标榜灵魂的自赎,或大掉其书袋,或深究其根源。总而言之,自然的少,造作的多。所以,读孙先生的书稿时,我感觉到的第一点便是自然。平实的文字里,并不企图刻意渲染和塑造什么,就是一场场出行,而且充满人间烟火气,大多是家人度假,甚至有些是出差之所。他没有特地去放大一个地方的文化内涵,甚至在有些篇章里不厌其烦地在记录路途的拥堵,当地的吃住这些琐事。这恰恰是种好处,在这样的文字里,我们首先读到是如自己的大多数出行一般的体验。

但是,这部书也绝不简单地只是记录旅途,我们依然读到了别的:比如在居庸关上对儿子成长的观察,比如对温州在经济大潮后的文化缺失的思索,比如在徽州大地上兴起的关于历史的慨叹,比如深入青川后对灾难和感恩的体悟,甚至是在去大别山的高速上对制度的反省。所以,透过文字,我读到了包裹在人间烟火气里的一颗剔透而敏感的文心。文心不难得,甘于不露痕迹地潜藏在一团烟火气中,就不容易了。老子说"和光同尘",也不过是这层意思吧。

由于书稿的篇章,都标注了时间,我注意到了一个有趣的现象:孙先生的这部书是越写越重的。不光是篇幅、主题的重,也是背后思想、怀抱的重。成文于前的篇章想来初衷只是记录和游戏之作,写着写着,他便认真起来,越到后来的记录越严肃深入。我想,他是做了不少功课的。就像我们系的一位老先生经常倡导的,出行前必先读目的地的地方志,以期纵横全盘地了解。这大概也是文字的妙用,当我们将经历见闻诉诸白纸黑字时,文字又经常反过来促进我们的思想态度,让我们变得庄重起来。

孙先生正值不惑之年。对于一个男人,这是最好的年纪,也是最坏的年纪。好在可以假装不惑,坏在惑而不能言。在我看来,所谓的"惑"是诗性的，所以好像经常专属于青春芳华。而"不惑"，在散淡从容之外，也往往意味着诗性的丢失。好在，在这部书里，我还是隐隐读到了孙先生真诚的"惑"。这大概也是他记录行走的意义。

20世纪90年代的中国，精神的物化打碎了知识分子的人文梦想。这种"日常生活中的诗性消解"，反映在文学上，便是成批量生产的小女人散文、小男人散文，还有吃喝拉撒、养猫养狗的名人随笔。文人的自嘲、自戕，在这种背景下已在所难免。偶尔跳出来的几句鲁迅式的呐喊，也只换来大家迟钝的眨眼，最后变成光天化日下的一道尴尬。

"是个真文人，摸爬俗世里"，回到我的第一印象。烟火气的书写，却掩不住吉光片羽的虔诚文人气。正如行走，我们去异乡，暂别包裹着自己的人事，但终要返程，回到一团烟火气。

是的，行走，某种意义上，可以抵抗掉些虚无。

金锐于北大燕园

2018-02-12

自　序

孔子曰："四十而不惑。"

我恰好就站在四十的门槛上,然而离不惑依然很遥远。

一路走来,我已从牙牙学语的儿童变作两鬓微霜的中年。匆匆前行里,舍不得停下脚步欣赏路边的风景。二十岁前,懵懂的我苦读圣贤书,一心只想着寒窗十年杀出一条过独木桥的血路;二十岁后,踯躅在社会这片茫茫大海里,躲藏在风雨飘摇的象牙塔中,埋头工作,颠簸前行,偶尔一抬头,便是一阵浪急风高,以致猝然呛水。

恍惚之间,便到了四十。不再有"为赋新词强说愁"的青葱,也失去了"踏破贺兰山缺"的豪情,更没有了"山登绝顶我为峰"的轻狂,曾经分明的棱角在社会的熔炉里渐渐失去了锋芒,时间也如淙淙流水般洗去青春年华,中年的痕迹悄无声息便爬上了发际眉间。偶尔"聊发少年狂""昨夜一晌酒酣"后换得上吐下泻,头昏脑涨,"沉醉不知归路"。一通"红颜易老,韶华易逝"的感慨换不回逝去的岁月。

人生的路上,并不只有阳光与鲜花,风和日丽、欢声笑语固然为世人所爱,然而正如东坡所说的"人有悲欢离合,月有阴晴圆缺"。泥泞的小路,陡峭的山峰,阴沉的天空,寂寞的黑夜,却也常常伴随左右。

困苦常常令人迷失前行的方向,平淡的生活也会侵蚀人的信念,突如其来的灾难更会消沉人的意志。芸芸众生,都会捡拾起自己的盾牌或消极或积极地应对。有的呼朋引伴醉生梦死,有的聚徒相悦通宵达旦,有的长吁短叹悲天悯人,也有人或心安神宁坦然处之,或豪气冲霄一笑了之,或意高境远无形化之。

而我,选择读书。求学的年代,看书更多是为求知,为打开一扇扇神秘的门扉。如今,看书更多是在喧嚣的尘世里寻找一份宁静,让为烦事冗务所困顿的心灵摆脱桎梏,在熙熙而来攘攘而去的浮躁人海里放慢自己的脚步,在空虚茫然的时候寻找精神的家园。

(一)

东坡说"腹有诗书气自华",我当然不敢自比。但是书,却让我静下来的心灵开始思考人生的意义。

我无数次质问自己:人生的真谛是什么?是处心积虑地追逐功名,是贪得无厌地掠夺财富,是潇洒放手不理人间俗事,还是看透世态炎凉封闭自己的内心?

我曾经也深陷其中不能自拔,曾两耳不闻窗外事,埋头苦干唯命是从;也曾心灰意冷、愤世嫉俗,大叹时不利我。

铅华洗尽,棱角渐圆,蓦然低首,发现这都不是我想追求的自我。我做不到陶渊明的飘然世外,不问世事却食不果腹;也做不到如嵇康般冷眼看人间,放浪任为终身首异处;更没有杜子美身居茅屋仍心系苍生的胸怀。

中国的儒家自古以来崇尚"修身齐家治国平天下",这是儒者至高的大道。我知道自己的斤两，"治国平天下"过于遥远，但是"修身齐家"却是我能达到，也应该达到的境界。

于是，我从对外界的关注与追求回归自我的沉淀与审视，我从对工作的狂热回归对家人温情的陪伴，也从觥筹交错里解脱出来，换得片刻的心宁。这份沉淀与审视，这份陪伴与心宁，便来自于书籍的熏陶。随着年龄的增长，阅历的加深，人情的咀嚼，我也不再只是一味地汲取书本中的知识与论调，而是学会了常常反思，时时求证，换位思考，依理求情；也懂得了看待人或事或物，总要放进沧海横流的历史中，设身处地地想想，曾经不知所以的人生百态似乎也就豁然而解了。

书似乎给了我答案，然而仅仅靠书依然不能满足我的精神世界。静止的文字固然能够跨越时空的阻隔，先贤的光辉依然能够渗入今人的内心，然而很多时候，失去了薄纸背后滋长文字的沃土的支撑，便很难感受文字的本义。张志和笔下的"斜风细雨不须归"曾让我赞叹不已，为诗人的悠然世外乐而忘返所吸引。偶然的一次机会，我路过一座村庄，村中树木枝繁叶茂，突遇绵绵细雨，只听得沙沙的雨声打在枝头，身上却点滴未湿，幡然有悟：即便是山野农夫，在如此斜风细雨里也不需要匆匆而归，张志和的诗纯属写实，无关浪漫，单一的文字，有时候会误导读者的感受。

我曾感慨一代先哲王阳明的人生，尤其是透过对"知行合一"的理解和领悟，我终于在早过而立的年龄接触到了这位圣人，这位早已名彻海外数百年的大儒在漫长的岁月里却被人为制造的厚厚尘埃所遮掩，不啻是种遗憾。我也对圣人悟道的龙场充满好奇，当我踏入贵州，抵达龙场，我便完全理解为什么是龙场打开了圣人哲学的顿悟之门。

当然,更多时候是惊诧于各地那迥异的风光,以及浓厚的人文底蕴。或是塞北的大漠孤烟长河落日,或是徽州的潇潇雨歇飞梁画栋,或是飞瀑的声震如雷,或是山川的险峻奇秀,或是龙脊惊叹人力伟大的梯田,或是西江沉醉繁星落地的苗寨,无不让我流连忘返。

古人说:"读万卷书,行万里路。"至理名言。我也便想着抬起头来,看一看这个丰富的世界。

(二)

旅行是什么?是一次对现实的逃避,还是一次心灵的洗涤?抑或是人生的一次成长、一次极限的挑战?

或卷或舒,或晴空一痕,或暗色漫天,那是云的旅行。

或低声呜咽,或长啸怒号,或清新拂面,或丝丝小语,那是风的旅行。

那么,我的旅行是什么?

没有人能告诉我答案。

二十年前,我们的旅行只是为了奔赴景点,一路奔波,啃个面包,嚼个茶叶蛋,也无怨言。鲜有出门机会的我们小心谨慎地跟在导游的身后,生怕在陌生的城市迷失了自己,用心听着导游的讲解,填补未曾经历的空缺。

十年前,单位旅游成了常态,在商业化的膨胀下,我们拿着低廉的团队价,吃着难咽的团队餐,还要时不时忍受购物诱导,偶尔伴着导游的脸色,虽然航空的发展让我们走得更远,可是旅行的初衷却迷失了。

如今,多元社会催生了多元的旅行,或穷游,或包团,或自驾,或自由行,在不同年龄不同景区,总有一款适合自己的方式。

如今,更多人旅行不愿受到羁绊;寻找风景,也不再愿意拘泥于传统的景点;放开眼量,真正的风景恰恰在路上。

我们的旅行,应该是对美景的憧憬,对美食的尝试,对自由的向往,是游览平时很难企及的城市,是探寻跟团时被忽略不计的美景,是前往经受身心的磨炼方能抵达的彼岸,是进入曾经走过便永生难忘的梦境。

人生就是不断地行走。有人说:"身体和思想,总要有一个在路上。"我曾经深以为然。

于是,我不断用延伸的脚步丈量自己的人生,用不同的方式去触摸世界的真实与精彩。深入青川灾区,我亲眼看见了残垣断壁、移山走石,触目灾难的恐怖;登临龙脊梯田,惊叹于自然之雄奇,人类之伟大。夏攀长城,在淋漓大汗里我体会了"不到长城非好汉"的豪情;冬爬泰山,于刺骨寒风中领略"千树万树梨花开"的绝美……

一言难尽。我惊叹于自然的鬼斧神工,感叹于人类的沧海一粟。常常沉醉于各色的美景而不知归去,忘却了自己的形骸,停滞了自己的思维,只是奢望时间静止在当下,身心化为烟雾,消融在各色绝美的景里。

可是人在旅途,仅仅是为了身体的行走与心灵的放松吗?且行且思,我似乎又有了新的想法。

旅行,不仅仅是身心的放松,也应是思想的践行、文化的积淀,更应是人性的修行。既是满足心灵对未知世界的探索,更是对自己价值体系的修正和完善。

旅行,是一种陪伴。十年的经历,让我渐渐厌倦了团队出行的掣肘,更愿意带着自己的初心追求向往的终点。我喜欢携家而往,选择心所向往的风景,或急或慢,无须顾虑他人的感受,旅行,也会变得纯粹。那是在私密空间里亲情的积淀与发酵,是摆脱了尘世纷扰后真正的交流与陪伴。

旅行,是一种成长。总觉得集全家宠爱于一身的孩子过于娇气,然而一次次的旅行,却让我看到了孩子的变化,无论是烈日下登长城,还是寒冬里上泰山,抑或是贵州小七孔外极差的民宿,饥肠辘辘时的一碗方便面草草了事,孩子总能乐观地面对,咬着牙坚持,时不时还能为我们做事服务,主动地和外界沟通,有小伙伴的时候还能互相帮助支持。这份变化,归功于旅行。而我,也在一次次自驾游和自由行里,自己充当着从导游、地陪到司机甚至粗杂重活都包揽等各种角色,不断培养自己周全细密的思考,果断坚决的行事,充沛忍耐的体力。

旅行,从来不是说走就走的潇洒,没有妥善的安排和周密的考虑及准备,远行将会导致灾难性的结果。有人诧异我怎么敢自驾广西 5000 公里,怎么敢一家三口深入贵州深山峻岭之中。我只能晒笑,因为自主旅行是以强大的责任心为基础的,是无数遍攻略的思考与排摸,是细致到一天的吃住行都能无误地定时定点的底气。

2015 年一句"世界那么大,我想去走走"捧红了一位辞职的女老师,这常常让我百思不得其解。浮躁的世界里总喜欢把一切都作为炒作的主题。一个率性地辞去自己的工作,抛下尚在求学的孩子的老师,看似潇洒,但我总觉得缺少了点什么。我也是教师,我也喜欢憧憬如此美好的世界,但是我不需要辞职,旅行和工作,并不是绝对的对立面。相反,旅行让我更加珍惜工作,也更加凝聚着我的责任心。

　　旅行，也是一种思考。走着走着，我突然发现，"身体和思想，总要有一个在路上"的说法似乎是欠妥的。因为旅行，同样需要思想，甚至在旅行中，偶尔不经意的触发会更频繁擦亮自己思维的火花，更能跳出曾经时空的束缚而让思维更有价值。十年，我从沉醉迤逦的风光、奇绝的景致，到如今开始关注各地的文化传承及风景背后的人文故事，旅行，似乎打开了另一扇窗。于是匆匆的徽州之行，我探寻曾经风光无限的徽州文化；短短的衢州三日，我有幸了解南孔文化的一角；深入苗寨，我惊诧面目峥嵘的蚩尤居然备受推崇，突然醒悟曾经一直是以汉族为中心的历史观似乎过于狭隘；几度与徐霞客的踪迹相合，渐渐对他的心路历程有了兴趣与感悟，也多了几分人生价值的思考。

　　在特定的空间里，穿越一段段似近似远的历史，常常会触摸到那一扇扇积满尘埃，发出沉重厚实的"吱呀"声的大门，里面便是或喜或悲或隐晦或明朗的史实，是承载着中华几千年历史的或主流或小众的文化，汇聚在一起，便是中华文明。

（三）

　　走得多了，思考多了，平添惶恐。生怕风景和思维，都如地上的水渍，经不起时间的消磨，越来越淡，最后都会过眼云烟般散去。

　　每座城市、每个民族，应该都有自己的特质。虽然在现代化的浪潮里我们的城市、我们的民族越来越趋同，但是我仍想抹去积尘，去挖掘一片地域独有的文化和传统，即便已细若游丝，但那才是一座城市的生命。我希望为每座城市、每段旅程都配上我的足迹与感受，用文字记录下自己点滴的、零碎的记忆和思考。唯有光影的瞬间转为文字的呈现，视听的盛宴化为内心的触动，旅行才能真正长驻，思考才能伴随我们的成长而不老。

幸好我有记录的习惯，2007年伊始，断断续续坚持了下来，这些文字里面，也便保留了我身心的痕迹。

人的心理路程，似乎殊途同归，难以避开宿命的规律。涉世未深的学子踏入社会，总是豪情万丈，想看看这个缤纷多彩的世界，努力主宰这个变化万千的社会，考虑着"我要去哪里"；当在这个世界上摸爬滚打许久，身心疲敝时，棱角的锋芒早已被俗世打磨得或血迹斑斑，或圆滑和润，却都思考着"我从哪里来"，开始关注自己内心的平和，寻求家人的陪伴；等到能够"宠辱不惊，闲看庭前花开花落；去留无意，漫随天外云卷云舒"时，或许又会思考"我要去哪里"。

三个阶段，其实就是人生心路内外的转换。不过，这绝不是如钱锺书先生《围城》里的"城里的人想出来，城外的人想进去"一般做简单的平行的轮换。而是历经世间沉浮后人生的积淀，是哲学"否定之否定"规律里否定的升华与提炼，是"腹有人生气自华"的最好诠释。

以此为序，纪念人生的第一本书。

2017-12-02

目　录
Contents

苏南三章

2007 年 10 月 21 日至 26 日,吾等转战南京、溧水、扬州、泰兴、镇江,踏遍长江南北,考察苏南教育,行色匆匆,缝隙之时,粗略印象,挥之不去,暂且记下,名为"苏南三章"。

——题记

秦淮印象

心向秦淮,已非一日。那沉淀千年的历史名城,让多少文人倾往,又让多少墨客驻足。

我谨小慎微地迈出了通向六朝古都的第一步,轻而柔,我担心我左脚刚跨在孙吴王朝的金戈铁马下,右脚又踏进了王谢堂前的莺歌燕舞中。

于是,我踟蹰不前,生怕惊醒我脚下的每一寸土地中都沉积着的厚厚的千年精魂。

南京城,便在我的踟蹰中凸显在眼前。

恰逢地铁初兴,南京全城处处开膛破肚,尘土飞扬,机器隆隆,大伤雅兴,未免让我颇失所望。拔地而起的高楼大厦如雨后春笋,挤压得零落的古迹透不过气来,畏缩在历史的墙角里,艰难地喘息着。

光华无限的金陵,成了水中月,隐约间似乎能捕捉到金陵繁盛的影子,一伸手,却凌乱了水波,影子也渐渐模糊起来。

进了南京城,心情不由自主地便沉重起来,脑海里满是被屠杀的 30 万同胞,是凋谢在总统府前的青天白日旗,是刀光剑影里的太平天国起义,是丧权辱国的第一个不平等条约,还有那座让人扼腕的中山陵。

沉重与肃穆终成南京历史文化的主基调,所有的繁华盛世都被掩盖在了沉重与肃穆之下。

南京成了戴着镣铐起舞的悲者,一边背负着历史追求现代文明,一边在现代文明中留恋历史,最终,落入茫然境地。南京,无奈地披上了沉重与肃穆的外衣。

偏偏南京城边流淌着一条秦淮河,承载着与城内截然不同的文化,浓郁的脂粉气与古城金陵格格不入,却又异常坚挺地出现在这最不该在此出现的历史城池中。曾经不知亡国恨的商女,曾经争首夺魁的歌女,曾经醉生梦死的妓女,便沿着秦淮一字排开。

曾有多少文人墨客驻足于此,曾有多少风流才子留恋于此,曾几何时,秦淮八艳的名声让沉重与肃穆远离金陵,取而代之的是一河的脂粉。那浓稠的河水沉积了千年的脂粉,泛出十里秦淮独有的韵味。

我们到秦淮时,天色尚早,除了建筑残留着古色古香,已寻不到几丝历史的痕迹。也许唯有秦淮河水仍一如既往地流逝着。然而,歌舞升平的画舫已不复存在,就连朱自清和俞平伯桨声灯影里的秦淮河,也渐渐离我们而去,留下的唯有物是人非的一带碧水。

也许只有夜色中的秦淮,复古的红灯笼沿着河岸排开,颇有点

"烟笼寒水月笼纱"的味道,才能依稀浮现秦淮人家曾经的繁华。

黑色能带来太多的遐想,在蔼蔼暮色中,历史与现实,喧嚣与静寂,高尚与庸俗,一切都画上了等号,思绪便在千年的时空中寻觅着结合点。只有此时的秦淮,才真切地让人感受到历史的轮回。

六朝古都,金陵盛地,只留下暮色中的秦淮得以凭吊先史。是喜,是悲,抑或是不可名状的历史情结?

历史,在南京,被埋在了地下,蒸发在了空中,丝丝缕缕的历史痕迹已凑不齐历史名城的拼图。对南京,或许更多的是失望与遗憾。

离开南京的时候,天色并不太好,苍白的空中,激不起一点历史的回忆。下一站扬州,又会是怎样的景象?

2007-10-22

淮扬一掠

昨日,我们迎着霞光奔向金陵,今天,又踩着最后一丝残阳驶进扬州。

同是历史名城,如血的残阳为扬州平添了几丝沧桑。六朝古都留给我如此多的遗憾,论历史、论地位都逊于南京的扬州,让我更不敢抱什么希望。

扬州的历史远没有南京悠长、厚实。而且扬州名气最大的两类人——美女和盐商,前者来自江南各地,只是在扬州最后决定集散;后者的成员竟然是徽商发家后入扬州定居发展而生的巨贾,着实让扬州的名字大打了折扣。

但是，细细想来，从行事怪异、特立独行的扬州八怪到大方阔绰、富甲一方的遍地盐商，从"烟花三月下扬州"的风流潇洒到"玉人何处教吹箫"的惆怅孤寂，扬州的历史呈现出了特有的多面性。

这是一个别样的扬州，与南京城于拥挤中苦苦追寻现代文明不同，扬州显得从容而大气，随处可见的古迹错落有致地镶嵌在城中。而算不上古迹的建筑也巧妙地顶上了古典风味的屋梁，出没于扬州的古文化中。扬州的古迹文明，就这样活在扬州人的生活里，带给扬州恬静和悠闲。

在这充满历史余韵的古城里，你不会担心一脚踩碎了汉时砖唐时瓦，却会不由自主地放慢步伐去融入扬州，倾听扬州。

走在扬州街上，你感觉游弋在历史画卷中，但是却又找不到准确的历史定位。她没有南京的悲凄，没有北京的雄阔，没有杭州的秀丽，也没有洛阳曾经无尽的繁华。

扬州是才子佳人的扬州。扬州美女甲天下，却很少能捕捉到名妓的身影；扬州才子多如毛，你却只能听到扬州八怪的名声，细细品味，郑燮、石涛之类却又难以承继文化的主脉。

可是又不尽然，当年鉴真大师东渡日本，起点便是扬州，一次次失败后再起航，也让扬州多了一份坚毅。

行色匆匆，只能浮光掠影，而不能静下心来品味流淌在扬州的历史长河。

在扬州一驻三天，却是足不入景，每次清晨驶过静谧的扬州，晚上披星戴月回到扬州，都会涌起一阵遗憾：可惜不能尽览扬州。离别之际，终于走进了瘦西湖。

一个瘦字，便让扬州楚楚可怜了起来，踏进瘦西湖，我才猛然想起,犯了大忌。

生在太湖旁,我领略过湖的浩瀚;去过西湖边,也感受过湖的秀丽。这样冒失地闯进瘦西湖实在找不到太多的感觉:一样的绿色,狭长的湖面,仿古的建筑,在江南的任一处公园,都能找到类似的影子。就是江南少有的白塔,也只是颐和园的赝品,局促地堆砌在一起,让人怅然。

二十四桥夜只是一个美丽的传说,也许只有在暮色之下才能带来些许遐想。

扬州美,却让我说不出美在哪里,也许,这是身在景中不识景;也许,扬州的美,本身就是一个概念。

行将离开扬州城的时候,在我的脑海里,分明浮出别样的景象:红灯高挂的丽春院里,奔出一个市井小人,穿着官服,烧了扬州的名花芍药,韦小宝!

蓦然想起,韦小宝也是正宗扬州人氏,一句口头禅——"乖乖隆地咚"回响在耳边……

2007-10-23

镇江三山

大家对北宋大家王安石的《泊瓜洲》早已耳熟能详:"京口瓜洲一水间,钟山只隔数重山。春风又绿江南岸,明月何时照我还。"京口便是如今的镇江。镇江,顾名思义,紧靠长江,镇守大江要害。如今,由瓜洲至京口,不再航过"潮平两岸阔,风正一帆悬"的水面,号称世界第三大跨径悬索桥润扬长江大桥便横跨在长江之上。

历史上的镇江，却显得卑微了很多，与南京、扬州的豪华大气相比，镇江在长江之南，名声便小了很多，似乎一过长江，江南的秀气、柔弱便牢牢占据了镇江文化的主脉。

镇江临江而建，出名的地方却离不开山，而且一字排开，紧紧毗邻的竟然是三座山。每座山中都藏着无穷的传说与雅史。过了大桥，只要沿着长江岸走，不需进城，便能领略三山风采。

名气最大的自然是金山，水漫金山让白娘子与许仙这一对西湖边情侣缠绵哀婉的爱情故事也浸入了镇江，而作为金山主人的法海反而成了遭世人唾骂的不解风情的死板和尚。然而此种印象在金山却是提及不多，镇江人都有意无意地回避着这个故事，只提及法海功绩。所谓家丑不外扬，何况，又是一个子虚乌有的传说家丑，自然乐得不提。

然而金山实在太小，半山腰的金山寺庙已经掩盖了山的主体，寺包山的说法也就来源于此。金山作为景，过于局促，作为传说，又太叹惋，总给人盛名之下其实难副的感觉。

北固山在我们的车边一驶而过，同样驶过的还有两个人：王湾和辛弃疾。一首《次北固山下》和一首《南乡子·登京口北固亭有怀》让北固山在我的脑海中挥之不去。"不尽长江滚滚流"的千古名句便是稼轩在北固山上眺望长江，有感而发。那时的江北，已然尽在金人蹄下，稼轩所望，虽是故土，更是金人的沃土，一生报国无门的他自然要长叹一声了。在他的叹息声中，我们也已到了最后一站——焦山。

从来没有听过焦山的名声，据说与焦光有些许关联，其实它是江中的一个岛。我们索道而上，轮渡而回，天上水上对焦山有了更直观的印象。岛上的庙建在山顶,与金山的风格正好相反,形成了山包寺的格局。青山苍翠,浓浓的绿色从山顶而下笼罩了整个小岛。站在焦山顶,天色好的时候透过长江,据说可以眺望到对岸的瓜洲。可惜,我们到的那天有些小雨,平添了烟雨朦胧,远眺出去,只看到茫茫的江面,却早已分辨不清何为江,何为天。

焦山最吸引人的是崖刻,一块名为《瘗鹤铭》的崖刻不知何故从崖上坠入江中,残骸打捞上来后便被大家顶礼膜拜,据说文字是楷书向行书转变的分割之作,主人却考究不清,王羲之说、陶弘景说纷争不断。

说是镇江三山,其实还是水,镇江的魂早已融入了水,名之三山,实在是江南的山太少,而同处一地的名山更少。

苏南三章,以此终结。

2007-10-25

梦幻芜湖

自古以来,芜湖似乎从未和梦幻有缘,伴随着长江淌过千年文明的芜湖,同样散发着徽派固有的光泽,一样的青砖白墙,一样的黛瓦飞檐。

回望历史,芜湖也曾显赫一时,被诩为"长江巨埠,皖之中坚",雄踞长江,是华东重要的水上门户,何等的风光。这里自古便是兵家必争之地,直至太平天国运动爆发,争夺到了顶峰。

至今,芜湖每一寸土地似乎仍残留着曾经的硝烟。兵戈铁马,便枕着滔滔长江水,散落在寻常百姓的梦里。

千年以后,唯有长江水依然伴着芜湖东去,而芜湖,却沉寂了下来,默默依偎长江,几乎让世人忘却了华东还有芜湖这么一座从春秋走来的历史古城。

诚然,芜湖近几年有东山再起的架势,高楼大厦如雨后春笋般逐渐冒了起来,但整体而言,芜湖还是略显陈旧。市区固然人头攒动,却少了秩序。很多建筑只是"老",却丝毫没有"古"的味道。地上随处可见的垃圾还在不时提醒我们,比硬件设施更需要迫切改变的,是市容,是习惯,是内涵。

新与旧,高与低,进步与落后,极鲜明地在这狭小的空间里对立着。也许,这是很多发展中的城市的通病。

幸好,还有方特。与奇瑞汽车、汤包小吃、鸠兹故里相比,现如今的芜湖,能够让人惦记的,似乎还是最年轻的方特。

其实,芜湖并不梦幻,梦幻的只是方特世界。一座深圳人投资的欢乐世界,有朝气,激情而又健康。

世界总是充满矛盾,这座华东极具现代气息的娱乐城,却偏偏坐落在满身乡土味道的芜湖。这种反差,便如穿着西服,却踩着球鞋。

然而,这种后现代主义的混搭,对芜湖而言却有别样的意义。

毕竟,除了长江和奇瑞,芜湖似乎没有什么拿得出手的名片,而方特,使芜湖有了更响亮、更绿色、更有生命力的金字招牌。芜湖之于长江,不过是匆匆停靠的一个驿站;而奇瑞,虽然是国产品牌的骄傲,但在汽车行业,仅仅是个小弟弟,还不足以和国内外的诸多品牌抗衡。

唯有方特,填补了华东这块中国最发达地区的一个空白,让芜湖成为华东娱乐的后花园。它不同于苏州乐园的惊险刺激,也不同于常州恐龙园的单调虚幻。它彰显出"老少皆宜,主题叠加"的特色,每一个人都能找到属于自己的娱乐空间。便如长江一路走来时而舒缓静谧,时而湍急曲折一般,方特时而充满现代感,时而洋溢古典味。用心打造每一个主题的细节,让人感觉,方特不仅仅是在做娱乐,更是在打造一种文化,寓文于乐,寓教于玩。应该说,是煞费了一片苦心的。

中国的娱乐似乎很少有长寿的,无疾而终、日渐式微者众多,像迪士尼经百年而巍然不倒的,还没有。缺的就是持之以恒的创新、层出不穷的创意,但愿方特能有这份胆识和才情。

迪士尼已经在上海落了户,真正的"狼"已经来了,所幸两者是大不一样的,做好差异化竞争,方特自有自己的一片天空。

希望方特能成为芜湖的百年品牌,这,也一定是芜湖的梦……

2011-05-04

鹏城过客

在人生道路上，我拐了个弯，这一拐，便是三年。

三年，从温州到宁波，最后的轨迹定格在了深圳这座富有传奇色彩、浓缩改革开放 30 年变迁的特区城市。

虽然只住了短短一年，但是我却喜欢上了这座年轻、动感、融合的现代新兴城市。

深圳是典型的南国气候，高温、潮湿，说是高温，其实远没有江南夏天那样酷热，说是潮湿，却因为滨海而消散了很多湿气。

同为大城市，她远比上海来得大气，比广州显得时尚。沿着海岸一字铺开的格局，满目的高楼大厦，彰显着国内金融中心的本色，却又处处花团锦簇，四季常青，城市愈发年轻、温馨。

你可以任由地铁载着奔向目标，也可以随性缓步，吸着夹杂着些许海风味道的淡淡花香，散步在滨海大道上。

深圳是年轻人的城市，除了快节奏，还有晚节奏。你可以在华强北领略什么是真正的摩肩接踵、人山人海，也可以感受什么才是真正的夜生活。当内地早已华灯初上，下班的高峰刚刚降临深圳；当内地早已进入梦乡，深圳的夜生活正酣；当内地开始早起，准备着新的一天时，深圳才刚刚归于静谧。

与动辄有着千年历史的其他城市相比,深圳三十而立的年龄,在历史长河中几乎可以忽略不计,但也正是基于此,她少了历史沉淀的压力,无须步履蹒跚地前行。正基于此,每个深圳人都能敞开心扉去交流。严格来说,这座从小渔村转变而来的城市,几乎没有真正意义的本地人,因而排外的情绪也许是所有城市中最淡的,而老乡观念,又恰恰是最浓的。

身处南粤,深圳却很难归入传统的南粤文化;毗邻香港,受到的影响也许更深,深圳也便有了小香港一说。深圳的骨子里,铭刻着冒险、奋斗、激情和动感,她没有历史,却成为 30 年来中国最辉煌历史的缩影。

30 年前,去深圳是一代创业者的梦想,深圳是满地黄金的天堂。

30 年后,深圳不再是一个神话,但是她仍然是一种梦想。

再往后,深圳就是一段新的历史。

能够在这样的城市留下痕迹,不枉此生。

遗憾的是,对于鹏城,我只是个匆匆过客。

2011-05-15

温州记忆

一过雁荡,我便昏昏欲睡,窗外景色丝毫勾不起我的欲望,"倾耳聆波澜,举目眺岖嵚"的意境已成奢望。一眼望去,天地之间泛出灰白色,原本应该翠绿欲滴的植物无一例外蒙上了厚厚的尘埃。

温州,俨然成为一座硕大的工厂。

(一)

翻开历史的书页,温州从来都是偏居东南的无名小卒。面向东海,背靠群山,时而海风咆哮,时而山风呜咽。这一吹,就是千年。

30年前,儿时的记忆里有温州人穿着褴褛的衣服,随处安一个家,走南闯北弹起了棉花。经常看到他们满身白花花的棉絮,一条条破败的棉被居然能在有节奏的弹压中换了新颜。那时,在同样落后的江浙,温州已然成为贫穷的代名词。

之后的30年里,温州成了一个崛起的神话。似乎一夜之间,温州遍地黄金。

正泰、德力西、奥康、康奈、森马、红蜻蜓……一家家新兴企业破茧而出;胡成中、王振滔、南存辉、郑胜涛……一位位如雷贯耳的企业家纷纷出现。这时的温州人,再也不用像他们的父辈一样背井离乡,只是为了弹点棉花、修个皮鞋。他们或三五成群,或呼朋唤友,从曾经闭塞的温州蜂拥而出,用自己智慧的大脑、敏锐的嗅觉,挥舞着一张张支票,以迅雷之势几乎占据了全国乃至世界的重要市场。30 年,在漫漫长河中仅仅是沧海一粟,然而这却是温州风起云涌的 30 年,温州人也有了新的名字——温商。在某种程度上,他们几乎成了华商的全权代表。北上挖煤,南下采矿,进城炒房,下乡圈地。每一个有商机的地方,都留下了温州人的影子,以至于谈"温"色变。

改革开放,诞生了很多新兴城市。深圳成为全国的创业中心,东莞成了台商在大陆投资的桥头堡。唯有温州,自己创造了新的历史,靠着超乎常人的坚毅、大胆、聪慧、忍耐,让这个偏居一方,一无资源,二无政策的东南小城,一跃让世人注目。

温州人的财富到底有多少,没有确切的数字,只是坊间一直有一种说法,温州人拥有的奔驰和宝马,几乎占了全国的十分之一。另一种说法是,只要有人的地方就有温商。

温州,俨然摇身成为富裕的代名词。

(二)

每个城市都有自己的气质。北京雍容大气,上海时髦贵气,杭州清丽秀气。然而温州,很难用适当的文字来形容。

驻足街头,强烈的反差随处可见。气派大楼的不远处便可能是个棚户区,豪华的奔驰宝马边上破旧的奥拓也摇摇晃晃地上路,人头攒动的商业区后面也许就是废气刺鼻的工业区,打扮光鲜入时的美女身边不时会有罩着睡衣、穿着拖鞋的人晃过。

满眼都是各种混搭，很难想象名闻天下的温州原来是这般模样。

出了温州城，所见更让我触目惊心。

原本就稀稀拉拉的行道树被厚厚的灰尘压得喘不过气来。天地之间，灰白成了唯一的颜色。即使是艳阳高照，几米之外也让你蒙眬迷离，连呼吸都显得困难许多。虽然也可以说"惟余莽莽"，然而意境相差何止千里。

温州农田很少，原本就山多地少，如今几乎都成了连片的厂房，横七竖八挤在一起。农村的房子是别处少见的立方体，有限的宅基地加上大量的人民币，这里就基本上成了 6 层以上的狭长楼房。

在温州，极度缺乏有规划的发展，这让城市显得畸形，这里也许是生产的天堂，但绝对不是生活的家园。30 年光阴，一个个小村庄膨胀成一个大城市时，病根便早已种下，而温州也失去了自己的气质。

温州，俨然是个暴发户，财富极度扩张的背后，是还没来得及填补的心灵深处的残缺。

温州，拥有着大量的工厂，却只有太少的企业；拥有全国数量最多的老板，却只有太少的企业家。企业，是有生命的，是能流溢出个性的文化内涵的。

有人说，温州是文化的沙漠。

我说，温州人依然很穷，穷得只剩下金钱。

偏偏有太多的东西，是金钱不能换来的。

（三）

说温州人没有文化，也许的确是误解他们了。

他们有自己的文化，有自己的传统。时至今日，很多传统习俗都仍保存完好。

赛龙舟也许是其中最为完整的。几乎每个村都有自己的龙舟队，每逢重大节日，百舸争流的场面还是非常震撼的。当掀天的锣鼓声响起时，选手奋力向前划，夹杂着周边围观者的呐喊声。那一刻，你便能感受到这些东瓯子弟内心深处的力量，感受到他们的勇敢、智慧、坚韧和团结。或许温州人的成功，是历史的必然。

细细想来，其实温州保存至今的习俗要比其他地方多。只不过大家对温州的关注都被她表面的光鲜所吸引了。

由于特殊的地理位置，温州在古代是极其边缘化的。边缘化的好处，就在于接受外界新鲜的事物更慢些，而也更有可能琢磨出专属于自己特质的文化。

温州人的文化，往上溯源，竟在千年之前，已然有了自己的一套理论。

远在宋朝，当朱子理学盛极一时，在主流文化里大肆泛滥的时候，偏远的温州，竟然在山清水秀的永嘉，走出了一群士人，他们大胆地提出了"重商人，求务实"的思想，这群人的代表，叫叶适。这在重农轻商思想根深蒂固的年代里尤为可贵，却在当时被世人嗤之以鼻，视为异类。

这种思想，在当时这片尚显贫瘠的土地上，逐渐生根、发芽，默默等待着崛起的时机，这一等，便是数百年，这一爆发，就是一个神话。

永嘉学派,便也被载入了史册。

永嘉最负盛名的,还是山水。

历史就是这么幽默。叶适他们面对这幅泼墨山水,却是正襟而坐,在这极富浪漫色彩的山水间诞生了最现实的理论思想。

同样是这片山水,时针再往回拨八百年。一位中年男子翻山越岭而来,乍见这如世外桃源般的美景时,驻足不前,寄情于斯,沉醉不知归路。

他,便是新任永嘉太守。

他的名字,叫谢灵运。

不能不说,温州是个特别的地方,当世人皆奉朱子理学为正统时,温州却诞生了"永嘉学派",独树一帜;当士大夫极尽奢靡,华丽文风盛行之时,谢灵运却在温州,悠哉写下了清丽诗文,开创了田园山水诗的端始。

谢灵运一到温州,便再难解这千古之缘。从此,谢太守因温州而神怡,才思泉涌,一发不可收拾;而温州,也因谢太守而扬名天下。

谢灵运的文章,如细流涓涓,清新可人。也许是楠溪江水润泽了他的文思,也许是平静的东海海水净化了他的心灵,也许是奇秀的雁荡群峰包容了他的胸怀。

在温州,谢灵运完成了向大师的转变。

温州一方沃土,在这里,走出了大画家黄公望、大剧作家高明、当代作家郑振铎,吸引过弘一法师十二年的坐禅,当然,还有谢灵运十年的修身。

这里,曾令无数文人为之折腰。一代代的艺术相承、文化相继,使温州虽然从来没有登上过文化艺术的主流殿堂,却也永远是一种不能忽视的力量。然而走到今天,似乎到了踟蹰彷徨的十字路口。

温州,何去何从?

温州,路在何方?

2011-05-19

婺州漫笔

（一）

金华,古称婺州,因婺江横穿其城而得名。

十年前,我在这里求学。

十年后,我得以旧地重游,颇生感慨。

金华老了。

这十年,是中国城市迅猛发展的十年。金华固然有变化,步伐却明显滞缓了。新兴的建筑虽也偶露峥嵘,但是随处可见的斑驳壁垣还是令人怅然。

金华似乎有道不尽的委屈。身处浙中要塞,扼锁南北交通,帷幄全局,理应是当仁不让的重镇才是。然而回首身侧,义乌、东阳早已名满天下,甚至永康、兰溪也是牛气冲天,知名度远远盖过了金华这位老大哥。金华,却不急不躁,似乎少了点血性,一如婺江东流水,平和而去,无欲无求;也像极了金华的特色斗牛(西班牙的斗牛是人和牛斗,展现一种征服的残忍美,而金华的斗牛却是牛和牛斗),任两头牛斗得血溅四方,自己落得悠闲,任别人看得血脉贲张,自己显得洒脱。

金华也许是太洒脱了。任你变化万端,我自闲庭信步。然而这却丝毫不影响金华人的幸福感。这里鲜见大城市的匆匆步伐、忙碌节奏,却也没有很多城市的碌碌无为、茫然无从。金华,以自己的方式诠释着生活。

街头巷尾,三五成群,海阔天空,笑谈天下是一种生活。

婺水江边,简陋排档,呼朋唤友,几碟小菜,觥筹交错,也是一种生活。

似乎在金华人的生活里,"平和"是唯一的基调,"淡定"是唯一的心态。

或许正因为此,这并不起眼却宽容仁厚的浙中老城走出了一位位不世出的天才。

忘不了骆宾王。他是中国历史上最年轻的诗人,每一位孩童接触的第一首诗几乎都是《咏鹅》。那年他7岁,而他也被后人永远定格在了7岁。很多人淡忘了他曾令武则天动容的"一抔之土未干,六尺之孤何托"的千古名句。

忘了不李渔。中国伟大、有性格的戏剧家,被誉为"中国的莎士比亚",冲破世俗,大胆创作《肉蒲团》,让世人异议不止。他,却也曾在清兵南侵时振臂高呼,愤懑不已。

忘不了黄宾虹。他是近现代绘画史并称南黄北齐(齐白石)的标志性人物。我们往往以为艺术大师超脱世俗,不谙世事,他却曾是高呼"拯弱扶危"的革命志士。

忘不了艾青。他是中国现代最伟大的诗人之一。我们熟知的那一首《我爱这土地》,曾让多少青年热血沸腾。

……

太多的天才蜂拥而出,让这原本平庸的城市突然变得不简单。

说金华没有血性,也许是血性埋得太深,也许是血性用得太多,用得太累了。

如血残阳下的金华城,逐渐回归宁静。依稀想起南宋的抗金名将宗泽就是从这里走出来,破釜沉舟,以身卫国;太平天国的侍王便是在这里常年奋战,血流成河;清兵入关,"婺城攻陷西南角,三日人头如雨落",无数无名的金华百姓只是为了抵抗野蛮的"剃发令",不惜抛下头颅。

金华,哪里是没有血性!只是曾经把头扬得太高,如今更愿意将头埋得更深。如今的生活方式,也许是金华最好的选择。

(二)

漫步至八咏楼,看见李渔的名句"沈郎去后难为句,婺女当头莫摘星"。

猛然想起了李清照。

易安居士可是在金华度过了大半余生。

很难想象一个出生在大明湖畔,成长在官宦世家的她最后选择了偏远的金华作为自己的终点站。至少,临安才能容得下如此盛名的大才女。

然而,一切又是那么自然,造化弄人用在李清照身上也许再合适不过了。一个曾经明丽无邪的齐鲁少女,曾经与丈夫趣味相投、举案齐眉的少妇,曾经才华横溢、气质超然的才女,最终落得个家破、夫亡、国灭的悲惨结局。如此一个水灵灵的弱女子怎堪承受。

难以想象,一个弱女子在兵荒马乱的年代,孑然一身,随着不争气的赵氏王朝一路南逃,是怎样活下来的。

也许,逃到金华,李清照累了,倦了,不愿再活如浮萍,居无定所,无奈地留在了金华,易安居士由此而来。

这一留,成就了易安居士"千古第一才女"之名。

只是这才女之名,太沉重。再也没有少女时代的"绿肥红瘦""沉醉不知归路",再也没有少妇时代的"帘卷西风,人比黄花瘦"。有的,只剩下那说不尽、道不完的满腹哀愁。从《南歌子》到《菩萨蛮》,从《声声慢》到《武陵春》,密密麻麻布满了易安居士的乡思家愁。

暮春时节,易安居士独自来到金华双溪散心,留下了千古名词。

> 风住尘香花已尽,日晚倦梳头。
> 物是人非事事休,欲语泪先流。
> 闻说双溪春尚好,也拟泛轻舟。
> 只恐双溪舴艋舟,载不动,许多愁。

不要说区区一个双溪,即便堂堂一座金华城又怎能承载得了易安居士的愁绪满腹。

金华,由此而沉重。

2011-05-21

婺源行记

人说婺源是跌落在人间的天堂。金秋十月,携友人欣然上路。

来婺源的人,最爱她的黄色,春天里,漫山遍野金黄的油菜花,黄得亮畅;也爱她的红色,深秋时节,红叶成林,在微寒的秋风中摇曳,红得心醉;还可以爱她的白色,隆冬时分,天色一白,万物待苏,白得静谧。

我们却独独在黄色早已逝去,红色尚待字闺中的时候踏上了婺源这片土地。

浙赣虽然毗邻,然而重重青山遮断了东望的视野,也让婺源得以安然静处一隅。

婺源的美,美得单纯,初眼一望,便如一杯白开水,虽然清澈然而无味,细细品味,却别有一番味道。如果将触角伸展到村庄深处,浓重而复古的青砖白墙徽派味便混合着层次分明的绿色渗透到你的骨子里去,便如杯盏交错之后一颗口香糖入口,特别清新,无比舒畅。

曾经畅想清晨时分,赶往长溪村,几缕微光散在浓浓的雾霭之中,披在三三两两淡淡泛出红色的香樟上,配以参差错落的黛色屋顶,时而炊烟婀娜而起,时而云雾倦怠而生,实在是一幅不得不醉的《秋色赋》。

遗憾的是这本可享受的美图不得不暂时搁浅,繁密的行程、自驾的限制实在容不下这最美的乡村晨景,退而求其次,石城倒也成了不错的选择。

一路驶去,格调几乎如乡人一般淳朴,一旁依青山,一边傍浅水,路边是两排整齐的行道树在随风微荡,一条并不宽敞的柏油路漫在尽头。三天的婺源之行几乎一直在这种氛围中行驶,我甚至连喇叭都不忍心按,就怕自己一不小心打破了这沉寂千年的宁静。

偶尔出现行人,也是极其质朴地挑着担子,悠闲地踱在路边,满脸的与世无争和随遇而安着实让人钦羡不已。

石城只是一个村庄,因其边有一座低矮的石山而得名。周围群山环抱,要想去石城,只有一条路,还必须翻越一座山。说是路,也就只容一辆车通过,山路崎岖而陡峭,路面只是简单的石子铺就,路边有些许杂草,却没有护栏。走路尚没什么感觉,然而对于自驾而言,这段路便显得艰难了。左边是山壁;右边往远处看,是绵延群山,无限青翠,往近处瞧时,便心中一凛,悬崖已然在脚下。

小心翼翼之中翻过山顶,这时才有豁然开朗之感,颇有世外桃源的景象。虽然时值初秋,然而石城已经有了层林开染的味道。放眼看去,虽仍是满眼的绿色,不过层次却已经丰富起来,从菜园到村庄再到群山,墨绿、淡绿、深绿……纷纷各显其彩,有的绿得狂野,也有的绿得含蓄,更有的绿得深幽;再仔细一看,黄色、红色也悄悄然挤出一片空间,在一片绿色之中倒是自得其乐。再过一个月,或许这里就是漫天红叶遮秀色了,如果现在是绿得清澈,那么到时肯定是红得心醉了。

宁静的婺源月亮湾

整个婺源便如一幅泼墨的山水长卷,时而有渔夫横桨的月亮湾,时而有充满神韵的彩虹桥,时而有古树斜阳的晓起,时而有耕读传家的李坑,时而天然雕饰的大鄣山,夹杂着残存的点点油菜花,总让你有似曾相识却又绝不雷同之感。行走在如此的长卷中,心境在清净中更加悠远。

厌倦了都市的喧嚣和纷乱,婺源的确是个偷得浮生半日闲的好地方,婺源之美,不在于景,而在于静。自驾而去,自由而行,实为人生惬事。

可惜,这份宁静随着高铁的开通势必会被彻底地打破。一边是冰冷的铁轨割裂开安宁的土地,呼啸而过的动车掠过悠然漫步的耕牛;一边是小小的婺源难以承受的纷扰而至的游客的喧嚣。我担心婺源在慌乱里失去最初的纯真,传统和现代,慢与快,静与动,何去何从,取决于婺源人的智慧,因为这,决定着婺源的命运。

行将离别之际,才知道婺源籍有两位大名人,一是朱熹,南宋理学之祖;一是詹天佑,中国铁路之父。一文一理,一古一今,都沾染了婺源的灵气,本想好好挖掘一下,不料两人都是祖籍婺源而生于他处,不禁黯然,只能停笔。

2011-11-11(婺源之行一年之后)

一路向北

2011 年 10 月底,金秋时节,余等有幸赴西北,短短六天,感悟颇多。人说古都再古不如西安古,红都再红没有延安红,沙漠再美没有宁夏美,六天之内,领略到三种极致,幸甚!

古都的秋

飞机越过秦岭,风景骤然巨变,底下沟壑纵横,苍茫一片,地势生生高出一截。越过群山,豁然开朗,平整的一大片土地跃然而出,直觉告诉我,这就是关中平原,西安的地界到了。遗憾的是雾霭茫茫,能见度并不高,西安的环境可见一斑。

从咸阳机场一路向北,驶向市区,和江南的精致细腻截然不同,大西北的沧桑雄阔迎面扑来。

对于浙江而言,杭州也算是个古都,去过南京才知道杭州只是江南偏安之地,毫无皇者之气;见识了西安,南京也不过就是江南一隅。

3000 年的历史,1200 年的都城,中华民族文化的摇篮,千年文明的浓缩,尽在于此,环顾寰宇,无出其二。

人说,踏进西安,就是踏进了历史,毫无虚言。一座荡为灰烬的阿房宫,便是整个大秦的风起云涌;一座老少皆知的未央宫,窥探着整个大汉的兴衰沧桑;一池华清碧水,感叹多少大唐遗老。曾经的世界之巅,如今却已年华老去。

幸好只是老去,而未逝去,西安古城,仍在斑斑点点中渗出历史变迁。西安,在迅速发展的缝隙间幸好还能让嬴政、刘邦等人喘口气。

整个西安古城,仍是随处可见秦砖汉瓦,就是新起的房屋也颇合时宜地仿古而建,城市的色调也在秦黑汉红中腾挪闪转,舞得颇有章法。

进入古都的时候,顺道浮光掠影般地远瞻了大雁塔。一座和佛教流传密不可分的佛塔,藏着玄奘高僧西天取经的全部心血。可惜塔身已是明清的赝品,我们无非对着塔空发历史感慨而已。

本次行程,西安只是中转的驿站,时间的限制,让我们无法一睹古都的全貌。幸好住在古城脚下,也就借着夜幕下的灯光,驻足感受一番历史遗风,神游一次盛世辉煌。地标性的兵马俑、华山等能够浓缩中华历史的遗迹,我们都只能在影影绰绰的古城墙的灯影里寻找残存的印象。

离开西安之时,正是清晨。深秋时节,天色依旧朦胧,只是微微泛白,稀稀拉拉的行人在略显刺骨的秋风中或急或缓地移动。绕过城墙的那一刻,总感觉依稀有那么个垂暮老人,偎在城墙下,叼着烟袋,眯缝着眼睛吧嗒吧嗒地抽着,缕缕青烟随风而散,任寒风凌乱满头银发;又似乎有那么个年轻人,拿着埙,斜倚在城垛上,时断时续吹出沧桑而又悲凉的古曲。

也许这就是古都最好的写照。

天边出现一抹红晕时,我们出了古都,回首望去,油然想起了贾平凹的《废都》，但愿古都不废。

红色延安

驶出西安 2 个小时以后，窗外风景渐显不同。黄色霸气地占据了主色调——黄土高坡到了。

20 世纪 80 年代，"西北风"曾经风靡一时，黄土高坡便在那个时代随着一首首西北民歌而家喻户晓。那面朝黄土背朝天、白汗巾白对襟的陕北农民似乎清一色的古铜色脸，一首首信天游高亢辽远响彻天际，这便是曾经黄土高坡留给我的全部印象。

如今，车就在高坡顶部行驶，放眼望去，无边无际。曾经孕育中华文明的黄土高原很难再见到大片完整的土地，在千年的风蚀雨蚀之下，已然支离破碎、千沟万壑，犹如风烛残年的老人，满是皱纹的脸着实让人心痛。

唯一庆幸的，是黄土高原终于开始名不副实，曾经黄土飞扬的高坡上已经披上了一层薄薄的绿衣，虽然依旧单薄，难掩断崖处厚厚的黄土，然而大西北也有了绿意。

极目天地交融之处，虽然一望无际而又人烟稀少，但是空气却比西安要好得多。陕北的富士苹果时不时成林地从窗外闪过，伴着偶尔些许彩林掠过，也为单调的暗绿增加了几分生机。

尚未进延安，先拐道去了壶口。闻名天下、奔腾怒号的黄河水，在壶口居然变得如此温顺而幼小，"天下黄河一壶水"果然名不虚传。

　　造化弄人，苍天也没有放过这雄壮的黄河水。一气呵成，有万马奔腾之势的黄河水到了壶口奋力挣扎一番，却偃旗息鼓，乖乖地从狭小的壶口挤出，这一挤，卸掉了自天而来的黄河的霸气，除掉了目中无物的戾气，以平和的姿态淌过陕晋交界处。滴水穿石，听上去很美，可是这黄河水流了万年，也依然受制于狭窄的石岸。唯有凌汛来临之时，上游积攒而下的冰凌乘势泛出河面，蹂躏一下这一片石岸，那时，就如万马奔腾，如巨浪掀天，别是一番滋味了。

磅礴的壶口瀑布

　　说来有趣，借了黄河左右逢源的好处，陕西山西各搭自己的台，各唱自己的戏，隔着黄河，各自做足了旅游的戏，赚足了旅游的钱。唯一能把两省连在一起的，还要回溯到柯受良在壶口飞渡的时代了。

　　夜幕时分，途经南泥湾，北方的夜来得特别早，借着淡淡的月光，依稀可辨几座雕塑、一片农田，感受一下南泥湾的气息，便匆匆赶路了。

　　晚上8点多，我们的车披着月色驶入了延安，司机也非常应景地换上了红色老歌。作为中国的红都,延安的变化缓慢进行着。虽然道路依然狭窄,灯光并不通明,但是偶尔现出的霓虹灯多少算是有了点现代的感觉。

作为红色和北方的双重代表,延安也算是个典型。当江南刚刚结束筵席,拉开夜生活序幕,开始灯红酒绿、纸醉金迷的生活时,延安居然已经静悄悄了,街上行人稀少,车辆也不多。远远看见亮化的宝塔山,金色灯光下的宝塔巍然矗立,顿显庄严之气。这座宝塔,也见证了近代中国的风起云涌。宝塔之下便是延河,一带延河水已经露出厚厚的河床,长满了齐人高的水草。水草吞噬之下的延河似瘦骨嶙峋的老人,青筋暴起,在岁月的腐蚀里苟延残喘。没有水的城市是缺乏生命的,没有了水,延安也便失去了最后的亮色,安静地生活在历史的记忆里。

宝塔山下延河长

这里的记忆太多太密,密布的都是中国共产党的抗战史、解放史,写满了枪林弹雨,堆满了伟人的智慧、才子的谋略。到处都是故居、故址,再没有一个地方能跟这里相比,伟人一个连一个,故事一串接一串,以至厚厚的抗战史、解放史都浓缩成延安的一草一木、一砖一瓦、一窑一洞。

延安,俨然是座红都,即便是延安最著名的特产,也是红色的枣子,即便在深深的泥土下面,也依然是红色。

可是,延安厚重的历史又不仅仅只有红色。延安也是黄色的,这里是黄帝陵所在,更是黄色的高坡所在;延安也有曾经的辉煌,吴起、范仲淹的金戈铁马,李自成、张献忠的农民大起义,无不在此翻云卷地,造就别样的呐喊。

车子继续一路向北,在漫天的尘土飞扬中依稀看到一个个熟悉的地名及其标志物——米脂的婆姨、绥德的汉、安塞的腰鼓、洛川的苹果……不胜枚举。

末了,分明看见莫言笔下的延安女人,一个个丰乳肥臀,穿着印花大棉袄,在高坡断垣处,等候着自家的汉子归来。

延安,应该是彩色的。

塞上江南

离开延安,我们便转头一路西行,横穿宁夏。一路行来,高速上几乎没有车辆,地形却逐渐发生了变化。刚出延安,一路都是一望无际的灌丛草甸,稀稀疏疏扎在略显沙化的土地上,极显大西北的苍凉贫瘠;驶入宁夏后,也未尝觉得有一丝塞上江南的影子,心想古人所言,未必言过其实。只有看见偶尔出现的小片白杨林,护着一座座小村庄时,才觉得有点人烟的感觉。然而终是挡不住单调的诱惑,便枕着江南的梦睡去了。

(一)西夏遗梦

一觉醒来,蓦地感到一阵巨大阴影袭来,窗外,绵延不绝的高大石壁断层赫然在目。寸草不生,宛如一道齐天的石屏风悄然屹立。

贺兰山!在中国历史上,这座山也算是名声赫赫,似乎没有哪座山比贺兰山承载的战争更多。这道蛮夷和文明的分界线,往往成为无数游牧民族南掠的前哨。曾经西汉的英雄卫青一次次将战线推到贺兰山,便再也不能北移一步,只能一次次扼腕而回。就连北宋的岳飞,也只能空发"踏破贺兰山缺,壮志饥餐胡虏肉"的感慨。无数的战争,铸成宁夏的坚硬与刚强,广袤的沙漠,又平添宁夏的粗犷和豪放,最终,成就西北的一朵奇葩。

李元昊,党项族的领袖,西夏王朝的创始者,就站在战争的肩膀上,偎在大唐的庇护下娓娓走入历史,开始了和大宋王朝两百年的拉锯,在西北一隅开辟了自己独立的文化——西夏文明,以其剽悍塑造了西夏民族的个性。

西夏和大宋,一个像西北瘦小的农汉,看似卑微,却孔武有力;一个像江南高大的书生,貌似强大,却手无缚鸡之力。一路走来,你揪我打,伯仲难分,难得消停。末了,双双做了蒙古帝国的祭品。一个西夏,让多少大宋志士长吁短叹。闻鸡起舞的狄青,"胸中万甲兵"的范仲淹,"西北望,射天狼"的苏轼……堂堂大宋,只能用文字淹没西夏，而无法在战场上占一丝的便宜，这是西夏王朝的光辉，也是大宋帝国的耻辱。

就连不可一世的成吉思汗，也数次征夏无功而返，最后带着满腹的遗憾死在西夏。终了，留下了屠城的遗言，算是对西夏的一种报复。

拜元朝所赐，今日的宁夏，早已难觅西夏王朝的踪影，只有那似曾相识却又似是而非的西夏文字作为最后的传承，在贺兰山缺发出绝望的空响。

西夏，早已化作尘土，灰飞烟灭。

日暮时分，到了西夏陵，远远眺望着西夏国王残留的陵寝，曾经的富丽堂皇消失在蒙古铁蹄的蹂躏之下，只剩下这些硕大的土堆，背靠贺兰山，简朴而又庄严。在贺兰山风的呜咽中无声诉说着蒙古帝国的罪行，整整九座王陵，埋葬了西夏王朝的历史，埋葬了西夏的云烟往事。

西夏，已随风飘逝，这朵奇葩，在中国历史的舞台上，永远谢幕了。

（二）沙漠驼铃

很小的时候，沙漠是一个极其遥远而又恐怖的地方，荒芜，干旱，没有生命。

很小的时候，沙漠是一个充满神秘的地方，绿洲，海市蜃楼，驼铃悠扬。

后来，沙漠是一个极为壮丽的地方。王维一句"大漠孤烟直，长河落日圆"，道尽了所有沙漠的壮美景象，也深深把日落下的沙漠装进了我的心。

　　我们到宁夏的第一站便是中卫市,毗邻腾格里沙漠,依偎黄河而生,站在沙坡头,王维的诗脱口而出,这是为沙坡头而生的诗!

　　这也算是个奇迹,黄河之水平缓淌过中卫,一边是绿洲,另一边,居然就是黄色的沙漠。沙漠在黄河边停下了脚步,绝不再越雷池一步。黄和绿隔岸相望,看似对立却特别和谐,组成了一组奇特的景观,固沙在宁夏是成功的。

　　也许是在黄河边的缘故,中卫的沙显得特别细腻,接近沙滩的沙,但感觉比沙滩的沙要干洁,一脚上去,柔软无比,特别舒适。在阳光照射下,细沙泛出金光,搭配着沙丘阴面,颜色的反差更显壮丽之美。

　　在江南,永远没有一望无际的感觉,无论是碧绿的农田,还是俊俏的山峰,都备显线条美、变化美。

　　在塞北,一切都那么简单,断没有什么不应景的东西突兀地出现,无论是庄稼还是草场,无论是沙漠还是高原,总是大气地出现,让江南的秀气黯然失色。

古老的渡河工具——羊皮筏子

　　我们骑在骆驼上,组成了长长的驼队,伴着清脆而悠扬的驼铃,向沙漠深处走去。沙漠的边缘,已然难见生物,唯有间或出现的几株低矮灌木,用自己卑微的生命无语地抗争。向远处眺望,蓦地会出现一株胡杨,弯弯斜斜地插在沙漠里,在一片起伏的土黄色中点缀着的这些许深绿,让人在茫茫一片的单调中顿生精神。放眼远眺,极目天际,原本湛蓝的天空似乎也被沙漠吞噬了亮色,泛出微黄。毒辣的烈日在深秋里似乎卸去了利爪,虽然刺眼却并不让人汗流浃背,一阵秋风后,些许微凉。人在沙漠中骑行,随着骆驼的脚步抑扬起伏,身心渐然放松,思绪也似有似无,进入混沌状态,曾经让人不寒而栗的沙漠呈现出温柔的一面,直让人睡意盎然。

从沙坡头出来,有幸乘坐了羊皮筏子,这古老的黄河交通工具,随着旅游的开发,重新被挖掘出来,再放异彩。一个羊皮筏子,就是14张完整的羊皮加工后充气而成,上面加一张简易的木板,过河的工具就完成了。坐在筏子上,无所依托,只能4个人互为依靠才能找到一个着力点,脚下看似平静的黄河水微一皱眉便觉筏子动得厉害,方觉黄河人家生活之不易。

沙坡头的美并非纯粹的沙漠之美,沙漠与黄河在这里绝美相依,让宁夏的沙漠多了一分江南的柔美,少了几分塞北的粗犷,宁夏沙漠,也许最适合江南来客。

离开中卫,耳边似乎依旧萦绕着那梦中的驼铃,清脆而悠扬。

(三)胜似江南

宁夏三日,由东往西,阅过名城数座,参观了横卧西北的镇北堡影视城,湖中有沙岛的沙湖,经过了西夏王陵,尽兴了沙坡头,但是一种遗憾却愈来愈浓:塞上江南,真的名不副实?

从中卫驶出，一路高速，窗外仍旧是灌丛连连，偶尔还能看到一片盐碱地，贫瘠的土地上泛出点点白色晶体，犹如初冬的霜。

过了中宁，拐弯向北，风景为之一变。原本黯淡、苍茫而又单调的窗外，忽然现出连绵的树林，金黄的扇叶宛如一只只翩然起舞的蝴蝶，在塞上微寒的风中摇曳，极目皆林，煞是好看。正在诧异宁夏居然也有如此风韵的胡杨树，临近一看，竟然是家乡的银杏。

一种惊喜霎时涌上心头，一向以为好温喜静的银杏树，应该喜欢偏安于江南水乡，却原来早已放下身段，在这茫茫西北迎风而立，化为行道树，一任风沙蹂躏。在感慨银杏树生命力之旺盛时，也不禁对"塞上江南"有了一分确信，增了几许亲切感。

随后的惊喜便如决堤江水一发不可收拾。正值中秋时节，层林尽染，金黄的银杏林后还挺立着更茂密的树林，一色的常绿，一道道天然屏障增添了塞北平原的层次和立体感。

临近银川，大片的庄稼跃入眼帘，黄绿相间，粮菜交融，扮靓了这塞北奇葩，人们正三三两两成群忙碌着丰收，一派江南农忙的景象。向远处眺望，在密密的丛林后面，若隐若现一条长河，与我们时近时远，细一打听，原来竟是黄河，静谧无声，清澈可见，如此温柔，悄然伴着我们一路向北，丝毫没有下游浑浊厚重、波涛澎湃的凶险景象。在宁夏，母亲河让我们真正见到了其母爱的一面。也正是这条母亲河，成就了河套平原，孕育了宁夏的万亩良田、千顷果蔬。

塞上江南，还有一样好东西，镇宁之宝——枸杞。

都说宁夏枸杞甲天下，不到宁夏，难以感受。特别是中宁一带，沿着高速，放眼望去，满是星星点点的鲜红色，那些枸杞羞涩地隐在翠绿的叶片下，质柔而味甘，随意地往嘴里塞一个，很是凝神，据说曾是益精明目的贡品,今日得此一见,名不虚传。

未至宁夏,对于其"塞上江南"的名头,只是怀疑;到了宁夏才发现,这里不是江南胜似江南。

这清澈的黄河水,碧绿的防护林,金黄的秋叶,鲜红的枸杞,虽在秋末,却让宁夏别添一分妖娆,更多了几许活力,让塞北不再孤寒。

生为宁夏人,既有大西北独有的雄阔沧桑,又有江南婀娜的风采,幸哉!

(四)初识回族

走进宁夏,就是走进了回族的世界,这里,是中国回族的大本营。

一路而来,头顶白帽的回族人比比皆是,庄严肃穆的清真寺到处都有,走进餐馆,服务员会很自然地问客人用清真餐还是汉餐,甚至那满目皆是的阿拉伯文,也无处不在提醒我们,这里有独特的信仰和文化。

一个回字,凝聚这个民族千百年来的特殊历程。隋唐时期,大唐盛世吸引了无数异邦人来华学习、膜拜、经商,也许路途太遥远艰辛,也许大唐太富丽堂皇,很多异乡的异客一洗疲乏的身躯,便纷纷在大唐定居了下来,散落在都城、港口。这些人,被称为回人,一个回字,寄托了对万里之外故国的魂牵梦绕。大度的大唐文明不仅留下了西域的人,还包容了西域的伊斯兰文明,任其在大唐的佛道文化中生根发芽、互为交融,最终,退却了阿拉伯人的长袍,留住了回人的心。现在,回族人散布在全国绝大多数地方,而宁夏,成了回人的大本营。

如果除去回人的白色帽子，走在大街上，很难区分回汉，甚至语言，都已经融为一体。

但是，在大多数回族人的内心深处，伊斯兰教是挥之不去的、根深蒂固的信仰。转过身去，他们依然虔诚地朝拜，依然严格遵守伊斯兰教的各种清规，依然把去圣地麦加朝圣作为毕生的追求，依然保留着自己的饮食习惯。

一个有信仰的民族，才是有生命力的民族。回族，以一群西域旅客的身份，最终没有被淹没在泱泱 5000 年中华文明的大海中，没有被从外而内地同化，也许，就是得益于坚守了自己的信仰。

然而，坚持不等于分化，近代以来，回族和汉族一直就如兄弟般并肩而行。上溯大唐王朝以降，回族的英杰就一直在中国的舞台上扮演着各种重要的角色。翻开回族的历史，战功卓著的常遇春、七下西洋的郑和、清廉正直的海瑞、国军重臣白崇禧、抗日英雄马本斋、相声泰斗马三立……不胜枚举的回人，在华夏的历史上书写了浓墨重彩的一笔。

当然，走进宁夏，走进回族，我第一个记起的，是霍达——《穆斯林的葬礼》的作者。正因为她，更多的人了解了回族人的风俗习惯，书名是葬礼，内容却是生存，是生活。书中纯洁、凄美、痛楚的主旋律或许正是回族千年历史的写照。

也让我记住了穆斯林葬礼上的祷词：

啊，安拉！宽恕我们这些人：活着的和死了的，出席的和缺席的，少年和成年，男人和女人。

啊，安拉！在我们当中，你让谁生存，就让他活在伊斯兰之中；你让谁死去，就让他死于信仰之中；

啊，安拉！不要为着他的报偿而剥夺我们，并且不要在他之后，把我们来做试验！

短短数言，凝聚着穆斯林的信仰、宽容、希望。

祷词如此，何提其他！

飞机离开银川河东机场，看着脚下的银川大地渐渐小去，怅然若失，6 天很短，却浓缩了整个 3000 年的旅程，胸膛不大，却塞下了一个大西北的风光，一路向北，不虚此行。

（时过半年，西北美景仍在眼前，似余音久绕梁而未去，闲静之余，重温过往，意境更甚，记之，以念。）

2012-04-02—2012-04-28

居庸关上方识儿

2011 年 8 月,五岁的儿子和我们一起去北京游玩。皇城根下,尽阅沧桑历史,古迹点点,处处让人感慨唏嘘。

五岁的儿子自然懂不了这座城市承载的千年之重,然而也一知半解地感受了浓重的历史味道,不知疲倦地跟着我们奔东走西。在我眼里,儿子就是一张白纸,不断的行走就是人生的阅历,当然,由于是独子,全家的宠爱集于一身,尚显强壮的儿子其实难免脆弱。

直到最后一天,来到居庸关下,我才第一次认识了我的儿子。

居庸叠翠是北京的胜景,"不到长城非好汉"又是享誉中外的名言,如今,真的到了居庸关下,抬头望远,长城如蜿蜒的长龙不见其首,所在的山脉也很陡峭,总共八个烽火台依次而立,煞是雄伟。一股豪情顿时而生,然而回首看到 5 岁的儿子,又自踌躇。

时值盛夏,刚过正午,烈日当空,在阳光底下站一会便觉眩晕,莫说爬上顶,就是稍许的暴晒已使人汗流浃背,同行的很多人都打了退堂鼓,妻子身体不适,也选择了放弃。我正犹豫,儿子轻声说:"爸爸,我想到最上面去看看。"

看着不谙世事的儿子,妻子不住地劝他:年龄太小、天气太热,到了就行,最上面恐怕是上不去的。

儿子的眼里透着一种任性,我也不想扫了孩子的兴,难得到长城,自然想上去看看,感受一下俯瞰江山的豪情。协商的结果,是去第一个平缓的烽火台,那里有着"不到长城非好汉"的石碑,虚荣的我自然想在石碑下留个影,这样才属不虚此行。

带足水和食物,儿子欢快地跑了起来,这是长城上唯一一段平地,或走或跑都不太费力,我惬意地看着儿子兴奋的背影,踏在泛白的青石砖上,历史与未来形成了一个和谐的整体。

不久,便看到"不到长城非好汉"的石碑,也走近了儿子见过的第一座烽火台,早已大汗淋漓的我长舒一口气,任务终于完成了。回头看儿子,小家伙虽然脸上挂着汗珠,然而兴致正浓,抬头看着远方,跟我说:"爸爸,我们再爬爬楼梯好吗?我不累。"

儿子眼中的楼梯,就是台阶,居庸关的台阶特别狭窄,而且又高又密,每一阶都要费力抬起腿方能迈上,对于我也是不小的考验。一直在我眼里很弱小的儿子有点让我惊讶了,我想看看儿子能爬多高,又一次答应了。

这是一段比较艰辛的路程,5 岁的儿子腿短,每上一级台阶都是一手扶着城墙,一手靠我拉扯着跨上去,每跨一步都能感觉到儿子狠狠地抓了一下我的手。起初,儿子还和我说说话、交流交流,渐渐地,只剩下两个人粗粗的喘气声。

回首再望,已经过了半程路,看着儿子气喘吁吁的样子,我心疼地停了下来,拼命灌了一通水,再问儿子,走了这么多了,要不要回去了。我担心的是儿子如果用尽了力气,我们怎么回去。儿子却倔强地说:"爸爸,别人能上去,我也能。"

我顿时语塞。小小儿子有这番志气,让我很是意外,总以为孩子还小,很多事情并不懂,也就几乎没有俯下身来走进孩子的心灵,而不经意间,孩子却已经在潜滋暗长。抬头看去,最高点的确已经相去不远,但是上去,起码还要半个多小时,难得来一次长城,我内心也想感受一览众山小的滋味。况且,这种磨砺,对儿子的成长未必不是好事。

下定决心的我,拖起儿子,一步步向山顶挪去,汗水早已如雨下。然而,儿子没有一点退却的意思。虽然两个人越走越慢,但是还是到了终点。携着儿子趴在箭垛边,放眼望去是层层翠绿,心境豁然开朗,疲劳也一扫而光。

我和儿子躺在青石砖上,任山风吹拂,儿子还饶有兴致地跟我讲起了小故事,这一刻,世界似乎浓缩成了方寸之地,亲情流溢在长城之巅。

行将下山,我的担心还是来了,筋疲力尽的儿子如何下去是个难题,因为台阶高,体力透支的儿子一不小心就会摔下层层台阶。我想抱着他下去,儿子拒绝了,而实际上,以我的体力和台阶的情况抱着更危险。儿子还是和来时一样,一手扶着栏杆,另一只小手紧紧拽着我的手,两只湿漉漉的手紧紧握在一起,两人小心翼翼地往下挪。

其时天色已经不早,儿子没有说一句苦,也没有再说一句话,两个人连喘气也变得愈发艰难。到达城楼时,焦急的妻子跑了过来,一把把儿子搂了过去,看着儿子满脸的疲惫,心疼得直流泪。

疲倦的我早已没了表情,一屁股坐下去,只顾喘气。但是心里却甜甜的。

晚上,儿子给奶奶打电话时,兴奋得直喊:"奶奶,我到长城最顶上了。"

那一年,儿子知道了什么是"不到长城非好汉"。

那一年,我知道了什么是"人小志大"。

那一年,我有幸陪着儿子一起见证了成长。

居庸关上,我才真正认识了我的儿子。

2012-10-15

烟雨黄山

来到黄山脚下,脑海中挥之不去的,是一个故事。

500年前,大明帝国的二月,江南正是浅草没蹄、早莺争树的时候,两个踌躇满志的年轻人,一个打苏州出发,一个从江阴北上,去往同一个目的地——京城,参加的是士人最高的荣耀之争——会试。他们,一个是名满天下,企盼着连中三元的江南大才子,一个是家境殷实的江南大财主,一次不期的相遇,让他们结伴而行。一路北上,一个放浪形骸,一个财大气粗,两人指点江山,激扬文字,颇有些春风得意马蹄疾的味道。

会试的结果,两个人包揽前两名。然而还没来得及举手加额,会试舞弊案便东窗事发,一批官员受到牵连,财主考生涉嫌买题被取消了资格,同样命运的还有那位大才子,政治的腥风血雨里已经没有人关心才子的冤枉与否。两个人黯然无声,悄然南归。

他们,一个叫唐寅,一个叫徐经。一次考试改变了两个人的命运,唐寅跌落云端,从此愤世嫉俗,专攻书画,成就一代诗画奇才,却也走完了坎坷颠簸的短暂一生;徐经则不再专攻科举,潜心齐家,以自己的耻辱换得了家风的日渐开明。

90年后,徐家大院里,一个婴儿破啼而出,他的名字叫徐弘祖,号霞客，中国历史上最伟大的旅行家。

　　高祖的经历对于徐家影响颇深，幸运的徐霞客没有走上科举弘祖的老路，而是和他的父亲一样寄情山水，开始了人生的游历，无数的奇山异水便在徐霞客的手攀脚蹬中走入了中国的历史。

　　黄山便是其中之一。

　　黄山由黄帝在此修身炼丹飘然成仙而得名，却因徐霞客而名满天下，"黄山归来不看岳"已是妇孺皆知。

　　黄山早已成为每一个喜好山水者心头的一个梦想，我也不例外。然而黄山似乎触手可及，却每每阴差阳错，几度失之交臂。2012年8月，终于成行。

烟雾朦胧锁黄山

　　时值盛夏，黄山脚下却总是云雾缭绕，时晴时雨，晴只是偷偷露出半边脸蛋，吝啬地洒下些许阳光，雨也只是挤出几滴雨水，慌慌张张落下来了事，轻抚脸颊，竟然还有丝丝寒意。满眼青翠欲滴的绿竹，掩映着白墙黛瓦，清风拂过，万竹攒动，层绿微舞，清脆回响,萦绕在空翠幽谷中,甚是惬意,宁静之至,足以让人忘却尘世纷扰。

黄山素以"奇松、怪石、云海、温泉"名绝天下。欲登黄山,却不巧碰上阴雨绵绵,久候不去,一行人便在雨中上了黄山。

江南的山,往往灵秀有余,巍峨不足,黄山虽然偏居江南,却兼具了磅礴伟岸和奇灵毓秀。从慈光阁乘缆车而上,看着如刀削的峭壁,感慨当年徐霞客上山的艰辛。峭壁上寸草不生,光秃秃的石头缝里也很难附着泥土,只有沧桑岁月的痕迹斑驳地刻在岩石上。

就是在这样的峭壁上,偏偏稀稀落落长了很多黄山松,有的傲然在风中屹立,有的艰难地沿着石头攀岩前伸,有的扭曲着身子从缝里探出头来,有的拖着残废的身子摇摇晃晃地辛苦支撑着……看着这些活得如此艰辛的黄山松,心里备感辛酸,怜悯之情油然而生,然而瞬间便会化为敬畏,因为这是对生命不屈的追求,是草根最卑微、最真诚的生的渴望。

从玉屏站出发,遍布黄山的便是短小狭窄的台阶,先人硬生生从黄山崖壁上掘出一条便道,使得寻常人遍游黄山成为可能。可惜阴雨伴着山风,极目望去,白茫茫一片,远近山峰都宛如披上厚厚的白纱,朦朦胧胧,隐隐约约露出点黛色,似云似雾,如梦如幻,勾起人无限的联想。

黄山昔日的胜景,天都莲花各峰,仙人指路、猴子探海诸石,纷纷隐退在无边云海之中,感觉自己如在云端。雨打在脸上,隐隐作痛,敲打得树叶颓然无语,加上山风甚紧,一边是深不见底的云海,渐渐不再有暇情欣赏雾景,身体尽量倚靠在峭壁边,在风雨中蹒跚前行。

临近一线天,已近正午,雨势依旧,烟云却渐渐消散,回首探云海,隐约可见云海下的深渊,云层浩渺,颇有点"荡胸生层云"的味道。抬头前望,两块大石头中间硬生生挤出一条羊肠小道,台阶高耸而狭小,仅一人可行,后行者稍急,就会碰到前行者的脚跟。小道顶部,两块大石头微夹一块悬石,风稍大点,感觉悬石微微颤动,煞是惊险,取名天梯,名副其实。这种台阶黄山上比比皆是,当初名噪一时的《小花》便是在这里拍摄的,依然记得陈冲和刘晓庆抬着担架,刘晓庆跪在石板上艰难挪动的镜头,已成黄山的另一块招牌。

一路相伴的,唯有黄山松,任风雨飘摇,黄山松以其独有姿势孤独地待在黄山上,无论是峭壁上的,还是山顶上的,齐刷刷地剃着平头,向着一个方向伸出虬枝,或三五成群,或孑然一身,都默然无声,看似平凡的松能跻身"岁寒三友"不是没有道理的。你看他那沟壑纵横的树皮里布满的不正是深沉、雄浑、坚忍,尖细而繁密的针叶中彰显的不正是铮铮铁骨吗?

下山的时候,不由得想起了东坡先生的《定风波》:"莫听穿林打叶声,何妨吟啸且徐行。竹杖芒鞋轻胜马,谁怕?一蓑烟雨任平生。"顿时豪情四起。

雨中的黄山,别具一番风味,烟雨黄山,留下了满山的隐约和委婉,撩人的面纱等着下一次再被揭开。人说"黄山归来不看岳",我说"曾经沧海难为水"。除了黄山,还有谁能再入我的眼呢?

2013-01-06

青岛印象

　　每至夏日,往往是携家出游的黄金时机。受够了跟团出游的奔波,厌倦了"上车睡觉,下车尿尿,到了景点拍张照"的单调,也害怕了长途自驾游的劳累。2012 年的夏天,我给了我的家人一个不一样的假期。

　　锁定青岛这个美丽的北方海滨城市,详尽规划好每日的吃住行游,一家三口便登上了北去流亭的飞机。

　　在青岛,四晚五天绰绰有余,于是便有了闲庭信步的悠闲,也有了天马行空的舒畅,对青岛,也有了更深的认识。

青岛的痛

　　青岛,依偎在胶东半岛的怀抱里,面朝黄海,背靠齐鲁大地,海风吹过 3000 年,任容颜变老,她却默然无声。她的身边,是琅琊,是即墨,是齐鲁争锋,是百家争鸣,唯独这座海边小城被忘却了,塞在无人问津的角落里,布满岁月的灰尘,这颗璀璨的明珠黯淡无光,青岛人也沉默不语。

　　这一沉默便是千年。1897 年,八国联军的大炮撕开了大清帝国的伤口,德国人发现了这颗明珠。于是,青岛,扮演了千年的配角被推到了台前,成为一块炙手可热的肥肉。德国顺利地占领了这块宝地,依山临海,留下了一大批欧式风味十足的建筑,日积月累,形成了"八大关"的景点。如今漫步八大关,留下的只有"红房绿树,碧海蓝天"的休闲景色,曾经的硝烟早已散去,曾经的痛却在看着一座座建筑来历时隐隐而发。

17 年后,青岛成为第一次世界大战中亚洲唯一的战场,北洋政府怔怔地看着日英联军和德军上演你方唱罢我登场的闹剧,中国的百姓为战争买了单。

4 年以后,青岛成为巴黎和谈的主角,中国作为堂堂战胜国却成了被瓜分的战利品。青岛,又一次让世界垂涎。

某种程度上要感谢青岛,感谢巴黎和谈,正因为这一丧权辱国的卑劣之举,沉睡百年的民族屈辱感如火山迸发,不可收拾,五四运动由此而生。如今青岛海边矗立着一个"五四广场",标志性建筑便是那熊熊的火炬,鲜红的颜色在提醒着国人,莫忘国耻,莫忘热血沸腾的年代。

不在沉默中爆发,便在沉默中死去。青岛百年的屈辱,青岛人硬生生扛了下来,并以北方人特有的坚韧创造出了新的奇迹。

如今的青岛,已经真正迈向了国际化发展。海尔、海信、双星等大品牌的崛起,使青岛成为北方一座领军式的城市,而这些,也许要感谢曾经的痛。

青岛的人

青岛的特殊地理位置让青岛人变得更为独特和丰富,他们诚实、大气,他们热情、宽容。

放眼青岛,背靠齐鲁大地,山东汉子的直爽、憨厚是有些名气的。青岛汉子同样如此,然而可能是临海而居,青岛汉子更多了一些水性,多了些变通和大气。多次打的,每每零钱不够,青岛的司机总是大手一挥:算了,没事。这四个字在经济意识更强的浙江司机嘴里,很难听到。

青岛的女子同样如此,像大部分北方女子一样身材高大却又不显臃肿,大概是受了海水的染淫,个个婀娜多姿、亭亭玉立而又白嫩润滑,活脱脱大一号的江南美女,只是更显大气与率真。

也许是孔孟故里的缘故,深厚的文化底蕴早已渗入齐鲁的每一寸土地之中,更何况这充满灵性的滨海城市。我所接触的青岛人举止都很得体、礼貌,即便是街头匆匆而行的过客,也会为不经意的轻碰对我 6 岁的儿子说声对不起。

最让我感动的是一对大学生情侣,我们在八大关靠海的地方打的,几次都未能成功,小伙子很热心地告诉我们在景区拦车的诀窍,然而最终还是没有拦到车。当我们散着步慢慢寻找交通工具时,又碰到了这对情侣,他们主动过来告诉我们乘公交车的地址和路线,身在异乡,这种热情填平了内心的一丝疲惫和慌张。

在青岛所遇见的人都让我很亲切,透着滨海大城市的大气和包容。美中不足的,也许是崂山。

不知道是开发太久了,还是离青岛主流文化有些距离,抑或是我们正好碰上了商业气息太浓的导游,强烈的市侩气和被迫消费的感觉让我很是不快,这是对青岛之行唯一的不满。

很羡慕青岛人的生活,一个个悠闲从容,踱步海边栈桥,或是夜逛商业街,时而三五成群的友人叙旧,时而一对对情侣依偎一起,相拥看海,就连上了年纪的老太太,也是家长里短,闲话生活。伴着阵阵海浪声,消散在黄海的博大胸怀中。

做青岛人,真好。

青岛的酒

中国是个酒文化深厚的国度,但在中国酒文化的字典里,有白酒、黄酒、红酒,唯独没有啤酒。

正因德国曾经在青岛的统治,舶来了德国的建筑风格,顺便捎来了德国的国粹——啤酒。

百年以后,青岛俨然成为中国的啤酒之都,喜欢热闹的,每年的8月都能来青岛参与国际啤酒节的盛会。

而这节日,只是给外人的,留给青岛人自己的,是别样的啤酒文化。

登州路的啤酒街,也是颇有名气的。街的一边,就是青岛啤酒厂,高高的啤酒罐头耸出厂区,让所有路人垂涎不已。而因地制宜的青岛人,沿着啤酒厂,开起了长长的啤酒排档,更有甚者,直接把啤酒厂的酒接根管子到自家店里,挂个水龙头,一开闸,新鲜的扎啤"哗哗"而出,这种感觉,比那久旱逢甘霖还要胜出一筹。

来了青岛,你才知道啤酒原来有这么多的讲究,原麦汁、原浆、纯生、鲜啤、黑啤等，色彩斑斓，眼花缭乱。

想在这里区分青岛人和外地人其实也简单。只要手里拎着个塑料袋，里面放的是散装的黄澄澄的啤酒，穿着拖鞋，踱着小步，"比达比达"有节奏地敲打着地面，塑料袋随之前后晃悠着的，那肯定是本地人。买回家，就着两个小菜，一口下去，夏日的清凉阵阵袭来，不亦乐哉。

当然，在这街上，更多的是慕名而来的游客。

如果只有啤酒，显然是美中不足的，上天厚待青岛的，还有那一碧海水下种类繁多的海鲜。

青岛以小海鲜闻名，贝类海鲜居多。坐在露天大排档里，喝着原汁原味的啤酒，就着新鲜的海鲜，听着路边艺人的音乐，伴着夹杂些许海腥味的晚风，看着对面耸立的啤酒厂标，加上络绎不绝的游人，那种悠闲，那种惬意，难以言表。

在青岛，吃得最多的是当地的生蚝、扇贝、海肠、大虾白菜、海参拌饭、鲍鱼炖蛋、鲅鱼，加上那些海虹、蛤蜊、蛏子等小螺类、小贝类，宛如一场海鲜的饕餮盛宴，而且新鲜又便宜。

青岛也给这些海鲜取了很有特色的地方名字，在青岛，蛏子的名字被细化为"两头鲜"，生蚝叫海蛎子，虾姑成了虾虎，带鱼直接成了刀鱼（与长江刀鱼不是一个品种）。我按照家乡的叫法点菜，把当地的服务员搞得一头雾水，不知所云。

早闻青岛人喝酒，讲究个礼节，这次在汇泉王朝大酒店，一帮青岛的朋友上演了这么一出标准酒礼。吃的是日本料理，主人居中称为主陪，我们一家右首排开，主人的夫人，其他朋友和夫人，左首依次坐下，主人对面坐的是副陪。喝的是清酒，入口较淡，主人连敬三杯，其他陪同者每人两杯，其间，我几次想起身敬酒感谢，被主陪一一拦下。直到副陪再连敬三杯，才轮到我的还礼。桌上的大龙虾、大对虾都已经被淡忘，唯独记得自己一家人如腾云驾雾般回到宾馆，青岛的酒文化，让我钦叹！

青岛的景

相比青岛的人和酒，青岛的景居然被我淡忘了，想想也不奇怪，走走停停，我接触的不单单是青岛的浮光掠影，更是触探到了青岛的魂。但是，既是出游，景似乎还是该说上一说。

青岛的景很是简单，景由海生，海由景旺。大大小小的景点，沿着蜿蜒的海岸线一字排开，青岛顺势造了一条观景栈道，一路延伸开去，恰似一条木质的绸带披在脖子上。

从长虹卧波的栈桥，眺望灯塔夜照的小青岛，穿过幽静绝美的八大关，经过可爱的极地海洋世界，游历沧桑阅尽的石老人，一直可以通到充满传奇的崂山。

一个个景点，结合狭长的海岸线，如同一条被串接起来的珍珠项链，清新高雅，脱俗动人。

然而青岛最大的景，还是海。中国的四大海中，黄海似乎挺尴尬的，没有渤海的三面环抱、小巧玲珑，没有东海的海岸曲折、婀娜多姿，也没有南海的碧绸蓝绒、冰清玉洁。一个黄字，让人顿生失望。

似乎黄海的水，就应该是黄色的，然而在青岛，黄融入了青，海水成为青岛人的最爱，每到盛夏时节，几个大型浴场沿着海岸逐一排开，从高处望下，宛如一大碗的饺子，人群密密麻麻，摩肩接踵。

我们避开高峰，穿过海底隧道，驱车直接去了青岛郊区的黄岛区，那里，有号称亚洲第一沙滩的"黄岛金沙滩"，也只有本地人才会寻踪而至。

一个"金"字，勾起了人的无限幻想。初到海滩，时值正午，阳光正烈，放眼望去，一片色泽金黄。一脚踩下去，柔软细腻，细沙轻轻摩挲脚踵，就如踩在了精面粉中。站在水中，轻闭双眼，任海风阵阵拂来，掀起的小小浪花，不停抚摸皮肤，深深地吸上一口海风，夹杂着淡淡的咸味，丝毫没有盛夏炎热之感。

金沙滩地势极为宽阔，海岸线平铺直叙，形成天然的港湾，的确是游人戏水的好去处。虽值正午，滩上却是人头攒动，深谙水性的不断尝试着搏浪远处；不懂水的也在浅滩处跃跃欲试，感受海水的温度；孩子们时而奔跑在沙滩上，时而跃入海水中与其亲密接触，一个个玩得不亦乐乎。青岛人似乎人人有一颗向往大海的心，老少皆宜，男女共乐。这是和自然肌肤相亲的乐趣，是人与自然合为一体的和谐乐趣。在这样的氛围里，就连我这样不识水性的旱鸭子也忘却满身湿透的衣服，扑在海水里和儿子嬉戏不已。青岛，真好。

五日之行，转眼便逝，难忘青岛，小小的身躯里哪里容得下青岛系列影像，只能浮光掠影，以作留恋。

2013-01-07（本文辗转拖沓 3 月始成）

川行五记

成都的面具

（一）

　　成都自古繁华地，偏居在西南一隅，背靠西川高原，坐落在成都平原上，宛如躺在一张太师椅中，历经千年沧桑，沉默无语，悠闲地看着滚滚东逝长江水。

　　成都是个特别的城市，粗粗一算，居然也有 3000 多年的历史，居然也是九朝古都，然而却又从未和几大名都相提并论过，究其原因，也许就是一个偏字，似乎没有一个政权是从成都走出，进而雄踞中原的。却偏偏有一个个王朝或逃遁四川，或偏安西南，然而却都只能做了中原的配角。或许刘邦是个例外，然而刘邦之于四川，也只是个匆匆过客，四川，并不是刘邦的基石。

　　四川是个适合偏安的地方，放眼望去，望不尽的东北群山，流不尽的南去江水，中间还有一大块平整的沃土，层层隔断了无数豪杰西进的雄心，也消磨了蜀人出关执剑天下的勇气。暖湿的气候、崎岖的蜀道，孕育了蜀人温顺、随安的个性。整整九个王朝，无一不是徒有燕雀之志,屡次的迎风而降,让多少女性捶足叹惋。无怪乎后蜀皇妃花蕊夫人写下"君王城上竖降旗,妾在深宫那得知。十四万人齐解甲,宁无一个是男儿"。

翻开厚厚的历史长卷,蜀地的政权似乎都不太愿意兵戎相见,每每燃起战火,明哲保身的声音往往占了上风:刘禅的蜀汉降魏,李势的成汉降晋,王衍的前蜀降后唐,孟昶的后蜀降宋……似乎无不如此。

几千年的沉淀,育成了成都别样的性格。一面是与世无争,收起了争雄天下的野心,安心向农,潜心耕织,打造出了"天府之国",让成都人衣食无忧,国人也为之赞叹。

另一方面,是把"巴适"发挥到了极致。听川话,拖着长长的调子,虽不同于吴越侬语让人浸在蜜罐里,但也总透着那么一股子安适与惬意。川人做事,不比北方的豪迈,也没有沿海的利索,慢条斯理,从不和时间一争高低,在慢节奏里透着智慧与哲理。

很自然地,成都成了国技的温床。有人夸张地说,如果飞机从成都上空飞过,你能听见的,肯定是"噼里啪啦"的麻将声。

川人对于麻将的喜爱,国人无出其右。在成都,沿着马路一字排开,挑着竹帘,满目便是醉心堆砌"长城"的四人小组。时间,便在牌的碰撞中溜走,在茶的氤氲雾气里翻腾,在大破龙门阵里融化。成都人的悠闲自得,尽在麻将中。

第一次亲眼看见心向往之的成都,是在晚上,昏暗的夜幕下除了炫目的各色霓虹灯和匆匆的路人,并没有看到成都的悠闲,只有和所有大都市一样的繁华和匆忙。是夜幕给成都戴上了面具,还是原本的听闻就是一张面具?

（二）

提及成都,首先在出现我脑海里的其实不是麻将,而是两张面具。

一张是三星堆。

虽然因于行程,并没有亲往参观,但是三星堆,才是蜀地的精华。

难以想象,5000年前,巴蜀之间就已经存在着一个古蜀国,这个神秘的国度几乎和中原的文明同时崛起然而却又缥缈虚幻。如果没有三星堆的发掘,四川的文明将被厚厚的尘土掩盖,而历史也会在这里被歪曲。

透过青铜的、黄金的面具与神像,隐约捕捉着古蜀的生活痕迹。这些看似夸张的面具后面,到底隐藏着怎样的一段历史?这个充满问号的国度曾经怎样在长江之畔生存?他们又是怎么样的一个群体?所有的疑问无从解答。在厚厚的尘土下面,也许掩藏着蜀人真实的生活,也许掩埋着令人神往的世外桃源,也许掩盖着颠覆历史的真相。感谢古蜀,留下了这些实物,让我们多少能望见古王国远去的隐约的背影。

另一张是川剧的绝活——"变脸"。

四川的神秘就在于她的文化总是和中原有着千丝万缕的联系,却又似乎完全彰显着自己的独特性格。

京剧只有脸谱,而川剧却硬是多出了这门绝活,在台上迅速变换脸谱的颜色,据说是用来表现人物的情感变化,而不让人看出丝毫玄机的,不由得叹服川人的创造力。

两张面具,一张是沉寂的历史,一张是活着的历史,交替变幻中是川人 5000 年的变迁和传承。于我而言,成都之夜,也是一张厚厚的面具,黑色的,把所有属于成都的特质都抹杀在传闻中,无论怎么变化,我都抓不住成都的脉搏。

次日清晨,成都仍在酣睡之中,薄雾微启,更给她增添一分朦胧与含蓄。拿起成都的交通图,发现几组环形的马路,竟然像极了一个八卦镜,蓦然想起了诸葛亮。3000 年历史,给这座城市留下了太多的荣辱沉浮,留下了太多的名人古迹。

下一次,一定专为成都而来,逛逛宽窄巷子,走走锦里古街,拜访拜访杜甫草堂,凭吊凭吊武侯祠……待上个十天半月的,去触摸成都的末梢,揭开成都留在我心头的那层面纱。

2013-10-23

走进青川

(一)山里人家

由成都往北,每一个浑厚的地名后面,都包含着一段耳熟能详的往事,几个名震天下的人物。由此似乎打开了一幅历史长卷,而我们,就在此中徜徉。在绵阳,杨雄端坐子云亭博览群书;过江油,李太白举杯邀月醉不休;经剑阁,诸葛武侯羽扇纶巾,挥斥方遒;近广元,一代女皇武则天待字闺中……不胜枚举,整个汉唐盛世,多少风流人物,分外妖娆,只让人眼花缭乱,只恨行程匆促难以驻足,四川文化的底蕴也着实令人折服。

这种文化的底蕴大多集中在四川盆地,一路往西北走去,当地势陡然升高,群山迭起时,盆地文化便渐行渐远。

山区的交通算不上特别便利,一条并不宽敞的公路是山区连通外界的唯一通道,两边是崇山峻岭,公路依水而建,一条青竹江清可见底,水流浅而急,进了广元地界便一路相随,江路相伴,宛如两条逶迤的蛟龙神游山间。

进了山区许久,一路并不见村舍人家,抬望眼,高耸嶙峋的群峰迎面而立,突兀又压抑,这里的群山不像江南遍地开发,种满各种林农作物,充满商业气息;也不像西北的山峰,裸露的皮肤在凄冷的西风中呼号。这里只有大片的森林,密密麻麻,苍老的翠色铺天盖地,浓郁得让人麻木,偶尔山腰上露出一户人家,低矮的瓦房孤独地依偎在群绿之中,土黄色的外墙在暗绿的映衬下更显鲜明。

山民上下山极为不便,往往酝酿许久才下定决心出一趟山,在这陡峭山坡上手攀脚爬上上下下,还带着一箩筐必备的生活用品,他们还在以几近原始的方式丈量着自己的生计。偶尔看见一个瘦小的背影隐约出现在狭窄崎岖的山道上,我总有一种心酸挥之不去。

车辆似乎一直在山谷中蹒跚前行,窗外风景浓郁而单调,这是个适合欣赏而不适合居住的地区,但是仍旧有这么多川人在崇山峻岭中挣扎、求生,他们的需求很低,节奏很慢,这是一种无奈,也是蜀人几千年传统的延续,是对生命的尊重,很多川人,便是这样生活着。

(二)阴平古道

青川有个唐家河国家自然保护区。岷山麓下,群峰竞秀。涧溪密布,汇聚唐家河。

　　据说这里珍稀动物颇多。可惜我们缘浅,大熊猫、云豹、金丝猴之类,一概未见。乘着观光车一路前行,在悬崖峭壁上,倒是经常看见猕猴嬉戏,在崖边树上时而雀跃,时而腾挪,尽显灵性本色。

　　我们的车行在峡谷底,两边虽怪石林立,但难得裸露在外,都披着厚厚的植被,遮掩起那岁月沧桑、沟壑纵横的真面目。

　　这里一改单调的绿色,显得异常活泼,常绿林和落叶林,阔叶林与针叶林,时而相依相偎,时而夹杂相拥,绿色不再古板,放下了主宰者的身段。绿的、红的、黄的,竞相登场,分享这天高云淡的秋色。深绿显得深沉,浅绿透出调皮,黄绿看似羞涩,火红绽放热情,层林竞艳,各色起舞。一棵老树颤巍巍矗立在一块突兀的岩石之上,孑然一身;一叠红叶争奇斗艳,群山竞染;一抹嫩绿从峭壁石缝中斜探出半个身子,在山谷厉风中瑟瑟发抖。好一幅彩色的山水画卷。

　　山顶,万枝摇曳;山谷,一片静谧。一条窄窄的小路勉强能容两辆观光车交错,除了鸟儿偶尔几声脆鸣打破山谷的宁静,万籁无声(据说春天溪水湍急,便闻战鼓擂动,煞有气势,如今已是深秋,流水温顺了许多,几无声响)。还有一棵硕大无比的古银杏树,通体金黄的杏叶,立在路边,岿然不动。一群人便在抬头与低头的一静一动中领略唐家河的秋色。

　　行至尽头处,前方道路收窄,现出一条幽深的石板路,路边立着一块碑,上书:阴平古道。蓦然想起,这是一条有着传奇色彩的路。2000多年前,一支奇兵出现在阴平古道上,谷中行20日,登上摩天岭,再无法开山辟路;前无生路,后有军法,为首者取毡裹身,从岭上滚下山去,余者2000多人,一一效法,顺利越岭,奇袭江油,一路南进，一口气灭了蜀国，为首者，邓艾，三国时魏国大将。他这一跃，让阴平古道载入了史册，刘汉呕心沥血打下的基业灰飞烟灭，也敲响了三国鼎足时代结束的丧钟。后人评价说："阴平峻岭与天齐，玄鹤徘徊尚怯飞。邓艾裹毡从此下，谁知诸葛有先机。"

阴平古道早已废弃，两边的杂草与青苔逐渐侵蚀了石板，曾经的刀光剑影都消融在摩天岭嘶哑的吼声中，郁葱的古木也化去了惊心动魄的裹毡一跃。

邓艾成就了"一将功成万骨枯"的至理名言，主宰了蜀国的灭亡，却参不透自己的命运，不久也功成被杀。

如今孤独的摩天岭上已毫无血雨腥风，曾经的些许古迹也在后人的不经意中一一消逝，阴平古道，彻彻底底与世隔绝，伴随着邓艾的沉浮，成为一段永恒的记忆。也许多年以后，厚厚的苔藓将掩盖历史最后裸露的皮肤，了无痕迹。

2014 年 5 月

蜀道难

（一）蜀道

此次去九寨沟，没有走常规的九黄线西路，而是选择了从青川直接穿过平武县，翻越杜鹃山，直达九寨沟的东线。

和西线的繁忙相比，东线显得孤独而冷清，来往车辆很少，外地车几乎绝迹。蜷缩在川北的平武，显得落寞、孤寂。

平武身陷群山怀抱，丝毫不见片块平地，"平武"的"平"字显然与此无关。一路随车颠簸，不觉中便从巍峨的群山脚下逶迤到了山腰，回眸望去，视野极为广阔，青山无数，翠林密布，已闻不到半点人间烟火味。浓密的绿色把群山遮得严密无比。偶尔一道陡峭的山崖如刀削下来，才露出峥嵘的山石本来面目，看着一面面突兀的山壁，在感慨生命的张力之余，也时时担心着这些看似脆弱的山石会不经意从天而降。

这种担心并不是多余的。车子越爬越高，道路却越走越窄，既不平坦又狭窄的山路上，两车交会便会带来很强的压迫感，一边是峭壁山崖，一边是无底深渊，唯有蹒跚的山路分明地镶嵌在群峰之中，像极了一条瘦长且饥渴的蛇，似乎随时都准备吞噬猎物来支撑残喘的身躯。道路其实很简陋，在爬山的过程中，不时能看到一块块塌方，或大或小，都把残骸暴露在路边，起活生生的警示作用。车子稍微靠路边，便可看见路边的碎石零零落落向山下奔去，许久才不见踪影，让人看了不寒而栗，心惊肉跳。这里虽是石山，但内部却十分松散，2008年的那场地震，也顺道扯下了这里的皮肤。窗外的风景固然沧桑壮美，但是在崎岖的山路上，也实在勾不起太多的兴致。

车行至杜鹃山顶，中途休息，导游告诉我们，这里海拔约3800米，对我们这些南方平原的来客来说，高原反应会很明显。下了车，刚疾走两步，便觉呼吸困难起来，似乎一块木塞堵住了喉咙，稀薄的空气让我对氧气的渴望无比强烈，伴着连续的耳鸣，高原给了我们这批南方的来客一个下马威。

我急忙放缓脚步，在杜鹃山顶，环视周围。这里已经有了高原的模样，少了密林的葱郁，没了啼莺鸣燕的踪影，山坡上矮小的草甸,也早早褪去了褴褛的绿装,满眼的枯黄,增添了这里的苍凉。既然叫杜鹃山,来年的阳春,应该会有漫山遍野的火红吧!

放眼远望,层层叠叠的高山上,虽然绿意依然摇晃,但是大片裸露的石山已然不似平武山区的滋润,在栗栗寒风中挣扎着彰显生命之美。彼时天高云淡,来时的山路也神龙不见首尾,真不知川人如何修建了这么一条道路,而我们的先人,又如何在这种环境下辗转腾挪。

油然涌出了李太白的《蜀道难》:

噫吁嚱!危乎高哉!蜀道之难,难于上青天。蚕丛及鱼凫,开国何茫然!尔来四万八千岁,不与秦塞通人烟。西当太白有鸟道,可以横绝峨眉巅。地崩山摧壮士死,然后天梯石栈相钩连。上有六龙回日之高标,下有冲波逆折之回川。黄鹤之飞尚不得过,猿猱欲度愁攀援。青泥何盘盘!百步九折萦岩峦。扪参历井仰胁息,以手抚膺坐长叹。

问君西游何时还,畏途巉岩不可攀。但见悲鸟号古木,雄飞雌从绕林间。又闻子规啼夜月,愁空山。蜀道之难,难于上青天!使人听此凋朱颜。连峰去天不盈尺,枯松倒挂倚绝壁。飞湍瀑流争喧豗,砯崖转石万壑雷。其险也如此,嗟尔远道之人胡为乎来哉?

剑阁峥嵘而崔嵬,一夫当关,万夫莫开。所守或匪亲,化为狼与豺。朝避猛虎,夕避长蛇。磨牙吮血,杀人如麻。锦城虽云乐,不如早还家。蜀道之难,难于上青天,侧身西望长咨嗟。"

壮哉,蜀道;险哉,蜀山!

翻过杜鹃山,便是一路下坡,虽然"上坡容易下坡难",然而在师傅稳稳的方向盘下,蜀道之难也渐渐远去。

也许苍天未曾感受到我们对蜀道足够的敬畏,生怕所谓的"蜀道难"成了我们茶余饭后不屑的谈资,要让我们再真切地体会一次蜀道之难,从九寨沟去黄龙的路上,蜀道真正为难了我们。

从九寨沟出发,似乎挥别了险阻的蜀道,路显得宽阔了许多,不远处仍然是重叠的山峦,由于地势较高,近处山腰下往往是绿黄相间的阔叶林,虽然早已失去了葱郁之感,然而稀稀落落各色交错,间或点点白雪偎在枝头,倒也别有一番风味。更远处,层层山峰不约而同戴上了一顶顶白色小帽,在蓝天绿树的映衬下增添了些许雅致与清丽。

黄龙地势要比九寨沟高出许多,一路前行一直在爬坡,过了不久,山坡边的一树一草都已披上了厚厚的银装,窗内望去,颇有点雾凇沆砀的感觉。据说,我们来的前一天,这里下了点雪,于江南,雪早就滋润了花草,不留下一丝痕迹,而这里,却是素雪满地,寒冰封尘。

车驶入松潘县境内,这座历史悠久的"川西门户",让我们暂时阔别了拥挤的山区,一望无垠的高原上,大片大片的草地不断涌现,虽然时过深秋,草地已经褪去了绿色,然而视野之宽阔依然让人荡胸亮眸,豁然开朗。天边尽头则是高山林立,雾气氤氲,似乎给群山罩上了一层厚厚的白纱,朦胧飘缈,地面上雪痕很淡,车辆行驶非常平稳,身在高原,但是高原的气息似乎并不浓郁。

白雪覆盖的蜀道

去黄龙必经的地方是川主寺镇,我们没有入镇,在镇边休整了片刻,据说这里是岷江源头,川主寺也是藏传佛教寺庙。远远地眺望这座小镇,镇子是典型的藏区风格,在厚重的浓云萦绕下的小镇依山而建,安详、静谧而又神秘。

从川主寺进黄龙,要翻越最险的岷山山系,山势也是陡然升高,最高点雪宝顶海拔有 5888 米。而我们要经过两道雪山梁子,海拔也在 4300 米,最强烈的高原反应将会在这里感受到。

与山下的雪花消融不同,上到雪山,天与地与山浑然一白,气温陡然降低,雪花早已化为冰,路旁山坡上不时有高原牦牛悠闲地踱着步,在雪下寻找高山美食,黑色的牦牛在雪白的背景映衬下格外醒目。

车驶至最高点,有一块观景平台,平台边是玛尼石堆,上面挂满了色彩鲜艳的经幡,在山顶寒风中迎风招展。据说玛尼石堆是藏族同胞用来指示前行的路标,在交通没有今日这么发达的岁月里,多少藏族同胞靠着这堆"救命石"在白雪皑皑中挽救了自己的生命。

　　站在观景台上,面对巍峨雪山,顿感自己的渺小,4000 米以上的群山除了在白雪覆盖下挣扎着露出自己黑褐色的皮肤,不见一树一草。阳光拥抱下,雪山群泛出金色的光芒,倍添神圣。而这神圣的背后,又有多少危险和恐惧藏于其中。80 多年前红军长征至此,便是从这雪山峭壁之上攀缘而下,在严寒和险峻的双重威胁下,无数英雄长眠于此。

　　正感慨于雪山险峻,司机师傅拿着厚重的铁链忙着绑轮胎,细细看去,并不宽敞的雪路上已经结了一层冰,在雪山之上,这是非常致命的。渐渐地,车辆也开始拥堵起来,排起了长龙。人踩在路上,犹如上了冰面,不能保持平衡。这段翻越雪山梁子的路似乎并不太长,但是汽车却像蜗牛一般蠕动,外面冰天雪地,师傅的背上已经湿漉漉了。师傅连叹幸运,幸亏是雪后上山,如果雪正浓那就麻烦了。

　　雪山之顶,我终于体会了蜀道之难!

2014-02-14

(二)茶马古道

　　山间云雾飘荡/水呀清澈流淌/雄鹰在空中翱翔/阿妈的笑声在古道间回响

　　远处的马蹄声响/伴着那雪莲歌唱/康巴的姑娘像花儿一样/纳西的汉子呦/美在心上

　　茶马/神秘的古道/风情将你深深缠绕

　　茶马/悠远的古道/沧桑的玄机中多少奥妙

从松潘下高原，沿着岷江而下，一路南行，两岸青山连绵不绝，群山叠翠，山势险峻。远远地看见高耸的山腰上若隐若现有一道路痕，凝神细视，似乎是硬生生从坚硬的山体肌肤上凿出的一道淡淡的痕，算是勉强可行的山路，路面似乎很狭窄，贴着波涛汹涌的岷江，人站在上面，不寒而栗。一边峰峦如聚，一边波涛如怒，战战兢兢地行走在这条路上的，究竟是什么人？

正在诧异间，不经意瞥见了远处山腰一处稍缓地，矗立着一组石像，牵着马，驮着货，伛偻着腰，下方刻着硕大的四个字"茶马古道"，幡然醒悟。

1000 年来，中国的南方存在着一条神秘的道路——茶马道，道路的一端在云南，另一端近至西藏，远通中南亚。

一端是茶叶的盛产地，另一端，是以羊肉为主食，极度缺乏蔬菜，从而迫切需求化脂消食的茶叶的高原百姓，供和求的尖锐矛盾，便在这条路上被消融了。

生在江南的我，不到西南，永远不能理解跋山涉水四个字的真正含义。跋涉的不是一双脚，而是一条条鲜活的生命；不是一座座江南的小丘，而是西南无尽的崇山峻岭。这些崎岖山路，原本并不存在，无数马帮几百年不间断的行走和丈量，终于用无数生命铺就这条古道，点点碧血洒满山路，化作了一只只滴血的杜鹃，铭刻着难以磨灭的记忆。

古道就像一条线，把沿途的各个小镇串联起来，依古道而蔓延开去的无数支路勾勒出了一幅幅地图，如毛细血管般错落有致，如叶脉舒展般生机勃勃。古道，打通的不仅仅是路，更是一片硕大的天空，为这些边陲小镇打开了一扇新奇的门。闭塞的偏远小镇，或是寂静的夜空下，或是微醺的晨曦里，听着一声声破碎的马蹄打破小镇昔日的寂寞与单调,推开一扇扇厚厚的门板,看着一群群风尘满面的马帮汉子,抚摸着远道而来的各色商品,或欣喜或失落或惊奇,这些生活在被遗忘的角落里的边民,终于触摸到了外面世界跳动的脉搏。

马帮,是这条古道的主人,电闪雷鸣,日晒雨淋,风狂雪急,都阻挡不了这群汉子舍家离亲外出谋生的勇气,只是一道道时间的沟壑深深刻入汉子们的眉头,一条条纵横的疤痕见证了历程的艰难,一曲曲沧桑的路歌回荡在岷江的上空。

脑中总有挥之不去的图像:怒水边,险道上,长长的马帮队伍谨慎地挪动前行,伴着马儿凄厉的嘶叫,和着铃铛清脆的声音,划破死一般沉寂的天空,走进大山的深处。

深处的小镇上,总有人翘首以盼,望眼欲穿,倾听着铃铛的声响……

如今的茶马古道静谧无声,所有曾经的喧嚣热闹、艰辛险阻,都早已飘散在山风中,化为乌有。

然而,承载着浓厚的边区文化、马帮文化的古道,却永远不会消逝在多元文化的殿堂里,即便如今天堑通途、物流发达,历史也永远不能忘却 1000 年的沉淀。古道,便像一道深深的刻痕,打下鲜明的烙印,永远嵌入巴蜀大地的肌肤里,供人瞻仰,让人叹服。

很多文化,很多事物,永远走不进大雅之堂,难以登堂入室,但是我们无法磨灭它们的痕迹,无法否认它们的伟大,因为它们是曾经活着的生存的文化,是根植于百姓的最接地气的文明。

接地气的文明,才是中华 5000 年的根基所在。

2014-06-06

仙境九黄

（一）九寨童话

早有耳闻，"九寨归来不看水"。对于生在江湖密布的江南，阅水无数的我来说，看惯了太湖的烟波浩渺，西湖的淡妆浓抹，甚至于山野小涧的涓涓细流，所以对此总是嗤之以鼻，自以为是见不到水的人才说出的话。媒体上所见琳琅满目的图画影像，也只是归功于数字技术的神奇。带着"曾经沧海难为水"的淡泊，有幸真的跨入九寨沟，才发现我彻底错了。

九寨的美，是我的笨笔完全不能描绘的。她是人间仙境，是童话世界，是清新脱俗不食人间烟火的绝美仙子。所有的江河湖泊，在她面前都顿然失色，黯淡无光。

感谢最早发现九寨的那批伐木工人，是他们掀开了养在深闺不为人识的九寨神秘的面纱，也是他们的手下留情造就了今日的清丽九寨。他们，也许就是最早被九寨折服的人。

九寨的传说很多，无一不是来自藏族。无论是"比央朵明热巴九个女儿"还是"达戈和沃洛色嫫"，都在告诉我们：此景只应天上有。是神的失误造就了人间的绝美，九寨，的确是上天的恩赐。

说是九寨沟，真正能看到的只有三个，日则沟、树正沟、则查洼沟，有规则地形成了一个 Y 形。受益于九寨沟发达的公交系统，在沟内看任意东西成了一件惬意的事情。我们直接到达日则沟的箭竹海，行走从这里开始。

步入九寨，一切凡尘俗事都荡涤无存。脚步自然放慢下来，也不敢高声言语，生怕人间的喧嚣惊扰了这沉睡的仙子。唯一能做的是放任心随着美景飘荡,陶醉在一草一木一山一水间。

　　一路走来,海子密集,大同小异。箭竹海因湖畔箭竹郁葱闻名;熊猫海却是因不经意间总能邂逅国宝而为人知;长海顾名思义,长而大,是九寨最大的海子,也是海拔最高的海子。这些海子,或两岸山峦对峙,或背倚翠山而卧,山下竹影摇曳,山上杉树林立,绿黄相间,山顶雾气氤氲,隐隐约约透着山顶点点白雪。

神奇的九寨沟

　　然而给我震撼的还是镜海。湖如其名,水平如镜,波澜不惊,山与湖相依,浑然一体,大气磅礴,全部的秋色倒映湖中,如镶嵌的各色宝石。绛红、墨绿、碧绿、鹅黄,随意地涂抹在水中,却别显自然。水中的倒影比水上的实景更加婀娜多姿。恍惚之间,已然分不清哪里是山,哪里是水,哪里是真,哪里是虚。只觉这种澄澈荡涤心扉,令人神往。偶尔风乍起,泛起微澜,婆娑的倒影微微摇曳,宛如害羞的少女轻轻掩住倾城的美貌,更添一种风味。

　　水上景看镜海,水下景不得不提五花海。如果说镜海是人间仙境,那么五花海,本就不属于人间。从未见过人间的水能如此绚烂、如此梦幻、如此浓郁。鹅黄、墨绿、碧绿、藏青,这些原本属于山上的色彩,居然一股脑儿挤在水中也毫不逊色。镜海还需要山水掩映方显婀娜本色,五花海,仅此一湖,便使各色湖水黯然失色。感谢神奇的钙化物,如海底多彩的珊瑚,染得湖色多姿斑斓。在阳光轻抚下,好似一匹巨大的彩帛,又像熔化的各色宝石,互相点缀、错落、浸染,自然的鬼斧神工造就色彩的过渡是如此不合常理却又浑然天成。

湖底,在妖娆的水藻相偎下,一根根朽木安然沉睡,倍添沧桑,错落的睡木像极了浓缩的历史残骸。在那一刻,现实与历史,生命与死亡,灵动与安详,交织、相融,却也显得和谐。

如果九寨沟只有这些海子,那么虽然清新,却不免单调,看得久了,自然也会疲劳,甚至寂寞。

九寨的水,不仅静如处子,也能动如脱兔。

这里不仅有祥和独处的海子,也有轻声细语的浅滩,更有磅礴雄健的瀑布。

沿着五花海栈道去珍珠滩的路上,流水宽而缓,环绕着一株株参天大树,如一首小夜曲,缠绵而婉转,悠扬而恬静;溪水泠泠作响,似少女低语,又像清风拂面,浑身有着说不出的舒畅。

栈道尽头,珍珠滩跃然而出。宽阔的滩面,欢愉的浅水,伴着低矮的植被。近处,是素湍,是碧水,是绿苔,是清风,是红叶;远处,是艳阳,是白云,是雪山,是根根挺拔黄绿相间的树林,是嘤嘤成韵空谷传响的丽鸟。整个人矗立在天地之间,天与人与水,浑然一体。

据说《西游记》片头曲就是在这片浅滩上拍摄的。独具慧眼的杨洁用梦幻的仙境作为神话的西游的开篇,再适合不过了。

如果说浅滩是窃窃私语、朱唇皓齿的少女,瀑布就是彬彬有礼、玉树临风的书生。

远远地,耳边已经听到轰鸣如雷;沿着台阶急下,珍珠滩瀑布便完美地展现在我的眼前。我没去过黄果树,但我知道她的磅礴大气,我领略过江南的瀑布,无一不是苟且小气,但是,珍珠滩的瀑布,更多的还是秀气。瀑布形如一轮弯月,优美地展现出一道漂亮的弧线。身在其中,宛如在环形影院,居中而观,美景一览无遗。这里或珠帘倒垂,或银丝飘飞,或白浪翻滚,一泻而下,卷起千堆雪,倏尔玉珠入盘,疾奔涧底,翡翠的水色伴着白色的浪花,向东疾驰而去。

此时,缓流的滩和飞泻的瀑相连,雄浑的壁与轻柔的水相依,高大的古松与柔弱的植被相偎,参天的翠柏和流动的碧水掩映,无不流淌着静谧之美。

九寨之美,数不胜数,雄伟的诺日朗瀑布,芦花飘逸的芦苇海,蜿蜒秀美的玉带河,甚至是那沧桑的独臂松……看不完的九寨美景,说不完的仙境妖娆。

离别之际,再过树正沟。一间简陋的木质磨坊依水而建,几个转经筒在水流的冲击下,舒缓而有节奏地转动,周转不息。那一刻,海子、浅滩、栈桥、磨坊、转经筒,静与动,自然与人文,融在一起,现出一幅绝美的山水画。只不知中国的山水技法能容纳下这么丰富多彩的九寨色彩吗?

九寨,来了为之心醉,离开为之心碎。

时至今日,能够让我为之魂牵梦绕的地方,似乎只有九寨。

(九寨之美,让我不敢下笔,然而不为她留下点文字,总觉得是一种遗憾,写完了,又觉得没有表现她的万分之一,仍然是一种遗憾。)

2014-03-14

（二）白色黄龙

《松潘县志》载："黄龙寺,明兵马使马朝觐建,亦名雪山寺,相传黄龙真人养道于此,故名。"

黄龙景区,其实是一条山沟,黄龙寺端坐沟中,因而得名。

黄龙地势比九寨高出许多,上黄龙,最好的选择是缆车,以便保存体力。由于缆车沿着山坡而上,对于恐高的人来说尤为安适。

雪山下的黄龙

其时晚秋,江南依然是凉风飒爽,艳阳依然带着几丝夏日的温度;九寨已然层林尽染,五色争辉;而黄龙,居然已经飘落了今年的第一场雪,海拔的缘故,这里已经直降到零度。原本只是远处的重重山峦在山顶略施粉黛,终年顶着一顶顶白色的小帽,裸露的肌肤上涂上淡淡的雪痕。但在小雪过后,虽然万里晴空,黄龙山上仍然存下了厚厚的积雪,层林一白。也许是降雪已久,残雪只是在山腰上、沟底中、流水边,斑斑点点、匆匆忙忙胡乱点缀了一番。于是,远山的白雪,褐色的山体肌肤,深沉的常绿林,碧绿的流水,火红的阳光,湛蓝的天空,相约在一起,恬静、闲适而又和谐。

黄龙的海拔,已经让人不敢再轻快地奔跑了,一路前行,耳边只听到自己沉重的喘气声,不时感受到仿佛身在飞机上的失重感,耳鸣阵阵,走了没几步,便早早遇到了长跑中的极点,步伐沉重,双腿灌铅。偶见一段木道台阶,并不陡峭,便尝试着迈了几个大步,顷刻之间,胸闷无比,呼吸难以为继,算是领教了高原反应的厉害,便放平心态,缓步踱行,黄龙的景,原本就是要慢慢品的。

经历了九寨的惊叹,黄龙固然绝美,却也不会让人难以置信,只是多了些许感慨。大自然的鬼斧神工为何如此偏心,将水的神韵、水的梦幻全部藏在川北一隅?天下水十分,七分九寨,一分黄龙,其余的,无论江南的娇柔,北方的磅礴,只能共享两分。

初在黄龙山上,远眺谷中,但见似乎有绵延而建的淡绿色房屋错落而列,正惊叹于在如此恶劣条件的谷中如何生存;漫步些许时间后,才哑然失笑,瞬间又惊叹不已。

这宛如在山坡之上,硬生生挖出了层层的梯田,只不过,不是水田,而是水。然而却又不是一般的素湍流水。这些水从远处看浑然一体,走近了又各成一小湖,隔而不断,连而有分,个个精巧别致,形状各异,水质明丽,掩映在群山密林中,相得益彰。黄龙的水,和九寨一样,也是常年经钙化雕饰。只不过九寨的水更蓝,更澄澈,而黄龙的水,显得浑厚而凝重。

黄龙全景,尽在五彩池一处。大大小小近 700 处池水,蔚为壮观。五彩池的最高处,是欣赏黄龙最佳的驻足点。

池的两岸,高山峻岭;近处杉松稀疏,残雪相间;远眺前方,雪山逶迤;脚下,池水五彩斑斓,清澈见底。黄龙寺背倚彩池,面朝雪山,在蓝天之下,白云之间,与红日相对,蔚为壮观,如此纯澈,让人所有杂念荡然无存。这一池秋水,波平如镜,好似打翻了飞天的调色板,浸染了满眼净池。这边浓墨重彩,那里轻描淡写,如果说西湖的水是一幅泼墨山水,充满了江南的诗情画意,黄龙的水,随意之间便是一幅绝美的仙境图,容不下一介凡夫俗子,也消融不了任何诗歌墨宝。黄龙,似乎就是个不食人间烟火的仙女。

一路下来,溪水潺潺,杉木缠绵,似窃窃私语,惹得游人也不敢高声语,怕自己的鲁莽扰乱了这世外桃源千年的静谧。就连艳阳,也柔了自己的光芒,透过丛林探出头来,撒上一层淡淡的暖意。

黄龙,是白色的。

2014-03-29

(三)走入藏家

少数民族中,我印象最深的似乎就是藏族。肃穆的喇嘛、神圣的转经筒、雄伟的布达拉宫、洁白的哈达、醇厚的酥油茶,妇孺皆知。

然而这似乎又是个遥远而神秘的民族,偏居青藏高原,世界屋脊,天高云淡,雪山林立,不由令人心向往之;但每提高原反应,凡人闻之色变,常有戚戚感。唯有藏族,即便强烈的日照让皮肤变得黝黑,岁月的皱纹布满身躯,却仍固执地坚守着这片雪域高原。

近几年,东部城市街头巷尾也偶尔出现了藏人的身影,一身藏袍,守着一个卖鹿茸虎骨的藏药摊子。空间的距离被拉近了,民族的距离却依然遥远。

与羌族的低调委屈相比,藏族在历史上大开大合,似乎从来没有从汉人的视线中消失过。据说,4000年前藏人就在高原上居住。从此,风云际会,成就了高原霸主。吐蕃王朝,一待就是200多年,伴着大唐王朝起起伏伏,恩恩怨怨,时而文成、金城两位公主进藏和亲,促进汉藏交流;时而反目成仇,举兵东征,骚扰大唐边境。吐蕃,便如大唐身边侧卧的猛虎,从未消停过。松赞干布便如西夏的李元昊,蒙古的铁木真,凭一己之力实现了本族的振兴,在华夏历史上写下了浓墨重彩的一笔。

和平原上曾经叱咤风云的其他政权如元、辽、金等一样,藏族最终融进了中华的版图,成为举足轻重的大族,世代生活在高原之上。

然而直到此次四川之行,才知道,藏族,并不仅仅生活在西藏,川西,同样是藏族的重要聚集区。

在阿坝,从九寨沟出来经松潘到汶川的路上,藏族的痕迹比比皆是。藏族建房子与羌人一样,喜欢依山而建,也用石木结构,但是,外观要更显大方,色彩也更浓烈一些。整个建筑,不像羌人一样封闭,而是更开放。也许,高原之上,藏族是当仁不让的主人,无须看别人眼色,尽可把浓郁的民族特色展露无遗。

更让人动容的是比比皆是的经幡,无论是玛尼堆边还是自家围墙上,各色各样的经幡随风飘动,荡涤人的心灵,成为一道飘动的风景,煞是壮观。据说藏族家里的富裕程度,不看别的,看看家里围墙上供奉的经幡就行了。这飘动的经幡是藏民对佛祖的信仰,是其一生的精神寄托。

我们对藏族了解太少,去了才知道藏族也分成好几支,有白马藏族、嘉绒藏族、康巴藏族等,不同支肤色习俗也均有出入。英俊的康巴汉子、漂亮的丹巴美人都如鹤立鸡群般醒目;白马藏族自称是吐蕃帝国边关的军人,这一守就是千年;嘉绒藏族仍然过着农耕的生活,有着独立的嘉绒语……

同族各支之间很多并不来往，都自认自己是独立的民族。历史太悠久，很多文化在融合中渐渐消逝，许多民族的记忆在战火中被毁灭，浩浩 5000 年历史，离了合、聚了散，纷纷扰扰，一团乱绪，谁也不能，也不愿意再去理这团乱麻。

藏族，一边是《高原红》的激昂豪放，一边是《见与不见》的深沉哲理；一边是粗犷荒寒的戈壁，一边是绝美人间的仙境。环境如人，人如环境，矛盾的民族才有更强的生命力。

特别喜欢扎西拉姆·多多的《班扎古鲁白玛的沉默》，简单低调富有哲理，也许是藏族最好的诠释：

你见，或者不见我
我就在那里
不悲不喜

你念，或者不念我
情就在那里
不来不去

你爱或者不爱我
爱就在那里
不增不减

你跟，或者不跟我
我的手就在你的手里
不舍不弃

来我怀里

或者

让我住进你的心里

默然相爱

寂静喜欢

这便是我对藏族最初的全部记忆。

2014-06-19

灾区剪影

2008 年的汶川地震,不仅是场灾难,更是对人性的拷问,心灵的荡涤。4 年以后再入灾区,变或者不变,仍然带来了极大的冲击。

(一)东河口剪影

青川是本次触摸最深的一个灾区,我们特地安排时间走进了青川地震博物馆。

为了记住灾难日,博物馆的外观被设计成了"512"三个数字,深色的外墙渲染出肃穆与沉重。走进馆内,时间仿佛回到 4 年前的灾难时刻,一处处整体搬迁过来的遗物、残骸给予我们强大的视觉冲击。断壁残垣、斑驳震纹随处可见。整个博物馆的氛围让人窒息。人在天灾面前,形如蝼蚁,毫无阻挡之力。

青川地震博物馆

最让人震撼的是一只挂钟,是市面上极为普通而廉价的挂钟,随处可见。然而这只布满灰尘、边框破败的钟却完整保留了钟面,时间赫然定格在 14:28,几近扭曲的挂钟无声诉说着那恐怖的一刻,天地震撼,山石飞走。生与死,全不由人来掌控,仿佛所有的人都上了轮盘赌,命系一线。据说青川受灾最厉害的是东河口,我们便驱车去往东河口原址。

似乎是为了渲染氛围,到了东河口,天色变得阴沉。我们看到了受灾前的图片,默然无语。这里原本树木葱郁,苍翠遍野,环境极佳。然而地震,把整个山头削去,又将其震到对面的山坡,山石土木滚滚而下,把山底原本安逸的东河口村全部掩埋,足足埋了100 多米深。至今滑坡处仍是一片狼藉,仿佛原本浓密的头发被剃了阴阳头,被胡乱剪了一气。遗址全部被保留下来,没有做丝毫的挖掘,因为这种条件下生已全无可能,那么何必再去打扰逝者的灵魂。

这里已经建了纪念碑,满满一墙的逝者姓名仍然让人触目惊心,一行人全部放低了声音,放缓了脚步,神色凝重地为遇难者默哀致礼。

在这沉寂的遗址上,却也不是没有一丝生机,一棵枯木、一朵待放的百合,让我看到了新的希望。

那棵树在地震之中遭遇了火灾,如今,树皮丝毫未存,随处可见焦炭状;树干几乎被拦腰截断,更像是一段枯木。然而,它却并未死去,依然屹立不倒,树干上,一抹新绿正从张开的裂缝中顽强地钻出来,在乌黑的树干映衬下尤其耀眼,也许,这就是青川不倒的精神。

百合是在震后种上去的,据说是为了纪念一位抢救学生的老师,在大致的位置上种了一片百合,有一朵蹿得特别高,洁白的花骨朵在风中微张,似乎仰天长啸,抗争不已。

在这静谧、肃穆的氛围下,这一木、一花在宣告着生的渴望。待来年,这里必定会群绿尽染。

愿逝者安息,生者珍重!

(二)走进映秀

青川已是如此,汶川,地震的中心,会是怎么样的情景?无法想象。

从松潘到茂县的路边,有一个美丽的大湖,如一颗巨大的绿宝石镶嵌在群山怀抱之中,波平如镜,被称为叠溪海子。这就是1933年茂县大地震时留下的堰塞湖。现实与历史,美丽与恐怖,生与死,居然如此静谧地在这里交融,了无痕迹。

漩口中学教学楼

然而从松潘下来，经茂县到汶川映秀镇，一路下来，心情颇不宁静。

4 年，时间已然冲淡了很多，不深入灾区，没有身临其境，很难有 4 年持续的关注、祈盼。但是当内敛的精神世界因隔离而渐渐淡忘时，封存不动的外显物质却依然会不断冲击人的内心。

汶川地如其名，是典型的山区，两岸青山连绵，也算是个山清水秀的好地方。

然而当我们经过此地时，思绪瞬间被拉回到 4 年前，用满目疮痍来形容群山，并不为过。原本郁郁葱葱的群山都无一例外敞开了胸膛，一条条不间断的伤痕随处可见。山石滑坡的残迹斑斑点点，许多断裂的桥梁仍然扭曲着、断裂着、斜倚着，旁边便是新建的桥梁，这种新与旧、完整与残缺的反差，直刺人的眼。

一路上，这种惨败的景象依然随处可见，当然，更多的是灾后各发达省份的倾力援建，让灾区的硬件发展起码提前了 20 年。得益于举国体制，灾后新房、高房雨后春笋般拔地而起。4 年时间，在建设如火如荼之时，或许政府实在没有太多时间去理会郊外的清理工作。

作为地震的中心,一万人的小镇映秀,在这突如其来的灾难面前,束手无策,伤亡过半,可谓家家哀号,户户失亲。山咆哮,水汹涌,余震连连,映秀人在不间断的余震中惶恐求生,唯有经历,才能体会,作为旁者,无法感同身受。

如今汶川映秀镇的面貌已焕然一新,江浙市镇也未必赶得上这里的变化。但这种沉重感还是挥之不去,这里保留着地震中唯一完整的遗址——漩口中学。

虽然漩口中学的伤亡是极轻的,这既有疏导及时之功,也有灾难时间之幸,更有难能可贵的设计过硬的德,近 2000 人的学校,只有 50 人遇难,已是万幸。

如今,这里原封不动地被保留下来,作为永久地震现场纪念处。走进学校,有一只硕大的震裂的石钟,时间也是定格在 14:28,但是没有青川地震博物馆中的那只震撼。

教学楼没有被彻底震垮,而是硬生生向下沉降了 10 多米,东低西高,整幢楼扭曲变形,门窗具碎,却残而未倒。

宿舍楼更让人震撼,整体下沉一层,在纵横两种震波的作用下被撕开一个个 X 状规则裂缝,但是完整保留了原形,屹立不倒。

宿舍楼前不知是何建筑,大约 3 层高,被强震的魔手拉扯成一个球,钢筋、水泥暴露无遗,宛如自然的一个纸玩具,信手一捏,揉成了一团。地震之强,破坏力之大,令人震惊。

在这里,既发生过惨绝人寰的悲剧,也涌现过大难前坦然面对、有序互助的颂歌。

逝者安息。

一路上碰到了很多当地的幸存者,有依然深陷痛楚不能自拔的,有已然忘却不堪回首的往事的,有鼓起勇气投身到新的生活中来的,也有看到了新的商机,谋划着自己的算盘的:人性百态,一览无遗。

往事固然不能忘却,但是生者却不能永远陷在思念的泥沼里,生活依然得继续。灾后很多幸存者选择了结束自己的生命,很多硬扛着参加救援、参加重建的生者,在重建初见成效时选择了归去,让人唏嘘。衷心希望所有的生者走出来,活下去,为了遇难者,更为幸存者。

记得大难来袭时,我正一个人在温州,待在空寂的房间里,独自一个人为同胞默哀,窗外,是满大街喇叭长鸣。

苍天有眼,泽被苍生!

(三)最后的羌族

据说 5000 年前,炎帝与黄帝发生过一场大战,战败后炎帝率其大部与黄帝部落融合,形成华夏族,也就是如今的汉族。还有少部分向西南迁移,与青海、四川、重庆等地的原住民融合,形成两个古老的民族——彝族和羌族。羌族有一部分炎帝部落血统,和汉族是 5000 年的兄弟民族,也是包括藏族在内很多少数民族的祖先。

然而这个小兄弟,在中华历史上似乎一直静谧无声,随着炎帝的兵败,默默当了 5000 年的配角,羌族最美好的回忆,似乎都停留在了上古时期。

羌人,辗转于大漠之北、玉门关外,一次次兵戎相见,难越关内半步,"羌笛何须怨杨柳,春风不度玉门关",哀怨的哪里只是区区一支羌笛。

羌族不多的两次声音,一次出现在五胡十六国。不可一世的前秦皇帝苻坚死在了羌人姚苌的手上,后秦成立,这个羌族政权存在了 33 年,被东晋大将刘裕所灭,也正是这个刘裕,顺手结束东晋,成为南北朝宋的开国君主。那个时代,斗转轮回来得太快,33 年的政权更是不值一提,但这是纯正的羌人的最强声音。

900 年后,羌人的一支党项羌族再度崛起,建西夏,抗宋金,足足耗了宋朝 100 年,且行且走磨光了宋朝最后的霸气,双双做了蒙古铁蹄的祭品。然而,一个李元昊,却名垂千史。

整个羌族,至此悄无声息。失去了在中原的话语权,不断地被迁移、融合,如今,纯正的羌人,只剩下了 30 万人。上天的两次疏忽,把两次惨绝人寰的地震都聚焦在了茂县、汶川一带,而这里,恰恰是羌族最后的归宿地:地偏人稀的山区,羌族损失惨重,失去的不仅仅是几个寨子、一些族人,同时也失去了许多宝贵的文化遗产。

依偎在大山怀里的桃坪羌寨

此次,我们去的是理县的桃坪羌寨,一个历经震灾巍然不倒的寨子。

和绝大多数羌寨一样,桃坪也是身处山区,建在山腰,背靠群山，面向河流，寨子与河流之间总能找出一大块河滩用来耕作。这样的选择，是羌人上千年智慧的结晶，夹在汉藏之间，既不能像汉族占有广阔平原有利地形，大兴农业；也不像藏族占有广袤草原，游牧而生。在这两者之间夹缝求生，这是最好的选择，河流，既是生活的保证，也是天然的屏障、生存的保障。

对于弱小民族来说，要想生存，首先学会逃避，其次才是防御。羌寨的建筑风格便是最好的阐释。

桃坪最显眼的就是碉楼。远远望去，两座碉楼雄浑挺拔，屹立山腰之上，顶天立地，在苍茫大地上尤为显眼。碉楼静观水向东流云随西去，寒风萧萧烈日炎炎，默然不语，像一把利剑刺向苍穹，仿佛整个羌族 5000 年的委屈与呼号都化作石剑，凝结在浩瀚时空里，岿然不动。碉楼，是羌族精神的浓缩，坚忍、勤劳、朴实，都化作一块块石头，融进了碉楼。

整个山寨便以碉楼为中心次第展开。据说，所有羌寨的碉楼选址、构造几乎一致。碉楼用黄土与石块筑城。智慧的羌人不采用汉人冗杂的建筑方式，没有图纸、不用吊线，信手砌成，结构却依然匀称，棱角鲜明，精巧别致，碉楼成了羌人精美的艺术品。

居碉楼之上，视野顿然开阔，抚摸斑驳沧桑的石壁，仿佛一段段刀光剑影的往事，一个个口口相诵的传奇仍然在眼前时隐时现。羌族，便在一次次隐忍中传承自己的血脉与习俗。

羌族独特的居住方式，也注定了其在地震中成为重灾区，有的地方全寨倒塌，伤亡惨重。所幸，桃坪羌寨比较完整地保留了下来。并借助旅游，得以实现传统与现代的融合。

于是，我们欣赏到了羌族热情的莎朗舞、铠甲舞，喝到咂酒（酒以青稞、大麦、玉米酿成，封于坛中，饮时启封，注入开水，插上竹

管,众人轮流吸吮,因而称之为喝"咂酒"),见到了一身传统装扮的
老寨主,还有几位读完大学又回到寨子的姑娘。

这些姑娘学成之后没有像断了线的风筝越飘越远,而是带着
同样的使命——宣传、传承羌族的文化,回到了寨子,做起导游和
讲解的工作,希望通过自己的努力让更多人了解羌族,让5000年
的羌族文化能够散发出独有的光辉。

一个没有文字的民族想要在这全球化的融合中独善其身何其
难?当肩上承载着如此厚重的责任,这些女孩瘦弱的肩膀如何扛
得动?我们因这群质朴的羌族女孩而感动,即便是飞蛾扑火,她们
也想让世人感受到羌族的温度。

遗憾的是在姑娘们讲解羌族民俗时,同在的一些汉族同胞表
露出了不耐烦与不尊重,两个姑娘泪眼婆娑。当我们自以为是而
失去对他人的尊重时,最后受到歧视的还是自己,这样的事情,不
仅仅在羌寨,全球各地似乎时时都在上演。

天佑羌族,能够保留属于自己的根。

2014-06-18

我来,或者我不来,四川就在那里,美丽依旧,艰辛如故。行程
的终点设在了绵阳,四川的第二大都市,可惜旅途疲惫,归心似箭,
对于绵阳,没有更多的触摸,机会只得留给将来。

2014-06-19

穿越广西的 13 天

2014 年的 7 月 19 日至 31 日,13 天,5100 公里,3 辆普通的车,3 个疯狂的家庭,抱着探索旅行真谛的心,开启了一场横穿浙、皖、鄂、湘、桂、赣 6 省之旅,核心便是广西全境。

不走寻常路的我们,第 1 天经过安徽省宣城市、广德县、芜湖市、芜湖县、繁昌县、铜陵市、池州市、安庆市、怀宁县、潜山县、太湖县、宿松县,湖北省黄梅县、黄石市、大冶市、咸宁市、赤壁市,湖南省临湘市,狂奔 900 公里,停宿在岳阳市。

第 2 天纵穿湖南,经过汨罗市、长沙市、湘潭市、衡阳市、永州市,广西全州县、兴安县、灵山县,抵达桂林市。

第 7 天南下南宁,经过永福县、鹿寨县、柳州市、来宾市。

第 8 天驱车去德天瀑布,选择了近路,一直在省道上颠簸,经过了坛洛镇、古潭乡、屏山乡、龙门乡、大新县桃城镇、那岭乡方才到达。赏景后马不停蹄,沿着中越边境的高速,穿越崇左市、上思县、钦州市、合浦县,抵达北海。

第 10 天返程,经过博白县、玉林市、容县、岑溪市、苍梧县、梧州市,途径黄瑶古镇,抵达贺州。

第 11 天,为了不走回头路,选择了贺州直接到湖南的 207 国道,途经钟山县、富川瑶族自治县,湖南省江华瑶族自治县、道县、宁远县、嘉禾县、郴州、常宁市、衡阳市、衡山县、株洲市、醴陵市,直达萍乡。

第 12 天,寻求"舌尖上中国"的"开化青蛳",途经宜春市、新余市、樟树市、丰城市、进贤县、东乡县、余江县、贵溪市、弋阳县、铅山县、上饶市、玉山县、常山县,抵达开化。

岳阳、贺州、萍乡、开化,四省四城市,并非旅行的典型城市,避开大热,是我们的一个睿智的抉择。

不玩寻常景点的我们,驱车 3 个多小时,翻越蜿蜒崎岖的山路,闯过时时塌方的小径,深入龙脊梯田最高处——金坑瑶寨梯田,一帮人爬山 2 小时,入住整个景区最高的客栈,付出超出常人数倍的体力,却看到了最为心醉的美景。与我们相伴的,没有一个旅行团,却到处是外国驴友。

游桂林,避开了城里所有的山山洞洞,以一个两江四湖的夜游全部囊括,有的景点,只需要走马观花,桂林城内的风景,大抵如此。

逛阳朔,名声鼎沸的西街我们却避之不及,为了找寻阳朔那份憧憬中的宁静,我们躲开密布城中拥挤不堪的客栈,选择了毗邻漓江的幽静山庄,开窗就是一片片桂林山水,远眺就是阳朔县城,那种偏居桃源赏到的美景,远不是挤在西街里所能感受到的。

泛漓江,选择的是竹筏,和水亲密接触,和筏工传烟交流,背靠山,面对水,少了导游喋喋不休的纷扰,又是一种惬意的享受。

下漂流,去了遇龙河,避开了团队最爱的一段,选择了傍晚最佳的时间,浅浅的河面上,如诗如画,我不知道世间是否有比这里更安逸的漂流,更纯澈的放下。但是那天的画面,我愿意永远定格,当夕阳西下,儿子在筏头欢乐嬉水,妻子斜倚在竹椅上弄水,那份安宁和幸福瞬间充斥全身。

去德天大瀑布,既是为了一睹亚洲第一大跨国瀑布的芳容,更是为了感受边境的独特风光,跟着团,永远看不见荷枪实弹的边防检查战士。

唯一的遗憾留在了涠洲岛,或许是上天嫉妒过于完美的行程,或许是广西不舍得我们来过便不再眷恋,让台风硬生生留下了涠洲岛,无情地拒绝了我们的登陆。

一路上也有插曲,自驾导航的偏离、夜游船票的遗失、孩子间的小矛盾、桂林的失散、各家意见的争执、黄姚古镇的受骗……然而这些,恰恰成为旅行的润色剂,让旅行立体而多彩,真实而多味。而结局,却是拉近了家庭的距离,强化了协调的能力。

当然,最令人欣慰的,还是3个孩子的成长,爬行龙脊梯田、畅游漓江水,路上的坚韧、相互间的照顾与沟通……这也许是旅行最大的收获。

希望为每个城市配上我们的足迹与感受,唯有光影的瞬间转为文字的呈现,视听的盛宴转化为内心的触动,旅行才能真正长驻,伴随我们的成长而不老。

2014-08-09

岳阳楼记

（一）双贤的岳阳楼

数百年前一个普通的清晨，空气中略带着些寒意，巴陵的春天似乎迟迟没有到来。然而那天，巴陵还是迎来了一件喜事，经年失修的岳阳楼终于修缮完毕，重放光彩。

作为地方的最高长官，大宋帝国的巴陵郡守来到了岳阳楼，年过半百的郡守抑制住内心的激动，看着这栋木制的三层小楼，根根卯榫间布满着自己一片心血。郡守步履平缓地登上岳阳楼，频频举杯相庆，享受官员的祝贺。

楼外，正是浩瀚的洞庭湖，湖上烟波浩渺，百舸争流。正酣的郡守倚在栏边，久久凝望洞庭。突然，郡守凭栏大哭，撕心裂肺，伤心欲绝。

周围的随从目瞪口呆，整个岳阳楼霎时安静下来，唯有洞庭的寒风席卷着郡守的恸哭声随意东西。尚未等随从们明白过来，郡守便止住了哭声，匆匆下楼，挥墨疾书，并附了《洞庭秋晚图》，寄给自己的朋友邓州知州一封信，邀请他为岳阳楼写篇记。

看着信使疾驰的马蹄离开，巴陵郡守迷茫有所思，他却不知，一篇名垂青史的佳作由此而生。

这位巴陵郡守叫滕子京，这是他被贬巴陵的第二年，他的挚友，刚被贬到邓州的知州，就是范仲淹，《岳阳楼记》由此而生。从此，岳阳楼扬名天下，这名声，一响就是近千年，至今不绝。

不敢说自己是文人，然而一个与文有缘的人总是绕不过"文人"情结，此次自驾万里行，第一站便绕了一个小圈，停在了岳阳，能吸引我的,只是那座楼。

修楼的是滕子京,守城的还是滕子京,然而他却不是这座楼的主人。如果没有这座楼、这篇传记,恐怕连滕子京的名字也只能被埋进历史的故纸堆里,无人问津。即便他做过湖州的知州,也不会引起我的丝毫兴趣。

但是岳阳楼还是托了滕子京的福,偏偏他有个名震天下的朋友,一个可以载入史册的政治家,还特地为了勉励这位身处逆境情绪低落却仍在辛苦做事的郡守,意味深长地写了一篇脍炙人口老少皆知的传记。于是,滕子京幸运地被从故纸堆里捡了出来,供了起来,还能和大宋帝国伟大的政治家并肩供在岳阳楼中。

不过滕子京作为一个"活"下来的历史人物,无论是其职务还是精神世界,抑或是文学所能达到的高度,都是单薄的。在大宋这个崇尚文人政治的王朝里,人才辈出,璀璨如星,满满流淌的都是横溢的才华。而滕子京,显然不是其中的主流,充其量,也就是范仲淹告诫的"迁客骚人",一肚子贬谪后的惆怅、不平。幸好,他还有一份士大夫的底线,有一股子心系地方的责任,所以,他最终是一边隐忍着满腹的冤屈,一边埋头为岳阳做了些实事。当大功初成时,才会在岳阳楼上,洞庭湖畔,仰天长啸,一吐胸膛恶意,一任洞庭湖水涤荡落魄的灵魂,一任对岸的君山吞噬苦难的思绪。

滕子京是幸运的,毕竟他还是混进了史册,然而一个"混"字,也注定了他只能是个配角。

历史有时候总爱开玩笑,岳阳楼的出名,居然托的是从未来过岳阳的范仲淹的福,他对着一幅画就能把洞庭一湖描写得栩栩如生,的确是大家风范。

对范仲淹,总有一种莫名的好感,这位生在太湖边的邻居,自幼贫寒,却能最终被追赠兵部尚书、楚国公,背后的刻苦与艰辛自不用说。对范仲淹的佩服,在于他不仅仅是个高谈阔论的清客,更不只是钩心斗角的政客,他的头衔里,有 5 条极高的评价——政治家、思想家、军事家、文学家、教育家。翻开封建王朝 2000 年的伟人名册,几乎无出其右。静能研学,动能谋略,文能安邦,武能定国,实在是大宋之福。

可是大宋的军事太羸弱了,一个范仲淹,苦苦支撑在西夏前线,换得"军中有一范,西夏闻之惊破胆"的威名,却换不来大宋边关的太平无事。

我们听过太多的政治家,却没有人能和范仲淹一样留下千古名言,"先天下之忧而忧,后天下之乐而乐",这是何等的远大抱负和博大胸怀。

范仲淹是这么说,也是这么做的。

如今,这篇文章安静地嵌在岳阳楼的正堂上,金勾银画,每个瞻仰之人都为之震撼。

其实,名言又何止在这岳阳楼上,几乎每一个国人都学过范老先生的这篇名文。这段名言,刻进了每一个国人的心,也激励着无数后来者。

2014-08-14

(二)掠影岳阳

一路驱车西行的路上,横穿安徽、湖北两省,一直人烟稀少,有时候,甚至高速上都车辆罕至,与江浙高速的繁忙形成了鲜明的反差。

到达岳阳收费站的时候,才突然让我们吃了一惊,长长的车龙望不到尽头,密密麻麻的货车夹杂其间,交通之繁忙,堪比沿海。

翻开地图,豁然开朗。岳阳,雄踞湘北,是湖南的第二大城市,也是整个湖南的北面门户,"南极潇湘,北通巫峡",说的是洞庭湖,而岳阳,狂揽湘、资、沅、澧四水,坐拥洞庭,连接长江,拥有如此重要的地位,无怪乎交通如此拥挤。

岳阳的历史,要比《岳阳楼记》还要早上 1500 年。岳阳的下面,有几个特别有名的县市,第一个便是汨罗市,屈原的报国无望愤然投江居然就是在岳阳的土地上;第二个是华容县,当年关羽放了曹操终成三国鼎立的华容道便在此地,连春秋吴越争霸的风云人物吴国大夫范蠡的墓地也在此;第三个是平江县,彭德怀元帅领导的"平江起义"也在这里,也是颠沛流离孤独老病的一代诗圣杜甫墓地所在;而岳阳,在岳阳楼之前,还有一座东吴名臣鲁肃的墓。

无一不是名声显赫,顿时,对岳阳肃然起敬。

然而岳阳也因此显得沉重了许多。正如范仲淹所说:"迁客骚人,多会于此。"迁客,就是被贬的官员,这些人多了,自然牢骚就盛,哀怨就浓;骚人,就是诗人,舞文弄墨也是常事,时间长了,岳阳的气质中必然也被渗入了些许柔弱与安逸。

如今的岳阳城,历史虽长,却少有古城的味道,如果没有岳阳楼的点缀,历史的痕迹几乎荡然无存;贵为湖南第二大城,现代的足迹似乎比比皆是,却又赶不上时尚的步伐,于是在历史与现代之间,岳阳城茫然若失,是进,加快追赶的速度,还是退,挖掘历史的深度,成了两难的选择。而这,也是当下很多城市的通病,同质化的城市渐渐失去了在浩瀚的历史中沉淀下来的属于自己的特质。

作为一个过客,我感兴趣的只有岳阳的过去。不说怒发冲冠满腹怨恨的屈大夫,也不说颠沛流离穷途末路的杜子美,毕竟,他们与岳阳城的关系并不大。

想说的是鲁肃,岳阳的出名,鲁肃的功劳不小,他常年镇守岳阳,岳阳楼,原本就是鲁肃的水军演习检阅台。想当年,洞庭湖上,钟鼓齐鸣,喊声震天,舰船密布,那是何等的壮观。终了,鲁肃在岳阳去世,葬在了岳阳。

《三国演义》里的鲁肃,忠厚老实,一味地被诸葛亮利用,是个典型的配角。而历史上,鲁肃却是谋略至深,丝毫不逊于诸葛亮周瑜之辈,力主吴蜀联盟的汗马功劳,单刀赴会的传奇故事,这些原本都属于鲁肃。镇守长江扼要,也足以看出吴国对鲁肃的信任。

如今,三国的风云已经远去,岳阳的空气里也不再弥漫战火的味道,唯有鲁肃墓,残败地畏缩在洞庭湖边,听着曾经的战鼓冲天,看着曾经的硝烟弥漫,无比落寞孤寂。唯有修缮一新的岳阳楼,似乎在提醒人们不要忘却这里曾经的辉煌。

据说鲁肃墓上刻着一副对联:"扶帝烛曹奸,所见在荀彧上;侍吴亲汉胄,此心与武侯同。"有此评价,鲁肃足矣。

让我饮恨的是,我登上了岳阳楼,却错过了鲁肃墓,尽管两者仅仅相隔200多米。

岳阳的历史,1000年前属于鲁肃,1000年后属于范仲淹,与鲁肃墓失之交臂,我也错过了岳阳城的前1000年,甚憾!

2014-08-16

(三)云梦泽的缩影

曾经有一片水域,水网密布,物产丰富;
曾经有一个湖泊,浩瀚无边,横无际涯;
曾经有一地方,名字叫云梦泽。

云梦泽，如在云端，如梦如幻，一个名字便倾倒多少文人骚客。

云梦泽位于湖北境内，春秋战国时期，每每提到地产丰富、楚国强大，云梦泽必然会被提及。《公输》中便说过："荆有云梦，犀兕麋鹿满之。"汉代大文豪司马相如名作《子虚赋》里，有大段云梦泽的描写："臣闻楚有七泽，尝见其一……名曰云梦。云梦者，方九百里，其中有山焉。其山则盘纡茀郁，隆崇崒崒；岑崟参差，日月蔽亏；交错纠纷，上干青云；罢池陂陀，下属江河……其南则有平原广泽，登降陁靡，案衍坛曼。缘以大江，限以巫山……其中则有神龟蛟鼍，瑁瑁鳖鼋……其上则有鹓雏孔鸾，腾远射干；其下则有白虎玄豹，蟃蜒貙犴。"

既然是子虚之赋，必然多有夸张，但其描写之胜状仍令人叹为观止。然而历史上的云梦泽，的确浩浩荡荡，据载最大时近 3 万平方千米，是太湖的 15 倍，相当于整个海南岛。孟浩然一句"气蒸云梦泽，波撼岳阳城"道出了云梦泽无法想象的气势与胸怀。云梦泽就像是一个天然的大水库，平衡着滚滚东去的长江水，养育着珍禽奇兽。云梦泽，成为文人骚客神往的圣地，也是众路豪杰心醉的后花园。

即便是范仲淹，也难不为云梦泽倾倒。他的想象中，应该是"上下天光，一碧万顷，长烟一空，皓月千里"；就算是阴雨绵绵的雨季里，也难掩其"阴风怒号，浊浪排空，日星隐耀，山岳潜形"的霸气。

后世的代代文人，纷纷打云梦泽走过，都不由自主被她折服，不留点文字给云梦泽，不能彰显自己的才华与声望；留下了文字，却纷纷觉得太过苍白，难以匹配一碧万顷的气势与豪情。

云梦泽便在代代文人们的纠结与缠绵中，化为一池洞庭水。

时过境迁,气候的变化,人类的欲望,渐渐填塞了云梦泽曾经的辉煌,日渐消瘦的身形终于将云梦泽彻底埋葬在了历史的故纸堆里,成为后人凭吊与遐想的神话与传说。只有洞庭一隅的云梦县在不时提醒着我们,曾经有一个地方叫云梦泽。

比之云梦泽,洞庭湖清秀了很多,婀娜了许多,也婉转了许多。如今的洞庭,只剩了当初云梦泽的十分之一,屈居鄱阳湖之后。洞庭湖少了浊浪排空的霸气,多了波平如镜的秀气。收敛了曾经的万丈豪情,化成了今日的绕指柔肠。

洞庭留给后人的,便只剩下一大堆美文佳句。其中南宋张孝祥的《念奴娇·过洞庭》尤为出色:

　　洞庭青草,近中秋、更无一点风色。玉鉴琼田三万顷,着我扁舟一叶。素月分辉,明河共影,表里俱澄澈。悠然心会,妙处难与君说。应念岭海经年,孤光自照,肝胆皆冰雪。短发萧骚襟袖冷,稳泛沧浪空阔。尽吸西江,细斟北斗,万象为宾客。扣舷独啸,不知今夕何夕!

一词写尽洞庭的青翠欲滴、云淡风轻。

如果说岳阳楼是范仲淹的,那么洞庭湖,似乎只能划到杜甫的名下。

每每提及杜甫,总是一种莫名的心痛。如此伟大的灵魂却常常面对衣不附体、食不果腹的困境。作为一家之主,杜甫是失败的。一家不安,何以安天下?然而作为诗人,杜甫确实值得尊敬,当他人风花雪月、觥筹交错时,他想到的是天下,是百姓。这份冷静的思考,可能还是和他跌宕的人生、失意的仕途密切相关。没有事业的失败，就少了触摸底层的机会。从这个角度说，范仲淹更值得钦佩，而曾经陪伴我们长大的杜甫，被剥开一层层现实的外衣，到了最后，心怜天下一生的杜甫，居然成了天下共怜之人。

杜甫最后的岁月就是在洞庭湖上度过的。768 年的暮冬，一叶略显破旧的乌篷船飘荡在浩瀚的洞庭湖上，湖面上了无他人，碧绿的湖水泛出森森的寒意，纷纷暮雪更增添了洞庭肃杀的气氛，肆虐的北风像一把把尖刀刺向孤独的小船。风雪飘摇中的小船上，住的是杜甫一家，颠沛流离的杜甫以船为家，一路从四川漂荡而来。船头的杜甫形单影只，衣不蔽体，苍老而凌乱的头发，沟壑纵横的脸庞，于寒风中瑟瑟发抖，在苍茫的湖面上显得渺小而孤独。

这是杜甫第一次也是最后一次看到洞庭湖，湖水留给杜甫的是无情和冷酷。而杜甫，赐予洞庭的是一首《登岳阳楼》："昔闻洞庭水，今上岳阳楼。吴楚东南坼，乾坤日夜浮。亲朋无一字，老病有孤舟。戎马关山北，凭轩涕泗流。"

满纸的伤感与孤独，让人感慨上天对这位半百老人的折磨与不公。

岳阳是杜甫在湖南到过的第一座城，也是最后杜甫将抵达的城池。洞庭，自然也成了杜甫沿长江南下后见到的第一个湖，也是最后一个将去的湖泊。之后的两年里，杜甫守着这艘破船在湖南的江河里风雨飘摇，走走停停。770 年，同样的寒冬，历史上最伟大的现实主义诗人走到了生命的尽头，陪伴他的，依然是那艘小船。

一个伟大的生命，却如草芥般结束自己的一生。这是杜甫的悲剧，更是整个大唐王朝衰败的缩影。

洞庭湖，忠实记载了这一时刻，洞庭的历史，也沉重了许多。

我们到达洞庭湖畔的时候，烟雾迷蒙，水面也显得浑浊。失去了云梦的梦幻,失去了曾经的澄澈,比不上太湖的秀美,也了无鄱阳湖的壮美。洞庭的气息里,残存的是滕子京的郁闷与杜甫的凄凉。

云梦已成梦,而洞庭,也变得平庸而寂寞。

2014-08-18

广西的硝烟

偏安一隅的广西,背倚云贵高原,毗邻越南边境,向着北部湾,居然撕开一个口子,顺理成章成了沿海省份,得以享受微醺的南海海风洗礼。

广西似乎生来就是尴尬的。说是沿海,却几乎看不见南海的影子,留下狭长的海湾空发遐想;同为南越故土,却让广东出尽风头;明明白话的起源在广西,如今却被人提必说"粤语",浑然不干桂地丝毫关系;每每提及华南,广东便成了代表,广西便踌躇不知所向。

想想却又释然,论地理位置,广东霸占了沿海的绝佳位置,只留了条缝给广西透气;论城市影响力,且不说如今雨后春笋般喷涌而出的珠三角城市群,也不必说自古以来广州便当仁不让占据着华南的中心地位,单从广西自身而言,桂林与南宁的首府之争,始终在争论不休中徘徊转折自伤实力。

广西人满腹的不满和惆怅最终化成了一次次手中的干戈和铁拳,不断地在历史的长河里发出阵阵震耳欲聋的呐喊声。广西的历史里,突然充满了刀光剑影。

广西便在这不经意间成为一部起义的历史,自明朝开始,起义似乎成了广西的家常便饭,时不时闹腾出点动静,发出点山野村夫的怒吼。

(一)

喷薄而出的怒火终于在 1386 年放肆地燃烧起来。那一年,大藤峡爆发起义,起初以瑶族为主的这场反抗愈演愈烈,最后成了各族的共同反抗,居然一折腾就是 250 年,几乎陪着大明朝走完了全程。不为政权,只为换得一块能让族人立足的土地,只想用自己的血性捍卫本族的尊严。难以想象,曾经的崇山峻岭之间,各个寨子你方唱罢我登场,一代代族人父兄倒下、子孙接班,依托着汹涌的黔江和险峻的群山,一次次的伏击折磨了大明王朝的军队,也创下了一个记录——中国史上历时最长的农民起义。

这场旷日持久的拉锯战,打打停停,或进或退。反抗,看不见尽头;镇压,找不到希望。广西的寸寸土地上几乎都沾满了战争的鲜血。大明王朝,被一个广西牵制得精疲力竭。

这长达 250 年的反抗史,有三个人值得一提。

一位是中国历史上的圣贤之一,为数不多的思想家,一个被隐藏多年的伟大哲学家,心学创始人王阳明。他的另外一个身份是军事家,集这四种身份的大成者旷古以来,似乎只有他一人。“知行合一”的思想,影响了整个东亚。

1528 年,焦头烂额的大明王朝请出了王阳明,率军镇压大藤峡起义。乌合之众和军事家之间如天堑般的差距让这场镇压看起来很轻松,明军势如破竹,又一次镇压了起义,效果极佳。

耗尽最后心血的王阳明身体自感不适,起身回朝。5 个月后,王阳明在江西省大余县的小船上溘然长逝。

可以说,王阳明为平叛而死,然而所谓的"平叛"只是对水深火热中百姓的镇压,历史的评价自然低了很多,顺道,也掩盖了王阳明真实的历史地位。

历史的是非曲直,自有后人说。王阳明尽了自己的义务,结束了自己的生命,但王阳明的历史影响,刚刚开始。

一位是姓纪的少女。其中的一次平叛后,部分边民被带去了京城,容貌尚佳的纪姓少女入宫做了宫女,身份是皇帝仓库的管理员。也许是天佑大明,明宪宗朱见深无意间宠幸了这位宫女。

后面的故事便成了传奇:恋母情结极重的宪宗完全依赖于万贵妃,一个曾经的宫女兼保姆多年抚慰着宪宗这颗脆弱的心灵,这位贵妃,比宪宗大了整整 17 岁。不能生育而又担心失宠的万贵妃残忍地谋害了所有妃子的孩子,后宫的太监宫女历历在目,无人敢说。

唯独这位纪宫女的孩子,活了下来。在人性最为扭曲、内幕最为黑暗的后宫,上演了历史上最温馨的一幕,在深宫不为人知的角落,在万贵妃色厉内荏的威逼下,宫女、太监、失宠的妃子纷纷出马,只是为了默默保护这个孩子,而这隐瞒持续了 6 年。

6 年后,真相大白,这个孩子顺理成章成了太子,工于心计的万贵妃处心积虑杀死了涉事的太监、宫女,包括那位姓纪的宫女。

这太子便是朱佑樘,后来的明孝宗,"弘治中兴"的缔造者,正是他,将奄奄一息的王朝暂时拉回到了正轨。

被大明镇压的大藤峡起义,居然为大明提供了一位皇太后,一位明君。大明天子成了广西的外甥,历史,总是不经意间开了个大玩笑。

最后一位叫汪直。和纪宫女一样的开始,也是瑶族的后裔,同一次平叛中被俘,只不过,他更惨,小小年纪便被阉割进宫成了太监。

多年的忍辱负重让他懂得了察言观色,十几岁便得到明宪宗的宠信。

后来成为一时的权宦,在他手上,开设了西厂——大明的又一令人闻风丧胆的特务机构,他手上,同样染着无数的鲜血。

和大明大部分权宦一样,汪直的名声不算好,也一直纠缠在无休止的文官集团和宦官集团斗争中,起起伏伏。对于羸弱的大明来说,汪直无非是压垮骆驼的又一根稻草,却不是最致命的那根。

广西和大明的命运,就这么磕磕碰碰纠缠了 250 年。反抗,镇压,再反抗,再镇压;你杀了我的起义领袖,我也累死了你的旷古天才;你俘虏了我的族人,族人却创造了大明的皇帝,顺便,还附送一位权宦。

1626 年,彻底消停,这场起义终于画上了句号,大明王朝却来不及长吁一口气。苟延残喘的大明向北望去,已经狼烟一片。

10 年后,1636 年,大清建立,向着北京城,虎视眈眈。

18 年后,1644 年,李自成进京,大明灭亡。

从来没有哪场起义像大藤峡起义那么漫长,大明那颗脆弱的心,早被大藤峡撕得四分五裂。广西人民的毅力与韧劲,可见一斑。

（二）

血雨腥风过后，大清治下的广西总算恢复了昔日的平静，安定了一段日子，这段日子，有 200 年。

似乎硝烟的散去，暂时的平和永远蕴藏着下一次更强的爆发，内忧外患中的大清帝国，在康乾 100 多年的盛世之后，终于也走向了衰落，而衰落之前，永远是最黑暗、最腐败的一段历史，受伤最重的也永远是百姓。

闭关锁国之下的农业文明，终于碰上了寻求霸权的工业文明。失败者的命运只有割地和赔款。巨额的赔款都转嫁到了百姓的头上，不幸的是，广西那些年又碰上了不断的灾害。

1836 年，广东花县，一场秋雨淅淅沥沥地下了起来，一滴滴水珠从屋檐上滑落，敲打在庭院的青石板上。

一位青年书生站在檐下，仰视着阴暗的天空，心里一片茫然。7 岁入私塾，整整学了 23 年，考了 4 次乡试，无一中榜，家族的荣耀何在，自己的前途何在？满腹愁绪的书生抑郁难耐。不经意间，余光瞥见了桌边的《劝世良言》，此时的广东，传教士多从此入境传教，基督的教义书生读过一些，也无非是懵懂。但注视许久，书生却有所悟：既然孔孟无门，不如另辟蹊径。

这个不第的秀才，带着对科举失败的失望与仇恨，带着对基督教义的懵懂领会，开始跋山涉水，进入王朝势力较弱的广西秘密传教，发展会员，煽动百姓的不满情绪。

整整 7 年的传教，这个秀才看到了帝国末梢最底层百姓的真实生活，看到了百姓内心的不满，这种不满如熊熊烈火，越烧越旺，终于，近 500 年前那场起义的种子再次被点燃。

离大藤峡 20 公里,有一个地方叫金田村,1851 年,金田起义在此爆发。同年秋,永安封王、建制,一次更为理性、更具组织、更有杀伤力的起义由此拉开序幕。

那个不第秀才叫洪秀全。

已是千疮百孔的大清,不曾想到广西的百姓居然能有如此强大的战斗力,腹背受敌的帝国也无暇全力镇压。仅仅两年,太平军从广西横扫江南。1853 年,南京沦陷,太平天国成立。又一次载入史册的起义震撼了大清半壁江山。同年秋,一支太平军北伐,一路杀到天津,京城为之色变,举国为之震惊。离最后的胜利只有 100 公里。

这 100 公里决定了太平天国最终的命运。回过神的帝国全力围剿太平军,充分利用汉人主打的策略,湘军、淮军纷纷登场。

1853 年是太平天国最疯狂的一年。之后的岁月,和大明的起义一样,又一次在镇压与反抗间进行拉锯。只不过,地点换成了南京,镇压者换成了另一个少数民族的政权。而拉锯的时间,只剩下 20 年。

1864 年,太平天国灭亡。洪秀全在南京沦陷之前病死,带着最后的幻想去见天国的天父了。很巧,病死那天后来成了儿童快乐的节日。

太平天国运动被称为中华历史上影响最大的农民运动,评价极高。

然而我们不得不承认,农民起义存在局限性。起义成功的农民领袖,往往逃脱不了沉溺荣华富贵的宿命。

所以进了南京的洪秀全变了,曾经的众生平等难以压制对权力的欲望,宫殿、佳丽,只有比大清帝国的皇帝更奢侈,更放纵。

　　所以太平天国的功勋们变了，明抢暗夺，奢华排场，也丝毫不逊大清的官员。

　　甚至屠杀，也更血腥，杨秀清专权杀人，韦昌辉又奉旨血洗南京，清除杨秀清；洪秀全诛杀韦昌辉，石达开被迫西征……什么兄弟情谊，什么心系苍生，在权力面前不名一文。

　　狼狈不堪的大清帝国看得目瞪口呆。

　　这样的场景和 200 年前李自成进京的那一幕如出一辙。

　　原本就不牢固的政权，在萧墙祸起、自相残杀的折腾之下，很快就消失在了历史的天空里。

　　依然是苦了百姓。应了 500 多年前张养浩的至理名言："兴，百姓苦；亡，百姓苦。"

　　大清最后的国力也被太平天国的战火烧得奄奄一息。50 年后，大清灭亡。

　　太平天国仍然值得一书，特别对于广西来说，这是又一次波澜壮阔的民意体现。广西，的确藏龙卧虎。

　　留下这张领袖的清单，看看广西的儿女曾经如何叱咤风云。

　　杨秀清，生于广西桂平，烧炭为业，贫农，东王，九千岁，太平天国的二号人物；

　　萧朝贵，生于广西武宣，西王，太平天国的三号人物；

　　韦昌辉，生于广西桂平，家庭富有，北王，太平天国的五号人物；

　　石达开，生于广西贵县，翼王，最富传奇色彩的太平天国人物，军事家；

　　秦日纲，生于广西贵县，燕王；

　　胡以晃，生于广西平南，豫王；

蒙得恩,生于广西平南,赞王;

陈玉成,生于广西藤县,英王,后期主要将领;

李秀成,生于广西藤县,忠王,后期著名将领,军事家;

李世贤,生于广西藤县,侍王,后期重要将领;

杨福清,生于广西桂平,辅王,后期重要将领;

赖文光,生于广西,遵王,捻军统帅;

梁成福,生于广西郁林,启王;

蓝成春,生于广西藤县,祜王;

陈得才,生于广西藤县,扶王;

……

够了,两个广东的落魄书生带着一群广西人掀起的这场起义,又创造了一个记录:中国历史上规模最大的起义。这一记录,属于广西。

2014-09-21

(三)

有了这两个亘古烁今的起义记录,广西人血肉里,便深深刻下了桀骜不驯、血性强悍的种子。

可是起义,终是难以摆脱"叛乱"的名声,终是难进政治舞台的中央。广西人也很难把起义的故乡作为名片,挂在嘴边,随处炫耀。

幸好,官方也从来没有忽视过桂人的存在,每逢战事,总会想到桂人的勇猛,明朝的狼军、刘永福的黑旗军,无一不是名声显赫,这些军队的主力都是桂人。

到了民国,这种强悍达到了顶峰。

军阀割据的民国,有一支盘踞在广西的军队名声显赫,这支军队被称为桂军,他们的首领,有两位,一是李宗仁,一是白崇禧。

这二位并称"李白",同为桂林临桂人,曾经的同窗好友,民国政坛的双子星座,共同治理广西,成效明显,共同率领桂军,所向披靡。他们的名字,影响了民国的政治 30 多年。

让他们威名至顶的,便是台儿庄战役,这是抗日战争以来取得的最大胜利。是桂军,鼓舞了惶恐不安的民族,驱散了空中密布的阴霾,他们居功至伟。

台儿庄远离广西,广西的儿女,是为了整个民族,开赴前线。可以想象,曾经台儿庄的上空,到处飘荡着广西人的白话,硝烟之下,前赴后继倒下桂军的勇士。正是这些边缘的广西人,挽救了战局。

从曾经的屡屡叛乱到如今的彪炳史册,从叛军到民族英雄,广西这一华丽的转身,用了 500 多年,走了 1500 千米。

李宗仁是后来的民国代总统,他生于广西,成于广西,流淌的是纯正的广西的血。在群雄逐鹿的乱世,能够脱颖而出,足见其能。白崇禧,号称民国的"小诸葛",挥斥方遒,指挥硬仗无数。这两人双剑合璧的威力让蒋介石也忌惮不已。

天下没有不散的筵席,情同手足的两人在 1949 年走上了分别的道路:李宗仁去了美国,1965 年毅然回国,轰动了海峡两岸。白崇禧去了台湾,1966 年不明不白地死去,据说,是李宗仁的回国让蒋介石觉得白崇禧失去了最后的牵制价值。

故事的结局不算很差,白崇禧留下了一个才情横溢的儿子,白先勇,如今台湾著名的作家。

此次在桂林的街头巷尾,还是听到了很多对两人的评价,时隔多年,仍是赞许不已,家乡人的肯定或许是这两位民国政要最大的欣慰。

时间白驹过隙般流逝700年,或许是曾经刚性太足,漫漫长河消磨了桂人的血性;抑或"曾经沧海难为水",看淡了名利纷争,广西不再以彪悍闻名,却留恋上笙歌燕舞的悠闲。每每凌晨过后,大街小巷,随处可见的是人头攒动的夜宵摊子。三五成群,邀朋引伴,好不热闹,广西曾经战火的硝烟消失殆尽,转身成了如今的锅碗瓢盆间的烟雾缭绕。

2014-09-24

桂林的山水

(一)桂林剪影

旅行的第2天夜晚,我们终于抵达桂林。

曾经朝思暮想,神往已久。

小学时候,一篇《桂林山水》让人浮想联翩,在一个遥不可及的地方,有这么一个梦幻之境,山水冠甲天下;

中学时代,一首《我想去桂林》煽动过多少骚动的心,曼妙的山歌,陆离的溶洞,令人向往;

后来,偶然看到了徐悲鸿的《漓江春雨》,山色空蒙,倒影婆娑,惊叹于世间有如此异样的风光。

迤逦的桂林山水

桂林,由此深深烙上文艺的痕迹;也因此萦绕在我心头,挥之不去。

造化弄人,"曾经沧海难为水,除却巫山不是云",机缘巧合,阅遍了"归来不看水"的九寨沟,赏尽了"归来不看岳"的黄山,山水的风景似乎很难再入我的眼。桂林山水,便被打上了一个重重的问号,总有"盛名之下,其实难副"的质疑,岁月的流逝,也让桂林的影像终又模糊起来。

两年前,放弃了跟团来桂林,因为浮光掠影、疲于奔波不足以捕捉桂林的真谛,也因为光环的褪去,于我的吸引力大打折扣。

两年后,带着填补行走空白的初衷,偶然选择了广西作为第一个征服的目标,只是因为适中的自驾距离,层次多样的地理状貌。桂林,便又依稀涌现出朦胧的影像。

从未想过,和桂林的接触竟会如此亲密。驱车而往,用车轮丈量桂林的每一寸如画美景,用呼吸品味桂林的每一丝醉人气息。有人说,自驾的乐趣便在于风景全然在路上,果不虚言。

不知道如何形容桂林山水的全貌。我也为曾经对桂林的亵渎惭愧不已。进入桂林，扑面而来的都是山，却既无西北高大威猛的山的壮丽，也不似江南婀娜淡雅的山的秀丽，群山相聚却绝无连绵不绝，座座独立成峰，绿荫掩映，各具形态。

也许是桂林清新的空气放松了僵硬的身，抑或是诱人的水放纵了僵化的心，座座独峰上的绿色恣意地铺张，忘情地伸展，层层地覆盖，显得浓郁无比，喀斯特地貌下的山多石少土，峰上多藤垂蔓挂，难有参天大树，密集的植被牢牢依附稀少的泥土进行攀爬；也有的露出一块沟壑纵横的皮肤，记载沧桑岁月留给桂林的记忆，两者相间，绝不突兀，避免了用色的单一，形态的单调，似乎桂林的风景天生就是为国画而生。

漓江便如一条玉带，弄起妖娆的姿态，踩着优雅的华尔兹狐步，在群峰间辗转腾挪。单论山水，九寨和黄山已成绝唱，难以比肩。九寨的水是美若仙子，只可远观，绝不可亵玩，黄山的山奇在细小处皆景，非身在其中不能体会跌宕起伏的胜景。而桂林山水恰恰相反，水如小家碧玉，见之便生亲近之心，不在水中无以品尝其味，山如世外隐士，只可仰视其容。不知道是水依偎着山，柔软了山硬朗的外形，还是山呵护着水，倍添了水柔弱的身躯，山水便浑然一体，相依相偎。

走在娇小的城市里，随着拥挤的人群挪动，不经意一抬头便是一座山峰孤独地矗立在眼前，并不高大的身影绝不让人压抑，满身的绿色时时给人清凉，抹去夏日的酷热。整座城市便在山的缝隙里随遇而安，山依水而生，城偎山而建，成了精致的盆景。

300 多年前，徐霞客曾经沿着同样的线路逗留广西半月，只不过，当初他走水路，如今我走陆路。时间的距离悄然间被空间的重合所缩短,桂林之行,也几乎成了追寻先人的足迹之旅。

另辟蹊径的我们,不愿在相似的溶洞间耗费太多时间,更不愿重复前人纷杂的步伐。桂林城,我们只留了一天时间,玩了两个景点,品尝了"小南国"和"椿记烧鹅"两大名吃,喝了桂林的"三花酒",因为桂林的精华并不仅在于区区一座城。

2014-10-26

（二）光影下的桂林

我们的第一晚,住在了桃花江边的鲁家新村,客栈的名字很有韵味:彼岸别院。免去了酒店的豪华,避开了城市的拥挤,远离了游人的喧嚣,却也收获一份意外的惊喜。

深夜抵达桂林,摸黑入住客栈,桂林的印象,只有到第二天清晨才清晰起来。

晨风轻拂,朝阳未出,天尚未大亮,虽是盛夏,仍有丝丝凉意夹杂在南国的燥热中袭来,宛如一盘微熏的烤肉过后一份冷饮入口。轻推窗扉,群峰跃然眼前,满身的黛色,默然无声,四周一片宁静,唯有桃花江的流水潺潺而过,浑然不知人声鼎沸为何物。

桂林岩洞众多,但对于生在江南的我来说,诱惑并不强,江浙一带,也许溶洞规模不大,但却也算得上数量众多了。出于方便,此行的第一站选择了芦笛岩。

为了满足几位孩子的欲望,我们选择乘小火车上山。穿越在树林中,斑驳的光影透过疏密相间的绿叶洒在林间,绿色掩映之外的是两座更为浓密的小山,两者之间是一湾小湖,几幢黛瓦白墙的民居,几只任意东西的竹筏,几位横篙而卧的船夫,组成了一幅悠闲的图画。

等到入洞,风景骤异。只不过洞内的风景虽光怪陆离,石钟、石乳、石笋等星罗棋布,也无非是大自然的鬼斧神工打造了一个个不同的传说与故事,在五色光影的映衬下,散发出多彩的魅力,也许上天对桂林恩赐更多些,其形象更为丰富,无不栩栩如生。于游者而言,芦笛虽好,却不至于给人极深的印象,走马观花也足够了。

第二站便是夜游两江四湖。桂林城不大,水却不少,政府睿智地打通了漓江、桃花江和榕湖、杉湖、桂湖、木龙湖,使一船夜游成为可能(河水与湖水有两处原本存在着落差,设计者巧妙安排了两种截然不同的方法平衡了落差。一处是设置内外两道闸,待船进入闸口,放下前后闸,切断水的联系,然后慢慢放水,降低水位,等到与前面水面一样平时,便拉起前闸;另一处是好似让船驶进一个容得下整条船的大箱子,整个箱子缓缓下降,待水平时,船便安全驶出)。而众多的奇峰异石也基本上依水而生,免去了为观赏象鼻山、伏波山、叠彩山、尧山等的奔波之苦。

桂林的地标——象鼻山

酒足饭饱之后,我们便登船夜游。夜幕下的桂林,各种影像都渐渐褪去白天的风采,在五彩的光影里留下一道道依稀的剪影,却别有一番滋味。

上船的地方,对岸正好是金银塔,在光影的作用下,双塔显得更为玲珑剔透,仿佛水晶一般格外夺目,成为夜晚桂林的两颗璀璨的明珠,镶嵌在湖中,又如明眸善睐,在浓密的夜幕中透着脉脉的情愫。

一路下来,两岸的灯光或勾勒一栋建筑的轮廓,或烘托岸边一排绿树的影子,或点缀景致的一处亮色,光影的布置看似随意而为,却处处带来美感,整个四湖景区宛如披上了闪亮的外衣,夜色丝毫不能掩盖其华丽。

几座名山里,象鼻山因山如象鼻而成桂林地标,也只有象鼻山夜游仍有其味,黑魆魆的山形像极了一头俯鼻溪水的大象,谨小慎微地吸着水,生怕自己的鲁莽打破了沉寂的水面。其余诸山,便都只留下了淡淡的影子。

微醺之后,站在甲板上,晚风拂面,无比惬意。任周遭五光十色,湖水却静谧无声,只只夜船依偎着自己温柔的胸怀,低声喃喃,湖水似已安睡,扰乱它的梦境的,只有游船掠过时顽皮地激起的点点涟漪,孩子们的嬉笑打闹,成人的高声言语,然而瞬间也便消失殆尽,重归宁静。人在水上游,迎风低啸让胸臆舒张,酒精侵心让思绪肆意地狂舞,景色其实已然不是最令人心醉的。

低头看舱内,儿子偎着妻子渐渐睡去,各色的光影也朦胧起来,回程的路上,许是都疲倦了,船上几乎没有声音,光影也失去了原先的亮色,两岸原本依稀的景致便都隐到夜幕中去了,浑然一体,在淡淡的月色下,偶尔露出销魂的一斑,光影下的桂林,悄然入睡。

　　然而城内的桂林,却依旧是歌舞升平,烟熏火燎,桂林的夜生活,似乎在湖水睡去后方才拉开帷幕。与夜游的安宁不同,大街小巷,夜宵摊点遍地,人群觥筹交错,好不热闹。

　　也许夜游是属于外地游客的,水的柔情缠绵了游子的心,方能留下游子的脚印;小巷里,才是真实的桂林,纵情食色,忘却历史沧桑,活在当下,光影淡去,烟雾才缭绕开来。

　　光影下的桂林,便又朦胧起来。

2014-11-01

(三)靖江王府

　　1363年盛夏的一天,燥热的空气里夹杂着浓浓的血腥味,江西洪都城(今南昌市)硝烟弥漫,透过浓密的烟雾,景象一片惨烈。城墙上尸体堆积如山,一位年轻的将军,倚在城头,满脸的疲倦不堪丝毫挡不住内心的刚毅,犀利的目光注视着城下。

　　城下便是鄱阳湖,战舰密布,湖面上飘着不计其数的尸体,散发出阵阵恶臭,座座云梯不断向城头靠拢,又不断被守军推倒下去。洪都城头已经残破不堪,守军仍然前赴后继死死堵住了缺口,攻方对着洪都城一筹莫展。

　　这种僵持经历了85天,一方是朱元璋的4万守军,另一方是陈友谅志在必得的60万大军,悬殊的兵力让坚守成为奇迹,而这种奇迹为朱元璋赢得了至关重要的准备时间。85天后,朱元璋亲率大军列阵鄱阳湖,倾巢而出的陈友谅不得不统领久攻不下的军队转头对峙。这场被称为中世纪世界最大规模的水战持续了37天,结局是朱元璋大获全胜。

　　奠定大势,居功至伟者,是洪都的最高军事长官,拖住了陈友谅,更为朱元璋换得了足够的准备期。

这位将军叫朱正文,朱元璋的侄子,开国虎将之一。

然而成就大功的军事天才朱正文在政治上却幼稚得很,为了封功行赏居然和张士诚眉来眼去,结果得罪了朱元璋,被软禁了起来,不久便在抑郁中死去。

好歹朱元璋还惦记着洪都保卫战的盖世伟业,封 24 个儿子为藩王的时候,想到了朱正文的儿子,8 岁的朱守谦,补了一个靖江王,对于疑心极重的朱元璋来说这不啻是个奇迹:朱守谦是唯一不是朱元璋直系子孙的藩王。这一传便是 280 年,留下了保留最完整的明藩王府。

王府,选在了偏远的桂林城。

如今,靖江王府就在我身边 5 公里处,打开大门,迎接四方来客的观瞻。

然而,我们选择了放弃。所谓王府,无非是炫目的金碧辉煌,堆砌的亭台楼阁。瞻仰过故宫皇城的雄伟,欣赏过苏州园林的婉约,一个屡经战乱的王府,一群碌碌无名的明朝藩王,曾经斑驳纵横的墙体又被一道道涂料抹去伤痕,靖江王府,早已丢失了历史的沧桑,泯灭了往日的威严,实在吸引不了我们。

但是,我们绕不过历史。靖江王府,明清两代,留下了两位后人,成就了两段传奇。

1646 年的春天,大明王朝灭亡两年后,残余势力依然在南明做着最后的顽抗,靖江王府的第 13 位主人,朱亨嘉走到了生命的尽头,罪名说来滑稽——谋逆之罪,判他罪的不是大清王朝,而是南明小朝廷的隆武帝。明朝的皇帝向来另类,国家灭亡两年有余,大清的铁骑风卷残云般向南袭来,南方的残余还在争论着谁是反清的正统继承者,还在内部刀光剑影过一把君王的瘾。

桂林,也算是当了一次首都。

靖江王府,一片混乱,一个忠诚的太监抱着朱亨嘉3岁的儿子仓皇出逃,保住了最后一点血脉。

这位太监并不知道,他这一救,终于让走过了280年的靖江王府出了一位不世出的天才。为了乱世生存,这个孩子在全州湘山寺出家为僧。他的俗名朱若极并不为人知,而他的法号石涛将名震天下。

然而石涛是尴尬的,身为前明遗臣,破了国的他并不会被新的帝国所容纳,而父亲的所为,又让亡了家的他被明朝遗老所排斥,在明清的夹缝里,石涛只能矛盾而孤独地生存。

所幸,绘画需要孤独与安静,石涛的天赋便在远离政治硝烟的寺庙里被挖掘了出来。中国,少了一个平庸的王爷,却多了一位旷世的绘画奇才。

从此,石涛的足迹浪迹全国,最终,在扬州永远留了下来。

石涛生来矛盾,一生也在矛盾中挣扎,出了家的石涛却又想着入世,忘却前明给他的痛苦,却又惦记着大清对他的赏识。可惜,康熙再爱才,胸襟再宽阔,也不敢把一个前明藩王的儿子放在身边。石涛,只能是大清隔岸观赏的玩具,不能成大清的肱骨重臣,但这种亲近清王朝的做法,却也彻底把自己推到了前明的对面。

我不知道欲望的燃起对绘画造诣的突破会有多少牵制,然而作为天才,石涛虽然有对红尘俗世的百般眷恋,仍然成了一代宗师,直到看尽人间冷暖,最终选择了扬州作为最后的归宿。

石涛一生,别号甚多,但无论是早年的苦瓜和尚、清湘遗人、靖江后人,还是晚年的瞎尊者、零丁老人,都让人感到沉重,也许常人在驻足欣赏石涛的大作时,早已忘记石涛不凡的平生。

人生如石涛者,是一种折磨,国破家亡,出家入世,理想现实,种种不如意,扑面而来,也许恰恰是这种煎熬的人生才砺就了石涛对绘画别样的领悟,打开了一扇鲜有人迹的绘画之窗。

14 位靖江王,享尽大明 280 年的荣华富贵,个个平庸无奇。原本应和所有的藩王故事一样,被人遗忘殆尽。然而这个家族偏偏出了两位天才,这两人却都没有尝过王的味道,靖江王府,靠朱正文武功开启,靠石涛画名传世,既是佳话,也是遗憾。

靖江王由此画上了句号,然而靖江王府却存了下来,或许只是巧合,或许是天意的轮回,靖江王府的故事却还没终结,它做了大清王爷 6 年的府邸。

石涛从王府出逃 6 年后,打着反清复明旗号的李定国攻入了曾经的靖江王府,如今的定南王府。孔有德作为灭明的汉族功臣,这座王府的新主人,自己纵火烧了王府,一家老小 120 多人被杀,一个 17 岁的女孩,幸运地逃离王府,活了下来,和石涛的故事惊人地相似。

这个女孩叫孔四贞,为抚恤为国捐躯的定南王孔有德,她成了大清唯一的汉人和硕公主,孝庄皇太后的义女,后来,在灭三藩中率领广西旧部坚定地站在大清的一边,成了一时的广西王,最终回到北京,一场失败的婚姻后再未嫁娶。

琼瑶的《还珠格格》中小燕子的原型,据说就是孔四贞,也有传说,北京的公主坟葬的就是这位进不了皇陵的汉人公主。

历史总是惊人地相似,石涛和孔四贞这两位两朝王府的后人,时隔 6 年先后遭难,逃离王府,各自沿着自己的轨迹书写人生的篇章,都在灿若星空的历史上留下了自己的足迹。

靖江王府的命运却终于在熊熊烈火中画上了句号。之后,造了又毁,毁了再造,最终成了穿着明清外衣的仿古建筑,唯有那些云阶玉陛、焰头勾栏、曲沼龙头,兀自屹立不倒,述说着一段段硝烟弥漫的往事,倾诉着城头变换的故事。

靖江王府,也终将伴着逝去的岁月在我们的记忆中渐渐淡去。

2014-11-03

绝处的龙脊

有一种奇迹,叫龙脊。

人生中会走过很多风景,有的如飞鸟掠水,在经历里划过一道淡淡的痕;有的如大雁南飞,身影过后,了无印象;有的却如焊铁烙印,刻下毕生难忘的记忆。

龙脊,属于第二种。

旅行的第 4 天,我们驱车前往龙脊梯田。本次旅行,花费心思最多的便是龙脊,无数的信息告诉我,这是一个绝美之地,所谓绝美,既有美,更有绝。所以,了解到山路不太好走的信息后,在是否自驾前往的问题上我纠结许久;所以,在比比皆是的农家客栈中我踌躇不定,担心的是头顶烈日,步行上山,崎岖的山路过于漫长,真如各种攻略所说多则 3 小时,少则 1 小时的行程,一行人的体力是否吃得消;在远离故土,深入广西深山后,生命安全是否能够得到保障让我有一丝不安。

综合了各方面意见,我把功课做到了极致,为了行程的流畅,更为了追求自驾的真谛——冒险与自由,最终决定自驾前往最深的寨子——金坑大寨瑶族梯田景观区。

（一）

龙脊距桂林市 80 多公里,位于龙胜各族自治县境内,梯田海拔最高 1100 多米,有 3 个寨子,分别是平安壮族梯田景观区、龙脊古壮寨、金坑大寨红瑶梯田景观区。生态最为原始、开发最晚、地势最险阻的便是金坑梯田。

前往龙脊的路上,风景也与桂林的喀斯特地貌渐行渐远,群峰慢慢汇聚起来,向路旁逼近过来,连绵不绝,高低错落,颇有层次。看惯了桂林标志性的山水,突然换了口味,也别有新鲜感。

车行至和平乡,原本平坦的路面变得崎岖起来,两旁的群山越聚越拢,不时带来浓浓的压迫感,车便似乎在硬生生从两山之间拉扯出来的小路上行进。

山里的路蜿蜒曲折,急弯比比皆是,陡坡随处可见,不时还有几辆载重车在急弯陡坡处相撞。路一面靠山,一面则是悬崖,深不见底;路面并不宽敞,像极了羊肠小道,两车交会总是擦肩而过,车气喘吁吁地不停爬行时,突然又会出现一条下坡路,车就像一艘行驶在惊涛骇浪中的小船,时隐时现。我们已经深入到崇山峻岭之中,在这样的路上行驶,颇有点胆战心惊,不由得放慢了速度,缓缓滑行。

所幸风景尚属壮美,群山连绵,略无阙处,重岩叠嶂,隐天蔽日,浓郁的绿色铺天盖地,宛如进了绿色的海洋,避开了当头的烈日,免除了长途跋涉的疲劳之苦。

等车过了龙脊古壮寨、平安寨子,路途便愈显艰难。我曾经去过婺源的石城,在同样崎岖的山路上翻越,虽然胆怯,但是所幸路途并不遥远;我曾经经历过蜀道之难,同样的崇山峻岭之中,虽然地震之后土质疏松,震后痕迹比比皆是,但是路面平整宽阔,车流仍然较多。

而去往金坑的道路,原本的水泥路面已消失殆尽,留下的是一路的黄土石子,坑洼不平,或是前几天下雨的缘故,好几处都发生了泥石流,大量的石块就着黄土坍塌在路边,原本就不宽敞的路面只能勉强供一车通行,还时时担心看似松垮的山体是否会再次滑坡(担心并不多余,大约一周后,新闻便报道了龙脊泥石流,断绝了几处梯田往来的路)。

路窄、弯多、路面凹凸不平、泥石流多,更有甚者,人烟稀少,路途漫长,空寂的山谷里只有我们一行 3 辆车,了无人迹,车子便在颠簸中宛如喝醉酒似的摇晃前行,在穿越与翻越了无数座山后,前面等待的依然是山。对美景的欣赏终于化为对前途的忐忑,导航早已失去了作用,一股焦虑越积越浓。天黑之前如果不能到达目的地,我们将会进退两难,此行将会无比凶险。

离开桂林近 4 时,经历了一路的颠簸与茫然,兴奋与恐惧,眼前终于豁然开朗,龙脊梯田景区到了。

(二)

然而与其他景区不同,梯田景区的精华全在山顶,在山脚下仰望,只能感觉到一条条精美的曲线淡淡地画在绿意盎然的山体上,隐隐约约,极为含蓄。

我们的住宿定在了全景楼,在山的最高处。远远望去,木制的 4 层楼背倚群山,傲然而立,似乎和天接壤,远离全景楼零零散散分布着一些客栈,其余的便都集中在山腰的田头村上。要想到达客栈,就要从蜿蜒的蛇形小路上徘徊而上,这条小道,躲藏在群山的身影之下,仰首望去,毫无踪影,平添了一丝忐忑。这段路程,对于车马疲惫的我们而言,不啻是个极大的挑战。

虽然时近 4 点,下午的阳光依然刺得人睁不开眼,还没迈开步子,汗水就已经湿透了衣服。山里湿气很盛,极不舒服,旅途的疲劳鲜明地写在了每一个人的脸上,然而我们却没有退路可选,要想欣赏美景,必须爬上这远在天际的客栈。我们把能放弃的物品全部留在了山脚的车上,3 位父亲都各背着一个大旅行包开始了爬山之旅。梯田的风景,也许就在爬行的路上。

山脚下是一个小山村,许是山里潮湿的缘故,这里原本都是干栏式房屋,新建的房子,则大都是 3 楼的房屋,以木制的为主。房屋被群山赶在了一起,四周零星种了一片水稻,紧邻着房屋的便是成片的梯田,梯田的后面又是高大的山峰。一条狭长的石板路铺就得不算很平整,从村里一直向山的深处延伸,成为进山的唯一通道。

3 个孩子活力十足地在石板路上奔跑起来,享受着与家乡截然不同的风景。3 个人穿着蓝、绿、白三色衣服,映衬在蓝天白云下,绿叶青草中,就如 3 个跳动的精灵,伴着清脆的鸟鸣、混着青草味的微风,为这空寂的大山增添无比的活力,也扫去了我们心头的疲倦。

上山的路上,过了田头村,石板渐渐失去了痕迹,只留下了一条羊肠黄土小道,一边傍山,一边便是悬崖,有几处因为滑坡,大片的黄土坍塌下来,几乎把小道拦腰切断。我们行走得也更加小心。

虽说上山容易下山难,但对于我们而言恰恰相反,长途跋涉的疲惫,渐渐暗去的天色,坎坷狭窄的小路,骄阳淡去却仍闷热潮湿的空气,忽隐忽现却又遥不可及的客栈,还有那沉重的背包,让我们置身于美景之中却渐渐失去了观赏的雅兴,到了最后,化成了一串串粗重的喘气声,伴着微微的山风消逝在空旷的山谷里。

约莫 2 个小时,在老天扯下最后的夜幕之前,我们到达了此行的终点,一块刻着"世界梯田之冠"的大石头赫然入目,一行人一阵欢呼雀跃,忐忑的心终于尘埃落定。

当晚,在客栈用餐(身边坐的,不是国内自驾独行的勇士,便是国外一人一包徒步进山的背包客),享用了瑶族特有的竹筒饭、竹筒鸡、米酒之后,伴着夜晚蟋蟀轻柔的韵律,一行人早早睡下,龙脊梯田的美,仍然遮着一层面纱。

2014-11-12

(三)龙脊日出

此行的第 5 天,我们 5 点钟起床,准备欣赏龙脊的日出。

广西和浙江有近 2 小时的时差,盛夏的 5 点,浙江的清晨早已醒来,而龙脊仍在安睡。

四周一片寂静,深山的晨风不算凛冽,却也让一身夏装的我们瑟瑟发抖,风敲打在树叶上发出窸窸窣窣的声响,似乎在窃窃私语、低声呢喃,倍添了这份寒意。一轮弦月孤独地高悬空中,空寂辽远,月光慵懒地洒在栏杆上,装饰了拂晓的宁静。梯田、人家、流水全都畏缩在浓厚的夜色里,借着微薄的月色,依稀辨别出重重复重重的群山,似乎一幅泼墨山水在着色上渲染用力不一,留下了或深或浅的影子,沉默的大山显得格外敦厚。

在山和天交会的地方,一小片淡淡的红晕搽抹在远方的山头,红晕的外面镶了一道浅浅的金边。过了一会儿,红晕渐渐扩散开去,染红了大片的天空。太阳却像一个害羞的姑娘,扭扭捏捏不肯

龙脊日出

从山后出来,熹微的晨光忍不住从山后探出半个脑袋,斑斑点点洒在山口,柔和地抚摸大山的身躯。

蓦地,跳动的、五彩的、数以亿计的光芒纷至沓来,贪婪地呼吸着清新的空气,亲吻着沉睡的土地。终于,太阳犹如褪去神秘面纱的清丽少女,尽力一跃,整个身躯挂在了半空中,尽情挥洒着热情与朝气。

不知什么时候,那轮残月已悄然离去。

龙脊便在晨光将出未出时苏醒了过来,犹如一组特写镜头随着一幅山水长卷缓缓打开,随着阳光的行走,一座座山、一块块梯田、一幢幢房屋便被逐一点亮。

我们所在的地方叫"西山韶月",是欣赏梯田的绝佳位置,视野极其广阔。阳光透过层层峰峦洒将过来,眼前的风景如黑白片向彩色片的转化,阴影处,依然黑黢黢一片,向阳处,在前者的映衬下显得格外青翠,稻田如初生的嫩草,清新可人,令人神清气爽。

眺望远处,在群山之间,有一片烟雾氤氲,缭绕盘旋,如入仙境,遥不可及。所有的一切都影影绰绰,笼上了一层浓纱。晨雾浓密却并不滞笨,仍然摆弄起轻盈的舞姿,在山谷中婀娜多姿,似一位位早起浣纱的姑娘,美丽却不妖艳。舞姿舒缓惬意,荡涤心灵,仿佛红尘俗世顷刻间抛之身外。

　　这明暗相间、动静相生的图案,这红彤彤的朝阳、绿油油的稻田、白茫茫的晨雾相融的色调,给盛夏龙脊的清晨增添别样的韵味。

　　末了,等到烟消云散,龙脊的全貌便跃然眼前,这片奇迹就在我们的脚下。

　　震撼! 650 年前,龙脊的先人为了躲避纷扰的乱世,寻找到了这一块世外净土,因其艰险而人迹罕至,除了连绵的群山,浓密的森林,一无所有。先人们用汗水和鲜血聚沙成塔般耕耘这片山地,因地制宜,这儿依山垒一块地,那儿就势掘一片田,日积月累,经冬复春,点滴成河。

　　站在梯田之巅,放眼望去,不由想起东坡的"渺沧海之一粟",层层梯田如女神织就的百褶裙,错落有致、浑然如一。高低的群山,被人类安置得井井有条。在这地无三尺平的山区,没有丝毫裸露的山头,荒废的空地,有的是苍翠浓密的藤蔓低枝,青翠欲滴的秧苗,聚集而居的民房,这是人类的奇迹,是巧夺天工的艺术品,是活着的灵动的图画! 人在其中,心神为之荡漾,心胸为之宽阔,心气为之收敛。

　　绝美! 一块块梯田像一层层台阶,画出一道道弧,充满艺术的韵味;像一根根柔美的线条,如行云流水,编织着欢畅的乐章;像一条条绿绒毯,温润柔和,处处彰显生命的张力;汇在一起,便成了绿色的世界,生命的海洋。

　　可是梯田又绝不雷同,各具形态。有的像手上的螺纹,看似银蛇乱舞实则细密而规律;有的像塔,厚重而大气;有的原本是悬崖,却也被依山修饰了一番,点缀了几层梯田,险峻的棱角瞬间圆润了起来;有的刚刚还在放水,"半亩方塘一鉴开,天光云影共徘徊"是最好的形容。

绝美的龙脊梯田

难以想象，曾经无立锥之地变成了一片绿的海洋。可是只有新绿，再美也会疲劳，龙脊却绝不这样。

龙脊层次显得格外分明，色调格外多姿。山腰上是聚集的民居，黑色的瓦当、黄色的木柱、红色的瑶族装饰撑起了几座村庄，点缀在山壑之中，便如悠闲地坐在太师椅上，避免了绿色的主宰。即便是绿色，也错落有致。近处是新绿盎然，让人惊叹竟能绿得如此纯粹，不沾染一丝尘埃，沁人肺腑；远处是浓翠欲滴，在辽阔的天地间肆意地伸展，绿得深沉；极目望远，变成了一屏的黛色，分不清哪里是树，哪里是藤，像一道天然的屏障割断了尘世的纷扰；与天齐处，所有的景象又渐渐淡去，笼罩在似云似雾的纱帐里，如入幻境。

龙脊，便如人类智慧的明珠，依偎在重重深山里，掩起了璀璨的光华。

只有真正的行者，才能揭开她绝美的面纱。

我们是一群幸运儿。

2014-11-21

（四）背篓上的红瑶

传说5000多年前，为了抢夺中原，各部落发生了很多战争，融合的炎黄部落联手对付其他部落，其中实力最强的便是以蚩尤为首的九黎部落,原始的部落以原始的方式争夺原始的利益,战争的结果以九黎部落的解体告终。九黎部落纷纷逃散,这里面有黎族、苗族的先人,同时也有瑶族的先人。

瑶族在中华的历史上似乎一直比较安静,从来没有发出过大的声响,也明知斗不过林林总总的各个部落,便逐渐被赶出了中原,为了保全族人,纷纷选择了向大山深处走去。只到忍无可忍,才拼尽全力发出一声怒吼。这吼声,只在大明王朝的大藤峡起义中发过,而这一发,居然牵扯了大明朝250年的精力,还产生了一位可悲的瑶族太后,有了明孝宗朱佑樘这位瑶族的外孙,此外,便再也没有声响。

我们踏进龙脊的时候,只看见醉人的美景,却嗅不到瑶人几百年的血汗交织,曾经平静如水的生活被打破,每天川流不息的是如织的游人。

而瑶人,依然淡定,依然质朴。

我们所去的红坑,是红瑶的聚集地,这是瑶族的一支。所谓红瑶,大概是因女性喜欢穿着红色衣服而得名。而且红瑶女性喜欢留长发,据说还是终生不理发,长发却并不垂下,而是盘起,无论老幼,白发毫无,这或许得益于当地特殊的护发秘方。

在山脚下的景区门口,几位红瑶的老妇人见到我们便围了上来,无一不是沧桑的脸庞,伛偻的腰,背上都有一个竹背篓。都是希望帮我们背行李,赚个微薄的一二十块钱。

因为此行准备充分,我们并不需要人帮我们背包,何况是年老体衰的老人。被拒绝的老人并没有满脸的不悦,而是伛着腰,背着空空的竹篓,也启程返回半山腰的家。路上,我们几次茫然不知所措,老人都会热心地走过来帮我们指点迷津,丝毫没有普通景区浓

背篓上的红瑶

郁的商业气息。

告别老人，我们开始向更高处进发。这里人烟稀少，偶尔能见到几位瑶民，也都是中老年的妇女，无一不是一样的装束，只不过上山的背篓里装着满满的物品，这些都是瑶民难得下山去附近的和平乡采购来的必需品。背影看上去显得沉重，弱小的身影蜷缩在大山的阴影下，显得格外卑微。

妻子脱口而出："背篓上的龙脊。"

是啊，几百年来，瑶族的先人就一直背着这只背篓，从山顶走到山下，再从山下回到山顶，用脚步丈量着崎岖的山路，用生命开拓着荒芜的领土，硬生生从荒无人烟的大山里走出一条路来。多少次，瑶族的孩子眼巴巴看着这只背篓的出现，寄托着原始的迫切渴望；多少年，这只背篓温暖了瑶民的家，给贫乏的生活增添些许安慰……

如今，任世间沧海桑田，高山之上的瑶民却仍然保留了传统的习俗，是一种传承，也是一种无奈。身处深山，信息的隔阂也许渐渐淡去，但习惯了这种生活的瑶民也不愿意轻易放弃自己驾轻就熟的生活方式,依然守候着这片梯田,守候着简单的生活,日出而作,日落而息;大雨倾盆,便在自家屋檐下听着销魂的雨声;大雪来临,便煮起一壶米酒,看着上下一白,悠然而饮,写满了远离尘世喧嚣的澄净。

看着各色游客进进出出,听着世间的灯红酒绿,古老的民族不可能不为所动。如今,很多年轻人也开始远离了大山,去触摸另一种现代的生活,迫不及待地脱下红装,剪掉长发,仿佛传统就是落后,生怕招致旁人另样的眼神,混在南来北往的人群里不见了踪影。

还是要感谢闭塞的交通,它成了传统抵御现代的最后一道屏障,太多的民族在和汉族的融合中迅速褪去了本族的色彩,失去了自己的魂。对于这种势不可当的文化融合,封闭似乎成了最后的办法。

但愿瑶族的本色能永远保留下去,不仅保留,而且要像羌族的寨子一样宣传自己,为传统增添亮色。

若干年后,有机会再来龙脊,希望背篓上的红瑶仍然红得灿烂,红得多姿,红出瑶族独有的魅力!

记忆深处,挥不去的仍然是那背着背篓的背影。

2014-12-02

醉美阳朔

"桂林山水甲天下,阳朔山水甲桂林",所有曾经给予桂林的美誉,如今都凝聚在阳朔一地。旅行的第 5 天,历经 2 个小时龙脊的下山路,驱车再从与世隔绝的大山深处颠簸而出,傍晚时分,我们终于到达了盛名之下的阳朔。

(一)矛盾的阳朔

没有想到,偏远的阳朔城居然也曾经和国家命运紧密相连。革命先驱孙中山先生竟然是在阳朔谋划北伐,发表慷慨激昂的热血演讲,度过风起云涌前最后时光的。

没有想到,小小的阳朔城承载了如此深厚的人文底蕴。一代美术宗师徐悲鸿曾经在这里结庐而居,自称"阳朔天民",一住就是 2 年,开启了创作的黄金时期,艺术的灵感在阳朔喷薄而出,从此佳作不断终至巅峰。如今,李宗仁送给徐悲鸿的住所依然偎在碧莲峰下。

没有想到,一条西街居然享誉中外,无数外国背包客慕名而来,蜂拥而至,从此心归阳朔,不再离别。窄窄的小街成了国际文化集萃中心,每夜灯火通明,各国语言摩肩接踵,莺歌燕舞,道尽满地繁华。

而我,看到了阳朔矛盾的另一面:城市的发展是滞后的,或者说是混乱的。作为旅游胜地,交通对于阳朔至关重要。然而去阳朔的路却坑坑洼洼,所有的车都在吃力地扭动着身躯去躲避密密麻麻的路坑,远远望去,便如一群喝多的醉汉在路上东摇西摆;阳朔在根根"玉笋"的挤兑中勉强构起了一座小城的风貌,却在这如织的车流中惶恐不已,各地的车辆涌进阳朔城,车流完全按惯性在挪步,整个交通几近瘫痪;城里的交通管理并不到位,加上各色的游客、招徕顾客的生意人,无不随心所欲,几乎让人窒息。

还有那条西街。西街之所以闻名天下,外国游客会选择西街而居,是因为这里的宁静与闲适,搬一张藤椅靠在屋前,沐浴温暖的阳光,煮一杯咖啡,捧一本小说消遣,或者两三友人相聚,闲话东西,无一不是生活的享受。而如今,西街到处人头攒动,举袂成幕,白天连着黑夜,喧闹带着纷扰,想必很少有外国人愿意再住在这里。

阳朔,便在宁静与喧闹,现代和传统,商业气息与质朴本性中挣扎起来;游人,便在"围城"里转悠起来,没来的憧憬难断,来的后悔不已。

很多人告诉我,去阳朔要住西街,要品味西街的繁华;玩阳朔,要骑着车悠然地行驶在十里画廊中,方能感受阳朔之美。

我们却独辟蹊径,游选择了漓江行舟和遇龙河漂流两处精华,人头攒动的画廊早已失去了它的安静,所谓大榕树、月亮山、蝴蝶泉、银子洞之类,或走马观花时一瞥即过,或在大美之前黯然失色,无须赘笔。住我们选择了城郊的东岭山庄,因为我们此行的目的是放飞疲倦的身心而非放纵浮躁的心灵。进阳朔城,只是为了品尝一下当地的名菜——啤酒鱼。

东岭是毗邻阳朔城的一道山岭,东岭山庄,就在这道岭上。去山庄,要穿过一片葱郁的松树林,走过一段石子铺就的山路,听一路清脆的鸟鸣声。

山庄的主人是山西人,山庄却颇具南方风味,精致而秀气。满山的桂树与紫薇依山庄而生,山庄是四合院式的建筑,全都掩映在连绵的绿色中,一条石板小径通向后面的客房,两边是齐肩的绿化带,上面藤蔓成荫,不时挂下几个罗汉果,客房前,还放了一座小亭子,一池浅水,有点苏州园林的味道,格外幽静。

岭下,便是漓江。一带碧水绕着突兀的峰群流淌而去,山上水中,浑然一体;江边种了一片夹竹桃,淡红的花点缀在铺天盖地的绿毯之中,煞是好看,也免去了绿的单调。

早晨起来,轻推窗扉,绯红的朝阳,黛色的群峰,深绿的树叶,淡红的花朵,层次分明地出现在眼前,耳边除了几声鸟鸣,便再也没有声响,呼吸着清新的空气,夹杂着淡淡的青草味儿,心境顿时澄澈起来。

不经意抬头望远,整个阳朔城便出现在眼前,密集的房屋被塞在重峦叠嶂中,宛如一个婴儿躺在襁褓里,彼时的阳朔城,方才显出应有的静谧和祥和。

任尔等低头挤西街,我却悠然歇东岭。

这不正是我们想要的阳朔吗?

2014-12-04

(二)漓江的绿

旅行的第 6 天,我们起了个大早,准备在毒日当头之前畅游漓江。

常人都是从桂林启程到阳朔结束,为了行程的顺畅,也为了和阳朔有更多的接触,我们背道而驰,从兴坪码头向杨堤出发,再返回兴坪,也放弃了看似高端的游轮而选择了更为亲水的竹筏(说是竹筏,其实是五六根粗大的 PVC 管组装而成,装上个柴油发动机,摆上两排竹椅,便是一种绝好的水上交通工具)。

在桂林两江四湖夜游,我接触过漓江,那时天色已晚,灯影下的漓江温柔而沉默;在东岭山庄入住时,我俯瞰过漓江,夕阳渐落,红绿掩映下的漓江羞涩而胆怯;而踏入漓江,泛舟水上时,才更真实地领略了漓江的风采。

我欣赏过九寨沟的海子,不食人间烟火,澄澈得不沾染一丝尘埃,美得让人窒息;我到访过黄河的壶口,浑浊的河水汹涌澎湃,水声震彻寰宇,激荡得让人失色;我也走过许多江南的小河,静谧的河水总在古朴的石桥映衬下,显得深沉,浓稠的河水总让人感觉抹多了脂粉,失去了最初的清纯;而那山间的小溪,潺潺的流水淌过光滑的鹅卵石,小溪窄而浅,虽然清新,却又显得稚嫩。

而漓江,全然不同。

漓江的水清且浅。称之为江,却远不如江南随处一条河流来得深沉,尚显宽阔的江面下却是浅可见底的江水,是我平生首见。虽值汛期,但是近岸已经露出了一大片黄灰色的滩石,横铺在漓江和岸间,避免了绿意浓密的单调。一低头,便隐约可见河底密布的鹅卵石,常年的冲刷,使它们光滑圆润,阳光斜斜地穿过江水,触到一颗颗石子,晶莹剔透。船至"黄布倒影",江底的大块黄石犹如一块黄色的巨布,群峰倒映在水里,满身的绿色泼洒在黄色的巨布上,便如一片黄土地里滋长了盎然的植被,格外别致。

漓江的水静中动。大部分时候,漓江波澜不兴,显得温润柔和。两岸的群山绿树倒映在水中,在水中投下了一张张平滑的剪影。时而几尾小鱼掠过,翕忽而逝,留下淡淡的痕;时而一叶游船驶过,泛起微浪朵朵,划出一道白色的迹;时而微风拂过,荡开浅浅的涟漪。这时候的漓江,就显得活泼了起来。在看似清浅的地方,我们下了船,带着孩子戏水,这才发现,看似柔弱平静的水面下也是暗潮涌动,还没在水里迈开步子便感觉站不住脚。在近杨堤的一片水域,漓江荡漾起柔和的身躯,模糊了山的倒影,江面上点点白浪凭空起,一只只小船便如一只只摇篮,在轻微的摇摆中翩然起舞。

漓江山水

　　漓江的水绿而活。虽然绿，却不似秦淮河过于浓稠，油腻的水面让人收了亲水之心；也不似九寨的水绿得过于澄澈，让人自惭形秽；更不似很多河流绿得发黑，让人望而却步。漓江的绿，绿得素淡，不至于掩盖了江水的清澈，可是两岸的山和树投下一个个绿色影子，便如国画的点染，在绿色上再渲染一道浅浅的绿色，这样的绿，虽然也深，却不浓稠，不死板，更显活力。

　　漓江的美，离不开漓江的山；桂林山的美，大半便被阳朔一地独占了。阳朔的山，相依却不连绵，少了扑面的压迫感，却多了各具情态的身形。一路而来，船夫不时提醒我们两岸的景致，作为人民币背景的元宝山、鲤鱼挂壁、八仙过江、童子拜观音、骆驼山……我们却无心细细打探。山水在这里早已浑然一体，何必再去区分牵强的外形呢？即便是最著名的九马画山，虽然远看似奔腾、似低啸，俯仰生姿，我们却没有耐下性子去点点究竟有几匹。多或少，无伤漓江山水本色。

　　然而山之美，还是折服了我们。两岸的山并不让铺天盖地的绿色肆意地张扬，大部分绿色只是轻掩山峰的躯体，靠着稀少的泥土拼命挣扎，不时会有桀骜的山峦裸露肌肤，斑驳的山体恰好组成了令人遐想的幅幅图案,构成了一个个美丽的传说故事。这里的山,时而独立江头,时而双峰相偎,时而群峰骤起。彼时,山上的绿时而稀疏、时而浓密;山的肌肤时而灰白相间,时而绿意绵延;远山上的植被岿然不动,近岸边葱郁的凤尾竹搔首弄姿;高处的山点染了水的绿意,低处的水柔了山的身影。好一幅漓江山水图!

由此,漓江的绿,便不像黄山的绿色那般沉重,黄山的绿,显现在裸露的肌肤上偶尔挣扎着一棵青松,这些扭曲的身躯让人时而怜悯,时而敬畏;也不像江南的夏绿那般浓重,江南的夏绿,总在仰俯之间无拘无束,层层叠翠,几乎让人麻木,见得多了,便会昏昏欲睡。

漓江的绿,山水相融,更像小家碧玉,淡雅而不冷艳,秀气而不忸怩,简单却不粗俗,让人顿生亲近之心,却无亵渎之感。

不知何时,江面上星星点点布满了和我们一样的小舟,颇有点百舸争流的味道。大人们惬意地徜徉风中,呼吸着清新的空气。孩子们却全然不顾山水绿意,低头弄水,迎面戏耍,笑着、叫着,不亦乐乎,这便是对漓江最好的赞美。

等孩子们东倒西歪地躺在凳子上时,已经写满了快乐的疲惫,我们知道,漓江的亲水之旅似乎应该结束了。

上了岸,刚要离开,连着漓江,又发现一方浅浅的池塘,似乎是水位下降之后人为从漓江中隔出来的,有几个当地人在游泳戏水。孩子们顿时欢呼起来,刚才的疲倦一扫而空,争着要去游泳,看着孩子们憧憬的眼神,企盼的脸庞,再看看那浅可见底的塘水,我们说不出拒绝的理由,孩子们又下了水。

这段插曲成了本次旅程孩子们最为放纵的一段,孩子们赤条条在水中扑腾,满脸的欣喜难以言表,大人们站在岸边,温馨地看着孩子们的嬉戏;远处是一碧漓江水,对岸便是元宝山,这样一幅画面,特别和谐。也许,这就是自驾的好处,能去别人未知的地方,享受真正的自然亲和,录下常人没见过的影像。

最美的风景,往往会被不经意地发现;最理想的地方,应该是人与自然的相融。自驾而往,我们找到了最美的漓江。

2014-12-23

(三)穿越时空的遇龙河

用好午饭,我们从漓江回到东岭山庄,原地休整,既是为了补充上午挥霍的体力,更是为了避开下午的炎炎烈日,也是由于早已和筏工谈好了价格和具体的事项,无须仓促而往。

大抵旅行的安排,断不会在亲水之后再安排一次亲水,既是为了避免单调和重复,也是为了避免轻易比较出两者的上下高低。碍于行程,阳朔的精华却也只能如此安排,然而忐忑的我终是担心游历过盛名之下的漓江,小小的遇龙河能否为阳朔之行画上一个完美的句号。

我们为了漂流而来,印象中的漂流,要么是如安吉山区尚不太知名的漂流,水极浅,一个个皮划艇堆在一起激不起多少浪花,宛如坐在儿童的游泳池里玩耍,即便是儿童,也会无趣;要么是让人血脉贲张的急流,皮艇在险滩中腾挪辗转,浪涛激荡,而这,却又不适合孩子。带着几许憧憬,我们开启了遇龙河之行。

抵达遇龙河的时候,已是黄昏。

3位筏工早已在等候。这里的竹筏,算是名副其实,一般粗的毛竹经过简单的处理,两头微微弯曲,10根扎在一起,上面放一张两人座的竹椅,加个小凳子,添个小凉伞,便成了一张竹筏。

一只竹篙,悄无声息地探到了水里,筏工用力一撑,竹筏便缓缓离开了码头。

遇龙河号称"小漓江",自然免不了一番比较。然而在久负盛名的漓江前,遇龙河却毫不逊色。

遇龙河更轻柔。竹篙也似乎生怕蹂躏了水柔嫩的肌肤,轻轻地触水,泛起点点涟漪,便会发出微弱的哗哗声,竹筏便在这哗哗声中微微一颤。微风起时,水波也慵懒地荡漾起来,却又像冬日从被窝里伸出的手,刚触到寒意便缩了回去,似乎不舍离开温柔的怀抱。那柔柔的河水,便把青葱翠绿都揉成了浓浓的绿意。

遇龙河更清浅。远看像一块长形的翡翠,近眼望去却又清澈见底。浅的地方不足 1 米,水中的藻荇根根可见,纷纷柔了自己的身躯,有的温顺地伏在河底,如美人卧榻;有的生怕河水寂寞,婀娜着起舞。低头向水,还能闻到些许水草味。

和漓江山水亲密相依略有不同。这里的群山默契地往后退去,留出了狭长而平坦的空地。星星点点的是或白墙或红砖的民房,宽阔的地方,便有一小片如茵的稻田,散发出淡淡的诱人的稻香。偶尔,一头健壮的水牛,优哉游哉地晃荡着尾巴,发出一声低沉的吟叫,一派闲适的南方田地景象。

最吸引人的,还是这里的绿。不讲远处隐约、重叠的山的剪影,也不讲近处偶一凸显的葱郁的孤峰,单是岸边那抹绿,便让人心醉。

遇龙河边少有凤尾竹,即便有,也不蜂拥而至挤在一起,汇成一道长长的绿墙,看久了,让人心生倦意。它们总是三三两两偎在一起,竹叶茂密而深邃,竖起高傲的凤尾,摇曳在微风中。

更美的是不知名的树,并不高大,随意柔弱地往河边一站,便

澄澈的遇龙河

让人顿生怜爱之心;通体并不枝繁叶茂,略显稀疏的树叶泛出淡绿色,婆娑的倩影倒映在水中,更显得可人。那一抹抹绿意,便在深深浅浅、密密层层的各种绿色的映衬中格外夺目。这翩若惊鸿的绿色,从树梢跌落到宁静的河中,汇成一道浅浅的绿流,流淌进心田,荡漾在心头,便如在森山之中贪婪呼吸着纯净的空气,不由让人生醉。

进入遇龙河,仿佛闯进了画卷长廊。远处,是黛色的群峰剪影;山下,是或红或白的民房,不时还有袅袅炊烟;河岸,是各种绿色,一抹抹淡绿点缀其间。各种景致纷纷倒映在如镜的水中,又影影绰绰勾勒了一幅绿意图,微风轻拂,更朦胧、更韵动,如梦如幻。天与水融合在一起,自己也忘却了是在水中游还是在天上行。

我们便在这梦境中无法自拔,惬意地坐在竹椅上,极目便是美景,累了,便闭上眼,耳边是风低声呢喃,鸟嘤嘤成韵,水泠泠浅唱,颇有点"望峰息心,窥水忘返"的味道。尘世的丝丝烦恼都被吹散在这一池碧水中,世间万物似乎只剩下这一条小小的竹筏。

时光似乎在遇龙河静止了下来,我们惬意地享受着黄昏的余晖,不愿惊醒这位熟睡的少女。

或是担心我们的单调,蓦地眼前出现了一座石桥,桑沧而古朴,一块块斑驳的石板承载着一段段生活的往事。石桥浑身爬满了藤萝垂蔓,像绿色的瀑布一般挂降下来,微风过处,翩然起舞,倍添一分阴凉。竹筏打桥洞经过的一瞬间,筏工调皮地往水面上打了一筏,激起了一片急浪,打破了水面的静谧。彼时,历史与现实,沉默的石桥与低唱的流水,浓郁的苍翠与白色的浪花,厚重的石板与轻盈的竹筏便在遇龙桥下交汇、相融,仿佛时针拨回到儿时,竹筏穿行在江南曾经的小桥流水中,时空在这一刻渐渐淡去,影像便定格在这美妙的瞬间。

夕阳收起了染红天际的红霞,半掩在群峰之后渐渐归去。河面上留下了一道浅浅的余晖,七月的暑气消融在这温和的河水中,几丝微风让人倍感清凉,浑然没有南国的闷热。

妻子半倚着,伸出脚任流水轻抚;儿子仍执着地偎在筏头,不时拿着水枪吸水,然后喷向空中,形成一片水花;在西下的夕阳中,此景凝聚成一幅温馨的图画,铭刻在我的脑海中挥之不去。

幸福是什么?

幸福便是在遇龙河,看着妻儿在余晖下戏水;

幸福便是任时光流逝在遇龙河的一带水里,静谧无声。

在遇龙河,我穿越了时空。

2014-12-31

尴尬的南宁

旅行的第 7 天,我们驱车离开桂北,向南宁进发。

一路上天色并不太好,一直阴沉着脸,行至柳州还下了一场放纵的暴雨,我们算是领教了岭南变幻无常的天气。

但是风景却已经和桂林迥异。不再有典型的喀斯特地貌,高速两旁,到处是平缓的丘陵,极天际,才是连绵的群山。所有的丘陵几乎都种满了甘蔗苗,像一层厚厚的绿绒毯。广西,是中国最大的甘蔗生产基地。

可是一色的甘蔗苗必然单调,甘蔗地却绝不是这里的唯一主角。挨着甘蔗地,往往有一片树林,瘦高瘦高,浑身光秃秃的,只有树顶部才有宝塔顶似的一团墨绿的树叶,这就是桉树,即便在桂林,我们也没有发现它的一丝踪迹,却在驶过柳州后成片而出。据说这种植物是造纸的好材料,但也是一种生命力特别强的澳洲外来户,对本地植物的杀伤力并不小。

一如桉树地位的尴尬,南宁也似乎逃不脱类似的命运。

贵为省会,却总是缺少了老大哥的底蕴。如今的广西,简称是桂,一个桂字奠定了桂林几千年的老首府地位。况且,桂林的山水世人皆知,如果不是地势的限制,桂林恐怕还占据着老大的位置;桂林的几位名人也压得南宁没了声响。

虎视眈眈的还有柳州,这个广西最强的工业城市,拥有强大的经济实力。广西有名的品牌,似乎柳州占了不少,无论是重如柳工、柳汽,还是轻如两面针等,无一不是广西的骄傲。

还有一个北海,这个新兴的旅游城市,不足以在综合实力上和南宁一争高低,却绝对有睥睨南宁的经济实力,百姓的幸福指数,可能超过南宁不少。

即便是此次广西之旅,南宁也只是我们的一个中转站,没有安置一个景点,因为南宁,除了青秀山,也似乎没什么能拿出手的。

南宁,便在各种尴尬中挣扎。

我们抵达南宁的时候,天色尚早,随处可见的是建设工地,交通显得拥堵而杂乱,环境算不上差,但是作为一省之府,总是少了一种气度。满街跑的,是电瓶车。绿灯亮过,如织的电动自行车涌过,也是别处少见的风景(难怪很多家乡人万里迢迢跑到南宁来推销电瓶)。

南宁人倒也洒脱,任你东西南北风,我自岿然不动。通宵达旦的夜宵是当地的一大特色,曾经太多的战火硝烟化作如今的烟雾弥漫,只要有几个小钱,便三五成群,呼朋引伴,这也是一种惬意的生活。

也许所谓尴尬,只是我们旁观者的一家之言。身处其中,自得其乐,悠然惬意,又哪里来的尴尬呢?

2014.12.31

边境的瀑布

（一）南国路景

旅行的第 8 天,我们离开南宁,向崇左出发。

南宁之南,已经一派南国风光。连绵的群山都化为背影远远矗立,一块块红色的丘陵此起彼伏,眼界自然宽阔了许多。桉树总

东倒西歪的香蕉林

在最高处守候,低处有的是碧绿的香蕉林,根根伸出长大如袖的枝叶,有的已经挂着一串串成形的青香蕉,也有一部分甘蔗林,细细长长拥在一起。在南风下,无一不像翻滚的绿浪。一周前这里台风刚过,很多果林抵挡不住台风的戾气,被打得东倒西歪,满地狼藉,丰收的希望被撕得七零八落。

导航的失误,把我们带离了高速,却也别添一分滋味。为了绕过被冲垮的桥梁,我们见机行事,从村间小路见缝插针,越过方塘、菜地,成功回到主道上。这让我们感叹置身异地野外,应变能力是

何等重要。

大部分时候风平浪静，我们行驶在乡间小道上，鲜有人迹，路旁的桉树整齐地排列，成片的香蕉林、甘蔗林在车窗外晃过，仿佛行驶在绿的海洋里。打开车窗，任由南国的夏风拂面，空气中掺着一丝青草的气息，仿佛回到儿时，走在江南的小路上，呼吸着自由的味道。

不知什么时候，两旁的红土地渐行渐远，群山又再次结伴而至，我知道，我们已经进入了深山区。弯多路窄坡陡，我们不由得放慢了车速。

途经隆安县的山区，人烟稀少的山路上突然出现了停在路边的几辆汽车，一些人正在往两旁张望着什么。

出于好奇，我们驶近了看。路旁竟然聚满了猴子，有的尾巴卷在树梢上，好奇地打探，有的怀里抱着幼崽，警惕地注视着，有胆子大的，直接蹲在路旁，"猴"视眈眈地望着行人，还有一只跳到了我们的车窗上，隔着玻璃和我们对视着。仿佛进入了猴的世界，让我们既兴奋又忐忑。看着这群肆无忌惮的猴子，我们空有一腔亲近之心，踌躇颇久，却没有开窗迎宾之胆。后来才知道，这里便是龙虎山，全国的四大猴山之一，漫山遍野都是野猴，这给略感疲惫的行程意外增添一分野趣。

但我们不敢过多逗留，也为了行程的紧凑，只得匆匆离去。

将至德天，山路的左侧显现一汪碧水，群峰之中，有一座山峰孤傲地矗立在最前面，三面环水，仿佛一位将军带领着千军万马奔腾而来，河水奔流至此拐了个 180 度的大弯而去，就如缠着一条玉带，在群峰倒影的掩映下，水呈黛色，这便是黑水河，在无尽的山路上，突然出现如此的山水美景，也让我们喜出望外。

自驾的路上,总有着预料不到的惊喜,这些景点并不在我们的行程计划之内,也似乎并没有特地为它而来的可能,然而打它身边驶过,放慢车速领略一番,依然让人满足。

很多时候,很多美景,并不需要你驻足不前,花太多时间欣赏,只需要那无意的一瞥,来过,它便会进入你的心。

南国路景,总让人莫名地兴奋。

2015-01-06

(二)德天,填补那份空白

在山路上颠簸了近 5 小时,漫漫的寂寞中总留一份意外的惊喜。德天,终于到了。

理性的旅行,不会选择从南宁到德天,当天便奔向北海,奔波 600 多公里,花费 10 多个小时,只为了在德天 2 个小时的停留,那样太累;成熟的旅社,也很少考虑德天,因为德天附近并没有太多密集的景点,出于成本的考虑,必然舍弃。

而我们,还是来了。既是冲着她亚洲第一、世界第四的名头,也是因为她毗邻越南,到了德天,我们便抵达了南国的边境,这种尝试,从未有过。再者,去过广西的朋友太多,开口便是桂林,似乎桂林和广西画上了等号。而我们,想看到广西的另外一面风采,去普通游客所未能企及的地方,让自驾的趣味性与成就感放得更大。

未到景区,先见湍流。正值雨季,河水显得浑浊,夹杂着断枝残叶,泛起急促的浪花,奔腾而去。这便是归春河(中越的界河,德天瀑布便在归春河之上)。初一照面,略显失望,生怕浑浊的河水也会玷污洁白的瀑布。

进入景区,沿着河岸走了近 10 分钟,终于听到了震如雷霆的咆哮声,德天,便在一片怒吼中出现在眼前。

瀑布这一地理景观,毕竟不是随处可见,细细数来,所见也寥寥无几。求学的时候去过诸暨的五泄,说是瀑布,实在是有些夸张了,汛期倒还能听到些激荡的声音,到了枯水期,便软塌塌地伏在石上,滴滴答答流淌下来,五泄之说,已属牵强;后来见过黄河的壶口,因其窄小,声势自然浩大;九寨的诺日朗、珍珠滩瀑布又是另外一番景象,洁净的溪水沿着峭壁一字排开,奔流而下,声势不比壶口,却像极一道天幕,流速不足,排场极大,别有一种纯净,便如英俊的男子玉树临风,澄澈得让人心醉。

德天瀑布掠影

而德天,又是一番味道。

德天瀑布的高度和宽度与黄果树瀑布相似,但德天是三级连瀑,一波三折,便泄了原有的霸气,多了些委婉。远远望去,德天瀑布像被安置在太师椅中,在浓密的苍翠中露出一大块雪白的肌肤,就好像在一块巨大的碧玉中镶了一点白璧,瀑布如一匹匹白绢同时挂降下来,激起一片水雾,白绢就像被包裹在白色的纱巾里,烟雾缭绕,如入仙境。

我们乘了当地的大竹筏向瀑布近处驶去,隔着 10 多米远,水珠便飞落过来,虽值盛夏,却也凉意丝丝,万马奔腾的巨响掩去了我们所有的言语,泻下的飞瀑瞬间化为烟、化为雾,到处弥漫着水汽。

德天并不单调,大片葱郁的高树遮掩了步行的观景道,形成了一条绿廊,不见天日,随处可见野生的香蕉树,青色的香蕉挂在枝头,张张蕉叶任意东西,还有那火红的木棉花,摇曳风中,让德天平添一丝妩媚。再加上奔腾的河水、激荡的飞瀑,德天也就显得活泼起来。

归春河行走到此,被一山梁隔成两段,一段是德天瀑布,另外一段便是板约瀑布,两者约莫隔了 10 多米,但是板约瀑布却已在越南境内。板约被分成两股水流而下,气势自然不能同德天相媲美,似乎是造物主不小心而成的附属品,畏缩在德天之旁(只有在大汛之时,两国的瀑布才会合流而下,彼时,又是一番景致)。所有游人都会乘船到越南的河岸边,拍一张板约的照片,不是瀑布吸引人,只不过是想留个到过异国,看过他国瀑布的证据罢了。

活跃在归春河上的越南小贩

这个自古以来和中国有着千丝万缕关系的国度，这个曾经附属过、叛逆过、折腾过、仇恨过的国度，如今静静地在河的对岸，眺望远方，群峰重重，最近的一座山腰上，开辟了一块空地，一面越南国旗插在上面，提醒我们对岸就是越南。

然而越南的痕迹却在这里随处可见，大批的越南男人戴着盔式绿帽，女人戴着斗笠，撑着小竹筏，载满越南的特产穿梭在游船周边，甚至直接登上中国景区，沿着窄小的观景道一字排开兜售着诸如香水、沉香等特产，操着一口流利的汉语，也算是一道风景。

由于暴雨刚过，景区关闭了更高处的栈道，那块著名的53号界碑，便只能与我们失之交臂。这块1896年立的碑，更多的是清王朝衰落的缩影，不见也罢。

德天，是一个值得一去，但没必要再去的地方，人生中填补了这一份边关瀑布的空白，足矣。

2015-01-08

北海，临时的终点

从德天出来，已过晌午，我们开足马力，向本次旅行的终点——北海驶去。

一路沿着边境的公路疾驶，又一次在深山的颠簸中起伏，不再有曾经奔赴龙脊的恐惧，想想山的那面，便是异国，总会有种特别的兴奋。路上的风景和去德天无异，连绵的群山，葱郁的树木，崎岖的山路，鲜有人烟。但是当看到荷枪实弹的边检战士时，心里的最后一丝忐忑瞬间消失。

驶出深山,从凭祥上了高速,过防城港,穿钦州,夜幕已下,近 8 点,我们抵达了北海银滩边的客栈。

北海,原本不是我们此行的终点,银滩,也只是准备匆匆一瞥的地方,因为我们的目标,是上涠洲岛,这个最年轻的火山岛,这个瓜果遍地、海鲜无尽的沃土,这个观海上日出、送欲颓夕阳的理想之地,甚至住宿我们都安排在了离海几步之遥的地方,一行人一路在憧憬着海岛两日的完美结局。

然而一周前的那场台风,彻底毁了我们的行程,不仅瓜果尸横遍野,连很多住房都迎风倒下,整个岛上一片混乱。而事件几近一周,却依旧没能解决重建问题,引起了岛民大闹管委会,甚至纵火的失控场面。

岛上停电停水停航,我们已失去了登岛的可能,偶遇一当地人,答应可以用快艇过海。靠区一只小艇在海上披荆斩浪,虽然刺激,但想想这一行人的安全,想想岛上的狼藉,强行登岛失去了意义,我们在一片焦灼中放弃了。

也许是心情决定了风景,颇有些扫兴的我们对北海有些怠慢了。总感觉北海有些名不副实,虽然住在靠海的别墅区,个个装扮得如童话城堡,黄红蓝绿,色彩斑斓。我们还特地选了高低铺,让孩子们感受一下我们曾经的学生时代,但是住的两个地方,感觉仍是此行最不满意的,房屋里总有股海腥味,地板上总是有沙砾,踩上去特别扭,空间也比较狭小;银滩就在步行 5 分钟的地方,但似乎和网上的评价差距甚远,与三亚的亚龙湾、青岛的金沙滩、舟山朱家尖的南沙比,似乎都相形见绌,沙子未见如何细,周边的环境却是有点难以启齿了,海水也略显浑浊;就是天气也要为难我们一下,孩子们下水刚开心了半个小时,一场暴雨便黑云压城,个个成了落汤鸡,我们便在银滩胡乱地玩耍了一阵,匆匆而回;北海其他的景点,诸如老街、海底世界,要么觉得索然无味,要么并不稀罕,都不愿前往。

唯一进次市区,还是晚上觅食,黑魆魆的天空让北海变得不太真实,而这顿海鲜仍是吃得极为匆忙,并未尽兴。

记忆中的北海,就显得模糊起来。

北海,成了临时的终点,一个临时,道尽了北海此行的尴尬。

原本华丽完美的旅行,在北海,戛然而止。

北海的一天两夜,成为此行难得的休整。

人生之中,很多触手可及的事在刹那之间会变得遥不可及,遗憾,未必不是旅行的收获。

启程离开北海的时候,天湛蓝湛蓝,一望无际的原野绽放着绿色的希望,两旁多是热带风情的椰子树。这时我们才感觉,委屈了北海,她的魅力也许我们尚未窥一斑,留待下次,专程而来。

2015-01-09

人在归途

旅途的第 10 天,我们开启了返程之旅,为了不走回头路,也为了留下更多的足迹,我们选择北上贺州,穿过湖南,经江西返程。

原本想在归途中再安排点景点,然而领略了龙脊的绝美,畅游了漓江的秀美,淌过了遇龙河的柔美,欣赏了德天的壮美,就连北海的银滩也难入我们的眼,再找一个能够吸引我们的地方,让我们忘却思家之念,本就很难。好不容易发现黄姚古镇颇有名气,兴冲冲前往,却又因管理的混乱,出于安全的考虑而不得不放弃,连夜直奔贺州,便也彻底断了再看风景的念头。

贺州是个不起眼的小地方,历史上也从未发出过什么声响,客家人和瑶族人较多,民风颇为淳朴,我们住的正菱大酒店在贺州的新区,人烟不多,我们摸黑进驻,睡醒离开,对贺州,并没有太多的印象。

为了不绕远路,我们离开贺州直接走国道进湖南,感慨颇多,广西与湖南的经济差距在 207 国道上暴露无遗。广西境内的国道坑坑洼洼,根本无法正常通行,我们不停扭动车子在一个个大坑之间腾挪,真正见识了"地无三尺平",有的路段直接穿过了村庄、集镇,几辆外地车从拥挤的人群里挤出去煞是显眼。到了湖南地界,突然现出标准的柏油国道,平整、宽敞,和浙江的无异,这种对比的反差实在过于强烈,号称旅游大省的广西所要走的路也许还很长。

横穿湖南的路程是最为舒适的,一路畅通,直至江西萍乡。

萍乡的名气自然比贺州要大得多,孙中山、刘少奇、李立三先后在这里领导过萍乡的起义和罢工,对两党的革命走势起过至关重要的作用。可以说,萍乡是黑红双色的,黑的是这里的丰富煤资源,红的便是这里的革命历史。

到萍乡也是夜幕之后,虽然在市中心,7 点多钟却已经门庭冷落,为了寻找品尝萍乡美食的机会,我们在街上转了许久,却毫无收获,最后只得在一家永和豆浆草草解决,萍乡的发展可见一斑。虽是月色下,但是街道总给人不太干净的感觉,就连稀稀拉拉的霓虹灯闪烁得也是无精打采的。似乎这么多年来,萍乡光顾着保存老区的光荣传统,而忘却发展的重任了(前段时间,刚听说萍乡市两任书记纷纷落马,作风腐败,官场糜烂,想起 7 月的萍乡之夜,便觉得在意料之中)。

此行的第 12 天,我们终于驶入了浙江,也许是久别故土,远远看到高速上的"衢州"路牌,内里就泛起暖流,疲惫而浮躁的心又开始淡定起来。"家",只有在久别之后才会更眷恋。

回程最后一站选择了开化,这座偏居浙江西南的山城,群山围绕,古树参天,三省交界,钱江源头,看点颇多。时间关系,只能一路欣赏,并未驻足。在开化品尝了《舌尖上的中国》里推荐的"开化青蛳",长着长而黑的外壳,包着灰绿色的嫩肉,极为别致,但是重重的泥土气息,让我们颇不习惯;还吃了当地的"汽糕",似乎也不尽合我们的口味,也许只有适合的才是自己的美食。

第 13 天,在 7 月的最后一个下午,我们顺利返家,结束了这段美妙的旅程。

常常回味,至今沉醉,不知道这段旅行会给我们每一个人留下怎么样的印象,但已然给我刻上了一个深深的烙印。

借用妻子微信的评语总结本次旅程:

感谢爱车,本次旅行的最大功臣,无论风吹雨打、日晒雨淋,道路艰辛一路向前,无言地付出,13 天,5180 公里,真棒。

感谢爸爸,本次旅行的总策划、导游、财务、司机,一人身兼数职。无论事情多烦琐,都能不厌其烦,遇到问题都能迎刃而解,照顾队友无怨无悔,感谢爸爸给我们带来的精彩绝伦的旅行,辛苦了。

感谢妈妈,本次旅行的微微播报、通信联络、生活委员。无论旅途多么匆忙都能实时报道美景,联络路况,再晚也照顾安排好全家的生活,感谢记录的美景。

感谢儿子,本次旅行的小甜心、行李搬运员。无论登山、坐车都毫无怨言,梯田看日出、漓江畅游、桂林夜游、遇龙河戏水、德天观瀑、北海守望,都和父母相伴,且行且成长。

感谢兄弟姐妹们,本次旅行的全体成员,团结友爱,共同付出,我们一起度过了美好难忘的假期,下次再会!

2015 年的夏天,我将给妻儿带来怎样的惊喜呢?

2015-01-12

暖冬齐鲁行

2015 年 2 月 23 日(正月初五)—26 日(正月初八),自驾泰安、济南,行色匆匆,别有收获。

山东的底蕴

一直想去山东,每每提及齐鲁大地,总会有尚未企及的怅然。友人诧异地问我:"山东你不是去过了吗?"我总是一脸茫然。

随即便猛然想起,4 年前动车进京,横穿过山东,但是马不停蹄,只是瞥见窗外绿色的平原,自然是不能做数的。

3 年前,我们去过青岛,整整待了 4 天,阅尽一地美色。然而,我为什么感觉从未去过山东,没有感受到一丝山东的文化气息?

静思少许,便释然了。

青岛也好,威海也罢,再加上日照、烟台等,都是山东的沿海城市,新兴的旅游胜地,都是海洋文化的代表,然而中国的 5000 年历史,向来没有海洋什么事情,习惯了独尊中土的传统文化,并没有海洋的一席之地。山东,即便扼守黄、渤两海,被海风吹过 5000 年,也仍然未被打上海洋的烙印。海洋登上大雅之堂,还要算到大清帝国的国门被轰开之后。于我而言,山东并不能算真正去过。

山东的历史,醇厚如陈年黄酒,浓稠馥郁的香味里难寻喘气的空隙。齐鲁的盛世,留在了春秋战国,小白的称霸,管仲的变革,墨子的苦行,鲁班的神工,田忌的赛马,孙子的兵法,曹刿的论战,晏子的使楚,孟尝君的三千门客,忧天的杞人,田单的火牛阵……这500年,山东犹如璀璨的明珠,闪耀在中华的上空,亮出了3000年最夺目的光芒,人杰辈出的齐鲁,搭建着你未唱罢我便登场的舞台,他们的一呼一吸,一笑一颦,主宰了500年中华的风云。

喧嚣过后,最终在这些重重叠叠渐渐淡去的身影里留下的是孔丘。这个坚守自己的信仰,带着门徒周游列国游说14年的圣人终成大业。谁也不曾想到,这个曾经碰壁无数、屡遭劫难的老人,这个在错误的时间推销着自己理念的老人,最终登堂入室,载入了史册,成为千古圣人。

经过孟子的装饰,历朝的粉刷,争鸣的百家纷纷隐去,大学殿堂之上唯有儒家的声音。儒家,终成中华士族精神的支柱,山东,终成中华文明的家园。中华的文明,被齐鲁的先人刻下了深深的烙印。2000年来,儒家的根基扎进了中华的每个角落,儒家的血液流进了中华儿女的每一根血管,或近或远,挥不去浓浓的齐鲁的影子。

历史总是那么讽刺,深受礼仪教化最深的齐鲁大地,占据着南来北往的要道,成了历来兵家必争之地,满嘴的仁义道德终究敌不过金戈铁马。没有哪个朝代不在山东演绎着城头变幻、家国天下的大戏,齐鲁的每一寸土地里,都塞满了血雨腥风。似乎都忌惮自己的底细在圣人的家园抖搂出来,抑或怕圣人的气质压倒了皇权的威严,也许也怕齐鲁的杀气太盛,山东成了历朝历代且敬且畏的地方。

山东留给世人的印象,也便从拱手作揖的文人转为五大三粗的大汉。

许是满地的红高粱,满街的大葱卷饼铸就了粗犷的外表,一马平川的齐鲁平原练就了大气,汹涌不定的黄河凝成了率真,巍峨的泰山铸就了厚道。山东的大汉,即便在小小的土岗上那么一站,也显得霸气十足。

山东的武人也算是层出不穷。三板斧的程咬金、卖马的秦琼、抗倭的戚继光、殉国的张自忠……最后浓缩在记忆里的,便是梁山的好汉。

山东是一杯浓稠的美酒,三言两语,道不尽山东的前世今生,但其底蕴之厚,足以让世人注目。

2015-03-20

冬日的泰山

(一)迷茫的泰安

泰山名满天下,妇孺皆知,然而泰安的名声却并不大,仅存的名声还是托了泰山的福。

这两者的关系就是地势的缩影。泰山如一道从天而降的屏幕切断了北去的背影,泰安城,便紧紧倚着泰山排开架势,活像依偎在母亲怀里的婴儿。南下的北风在泰安放缓了脚步,泰安便有更多的机会享受冬日的暖阳,整个城也变慵懒起来。

　　到达泰安的时候,是正月初六,这个在南方早就已经喧闹如初,淡去了沉浸在年味里不愿所为的时光。在泰安却不一样,许多商铺仍然恪守着正月初八再开业的传统,宁可放弃赚钱的机会,也不改变千年的诺言,市面上,总显得冷清了许多。

　　泰安也许是帝王临幸最多的城市,但凡上泰山,泰安便是绕不过的起点。然而泰安的身上却又分明没有丝毫王者之气,似乎自古以来万千的宠幸都被泰山全盘收纳,而没有丝毫残留于泰安。

　　看着一个个打泰安而上的帝王将相,看着一位位从泰安而过的文人墨客,泰安空有满腹的惆怅,却只能黯然收起羡慕的目光,在泰山硕大的身躯遮掩下,沉默在长长的阴影里。

　　然而依着齐鲁厚重的历史,深陷其中的泰安便无法把自己从齐鲁文化中剥离出来,齐鲁的文明,也绕不过泰安这看似渺小的一城。

　　原本泰安也无非是齐鲁历史的附庸,依着泰山的名声苟且而生。

　　虽然泰安也并不甘心偏居一隅,断断续续出了些名人,然而程咬金、羊牯之流毕竟都是一介武夫,只能在一朝一代里闹腾些动静,难登历史殿堂的顶端。

　　但是泰安并非一无所有。一颗史学的巨星从春秋时期划空而出,一个改变不了历史的人物,却因忠实记录历史,最终被载入历史,他的名字叫左丘明。

　　历朝历代都少不了史官,史官“一笔秉史”,虽然重要却也多如牛毛。然而以史官之身被载入史册的不多,其中的佼佼者,一为左丘明,一为司马迁。似乎成名的史官付出的代价总要多于常人,左丘明也最终双目失明。

失去光明却并未失去信念,身为与周王朝渊源最深的鲁国的史官,有最多的机会接触最翔实的历史与文化,在那个荒寒的岁月里,忠实地记录下来,尤为不易。

失明的左丘明最终修成了《左传》《国语》两书,难以想象,如何用一双残眼在一张张竹简上留下历史的烙印,历史的风云变幻又如何能穿透落后的资讯,传入他的双耳,化为铿锵的墨迹。

他给了泰安坚忍、讷言、厚重。

如今的泰安城,算不上美观漂亮,虽然偶有高楼大厦,还有悉尼歌剧院般的高铁站,却更显其在历史与现实中的挣扎与彷徨。泰安城,也没有太多感受到左丘明的影子,似乎泰安也并未打算将这位眼盲心亮的先哲作为城市的象征,而选择将全部的希望寄予泰山。

泰安,便在束缚了自己的双脚中踯躅前行。

2015-03-23

(二)冬日登泰山

作为"五岳之首"的泰山,总能吸引世人的注目。登泰山的想法由来已久,却一直未成行。

人说"黄山归来不看岳"。赏过了黄山的奇绝秀丽,担心泰山的风景难以入眼。

自古以来,泰山都是帝王将相的宠儿,时日长久,泰山便似乎多了一分皇族贵气,少了如黄山般的清丽自然。便如国色的牡丹,万千宠爱于一身的时代早已过去,再谈爱牡丹似乎成了附庸风雅的俗事。

再者炎炎夏日登山除了满身的汗臭,体力也是极大的考验;而隆冬腊月里既担心冰路湿滑,臃肿的衣着也让登山少了一分从容自如的雅趣。

泰山便尴尬起来。

今年春节家乡阴雨连连,少了假日的好兴致。便和友人谋划着自驾而出,适逢泰山气温回暖、距离适中,便吸引了我们。

来到泰山脚下,时候尚早,虽然一路北去,高速旁数不胜数的鸟巢,随意地拥挤在错落的枯枝上,伴着满眼的迷蒙,很难见到一片绿叶,但是初春的感觉已经开始荡漾开去,空气里弥漫着淡淡的春日才有的温暖。

不久,泰山雄浑的山体便突兀在眼前,斑驳的身影里露着土黄的石块。

从红门拾级而上,穿孔子登山处,过中天门至顶,是传统的登山路线,所需时间约5个多小时。考虑到我们一行旅途疲惫,需要当天返回,断然选择了从南天门乘车而上,至中天门登顶。

原以为已近假末,游人必定稀少,却不料仍然是摩肩接踵,排队买票便花去了半个多小时。

等到上车,已近9点。

半小时的车程节约了我们大量的体力。蜿蜒的盘山公路带着我们驶进深山,越爬越高,路边的树大部分光秃着身子,似乎还没有从寒冬里醒过来。也有几片林子,树顶冒出了白绒绒的芽头,连成一片,似乎有一层淡淡的雪覆盖着,夹杂着常绿的松树,一身的苍老。

到达中天门,爬坡之旅才刚刚开始。据说泰山的台阶有近7000级,从中天门开始,也有3000多级。初下车,还是满身的兴奋,尚不觉得累。走过"快活三",一群人兴致勃勃地拍拍照,看看特色的小吃,孩子们一会儿爬上石凳挤在一起显耀,一会儿爬上四五米高的峭壁嬉戏,一会儿在峭壁缝里发现一长条冰瀑,来不及飞逝而被冻在崖上。爬山的乐趣便在于不经意的移步间总能捕捉细微而别致的景物。

穿过"云步桥",开始有了台阶,虽有些陡,却并不长,也就不显得累。看到"五大夫松"的时候,惊诧于松的不老,2000 年前的历史便瞬间浮现在脑海,似乎始皇帝正狼狈地躲在松下避雨。如今,始皇帝早已灰飞烟灭,这棵松却依然伸展着身子,斜斜地靠在路边,偶尔沙沙细雨相伴,述说曾经的往事:任你帝王多么霸道专横也抵挡不住时间岁月的侵蚀,物仍在,人已昨。

一路上摩崖石刻颇多,文人墨客大抵喜欢留些墨宝在此,或赞美,或抒怀,不一一细说。我并不惊诧于古人的良苦用心,走马观花看着石刻也无太多所感,只是隐隐觉得,无怪国人陶醉于"某某到此一游",这也算是国民传统的一脉相传,不过古人字更漂亮些,名气略大些。但凡人人如此,泰山之上,哪有美景? 自古以来附庸风雅之风可见一斑。

泰山给我的印象便不如黄山来得单纯,所谓的人文冲淡了泰山自身的魅力。但是泰山给人的糟糕印象还不仅仅在此。

许是名声太盛,成名太早,累累盛名之下也积淀了游人的劣行。泰山除了满眼的题字、灰蒙蒙的树木,便是满地的狼藉。

看过大江南北景点无数,但卫生之差,无出泰山之右者。随处可见的果皮纸屑随着山风而起,偶尔还有随地大小便的孩子。不多的厕所,都是臭气熏天,难以立足。难以想象这便是盛名之下的泰山,景区的管理需要反思的地方太多。

对泰山兴趣渐淡,风景的吸引力也锐减,最后,成了纯粹的登山,不再抱美景的幻想。

走走停停一个多小时,十八盘便浮现眼前,这时才感受到泰山之巍峨。昂首望去,如天梯般的台阶密密麻麻地垒在一起,消失在山顶的南天门,与天交际。据说十八盘有"慢十八""不紧不慢十八""紧十八"三部分。略显疲惫的我们已经开始担心这段"天路",刚过"升仙坊",人未成仙,脚已经如入仙境,沉重得失去了感觉,脚下软绵绵的。原本说说笑笑的一群人渐渐没了声音,耳边只听"呼哧呼哧"重重的喘气声,孩子们的脸涨得通红,栏杆成了重要的帮手,许多人挂在栏杆上靠着它拉扯几步,更多的人恨不得直接用手在地上爬,一个个累得人仰马翻。这种感觉,在黄山上可不曾经历,黄山虽然也陡,但是也就百十来级,咬咬牙就过去了。泰山的"十八盘"可是要命的台阶,咬断舌根也未必管用。

我们一行人便走十步停十步,实在不行了,就坐下来,回首看看来的路,已是神龙不见尾;抬头看看山顶,似乎仍然遥不可及。山边长着一片片白色的植物,却都捉摸不透这是何方神圣。

我们互相鼓着气,看着原本在天边的南天门如今一寸寸向我们靠近,心里渐渐踏实下来。中午时分,终于进入"南天门"。

原以为此行的终点便是南天门,往上百来步,看看"天街",感受一下"天上的街市",也便算完美了。

谁知全然不是这回事。刚上"天街",眼前便一亮,尚未凛冽的山风倒是把地上吹得干净,站在风口瞭望山下,十八盘成了一条细细的蚯蚓,点点人头,蠕动不止。远处的群山渐渐淡去在蒙蒙的雾霭之中,留下了或浓或淡的剪影。山下枯黄的杂草伴着苍绿的老松在风中战栗。"天街"边的老松却已是另外一番风貌,一个个顶着小白帽,矗立崖壁边倒是别有一番可爱之处。

泰山玉皇顶"千树万树梨花开"

回头远眺东边，看似光秃秃的山体覆盖了一层厚厚的白色植物，铺天盖地的白色掩映下尚有红墙黛瓦隐约其中。这才知道，"天街"还不是泰山的最高处，远望几乎仍在天际的玉皇顶，才是最高点。

所幸山上景色和山下已是迥异，穿过碧霞宫，玉皇顶便近在咫尺，走近看那白色的树林，才恍然大悟。哪里是长着白花的树，分明是光秃秃的树干被冰严实地包裹起来，形成了一棵棵"银树"，像极了清丽的梨花林，蓦然岑参的"千树万树梨花开"脱口而出。漫山遍野便成了银色的海洋，我们仿佛来到了晶莹剔透的冰雪童话世界，虽然从春天穿越回冬日，人在寒风中瑟瑟发抖，但是整个人似乎被净化了一番，内心无比澄澈。

经过"五岳独尊"的石刻，我们便到了玉皇之顶，巍然站立天地之间，顿感缥渺。脚边是"梨花"成林，另一侧则是刀削的峭壁，露出岁月的沧桑，悬崖下直视见底，苍茫一片。

1300年前，年轻气盛的杜甫从泰山脚下走过，发出了"会当凌绝顶，一览众山小"的千古绝唱。那年，他24岁，风华正茂。

可是已近不惑的我却少了这份豪气,眼中小的何止是群山,更有山顶的自己,在磅礴雄浑的泰山之巅,如沧海一粟,敬畏之心油然而生。无怪千年以来,帝王登顶泰山或封禅,或祭天,泰山成为人神相通的平台,连帝王也为泰山折腰,泰山的气质里融进了霸气与大气。

在泰山之顶,我忘却了山下的遗憾,深深为泰山折服。

时光匆匆,一行人虽留恋,却也知道要在天黑之前赶下山。满身的疲惫在下山路上迅速涌了上来,伸出的脚似乎完全失去了知觉,凭着直觉深一脚浅一脚地挪下来。

日暮时分,残阳如血,回首这条长长的台阶,似乎一个个圣贤的影子正蹒跚前行,秦始皇、汉武帝、康熙……在泰山前,都低下了高贵的头颅。

末了,一个清瘦的身影,带着一众学生,从红门走起,吟着"登泰山而小天下",虔诚而往。

泰山的历史,由此拉开序幕。

2015-03-24

尴尬的济南

(一)济南的招牌

放眼当下的中国,各地的省会不是历史重城,便是经济巨擘,总要在一方能做出省会的姿态。

济南的历史虽算悠久,然而搁在山东的一众古城里,北有淄博、南存曲阜,算上如今悄无声息的青州之流,名声无不远胜济南;即便是泰安,也靠着泰山的荫庇,斜觑着济南;如今每提山东,人必提青岛,济南之于山东的地位,似乎颇为尴尬。

细细想来,漫漫5000年,身在中华文明的中心,济南的确没有过多吸引世人的瞩目。

所幸,济南还有几位名人。不说卖马的秦琼,也不说忧民的张养浩,单单一个南宋,就足以让人记住济南。

中华的文化,向来以唐诗宋词元曲著称。而大宋一朝,词人辈出,不胜枚举,值得一书的起码有4人,柳永、苏轼、辛弃疾、李清照,后两位便是济南人,宋词的半壁精华归于济南一地。

或许是博大精深的齐鲁文化养育了他们的才气,或是碧波荡漾的一池大明湖水浸染了他们的灵气,抑或是一马平川的平原滋养了他们的大气,还是时乖命蹇的国运孕育了他们的才情?文字在他们的手中,时而慷慨激昂,时而多愁善感,时而振臂高呼,时而低眉独伤,顿时鲜活起来,又有了新的生命。

对于"二安"而言,济南,是他们渐行渐远的故乡,是他们生离死别的故土,也是魂牵梦绕却终生不能再见的精神家园。

千年以前,从李格非家中破啼而出一个女婴。谁也没想到这个贵族的千金会成为一代才女,在济南受了十来年的雨露,却把少女的闲愁随意丢撒在千佛山上,大明湖中,趵突泉边……济南城塞满了一代才女梦一般的童年,却终究挡不住才女离开的步伐。从此,李清照便围着济南转着圈,越转越远,末了,伴着国破、家亡、夫逝,永远凋落在千里之外的金华小城。

50年后,当李清照在金华独守残年的时候,济南已是金兵铁蹄下的一片狼藉,大明湖只剩下了残荷败柳。风雨飘摇的济南,诞生了辛幼安。

彼时,济南已经寄人篱下,成了大金的领土,而济南人,却仍旧心向往着大宋故国。辛弃疾的童年,应是尝尽凌辱的滋味,看尽衰败的景象,也让他的血液里流入了反抗与坚毅,最终挥剑而起,以20岁的弱冠之年创出了于万军之中取敌人首级的豪迈之举。济南,为辛弃疾埋下了光复故土的种子。

可惜这颗种子历经40年,最终没能发芽生根。懦弱的南宋王朝浇灭了辛弃疾的满腔热血,让他在一次次仕途迁徙里消磨志士的棱角。

1176年,大宋帝国的提点刑狱辛弃疾途经江西造口,望着滚滚东逝水,百感交集,写下了《菩萨蛮·书江西造口壁》,"西北望长安,可怜无数山",他望的哪里是长安,恰恰是朝思暮想的故乡济南。

30年后,这颗拳拳赤子之心最终消逝在江西铅山呜咽的山风中,终生未能再见济南。

"二安"都走得如此匆匆,没有留下对济南的些许文字。

济南,由是而感尴尬。

80多年前,一位北京来的年轻人挽救了济南,这个人,叫舒庆春。在济南的日子里,他留下了美好的记忆,《济南的冬天》由此出名,道尽了济南的安详、温晴,也终于让济南暂时忘却"二安"的难堪,又有了拿得出手的招牌。

其实八大菜系的鲁菜也是济南的招牌,为了感受老济南的味道,我们特地选了一家名声不小招牌却并不醒目的"老济南四合院",典型的济南特色,一色的大碗,煮得黑而烂的各色老济南的食材,正宗的煎饼卷大葱,一张张小矮桌配着一个个小马扎,铺着印花粗布,浓浓的老济南的味道。可惜,吃惯了江南精致而鲜美的味道,对于味浓色重的老式鲁菜,总是难以接受。

济南,便愈发显得尴尬。

(二)冬日的大明湖

"一城山色半城湖,三面荷花四面柳。"说的就是大明湖。

此去济南,便是冲着大明湖而来,看看曾经让李清照、辛弃疾流连忘返的大明湖是如何动人。

而时下流行的说法是:"皇上,你还记得大明湖畔的夏雨荷吗?"这句曾经让我顿感才疏学浅的对话居然来自琼瑶的《还珠格格》,当下的文化,似乎已经割裂了千年的厚重,由着性子胡乱地飞舞。

虽是年后寻常的日子,景区门口依然人头攒动,大明湖,魅力依旧。

然而真的走了进去,发现沉重的失落感便真正袭来。冬日里的济南正如老舍所说——温晴,暖暖的颇有些盎然的春意。柳树依着湖岸排开,柳叶悄悄冒出了淡淡的绿色,比阴雨不断的江南更有春天的味道。些许微风拂过,柳枝慵懒地荡漾起来,温柔地抚摸着湖水,似乎也把一池湖水从冬眠里唤醒。

然而《老残游记》里提到的千佛山的倒影却不见了踪迹。天空里灰蒙蒙一片,想起如今的济南,告别蓝天白云的日子已经许久,佛山倒影之说,目前是看不到了(最新的城市污染榜里,济南排在第二位)。

泛舟湖上,虽然算不上"澄澈如明镜",倒也还算是清澈,这池湖水穿越千年的风霜总算顽强地存活了下来。依湖而建的一应雕栏画栋也隐约让人有了记忆的恢复。这池湖水里，留下过太多文人雅士的身影，荡漾过太多美文佳句，也见证了济南的荣辱兴衰。湖风乍起，还是有点刺骨的冷，枯黄的芦苇也在瑟瑟发抖，毕竟隆冬正月里，岸边的点点春意掩饰不了湖上阵阵的寒意，唯有几只鸭子，已然畅游湖中，颇有点"春江水暖鸭先知"的味道。湖心有一小亭，名"历下亭"，地与水平，四周绿柳环合，微风拂过，柔柳抚亭，几个小浪翻滚到亭边，亭如生在水中。

济南一城风景一半在大明一湖，而大明湖的精华，便在这历下亭中。三五好友，杯盏交融，诗赋相伴，人生一大幸事。

1200 多年前，一代诗圣杜甫恰风华正茂时，受邀登临历下亭，留下了"海右此亭古，济南名士多"的千古名句。彼时的杜甫，意气风发，似乎一生的朝气，全部留在了齐鲁一地。

此行历来被后世文人所追忆。时近千年，应邀而来的蒲松龄坐在亭前，触景生情，一句"遥羡当年贤太守，少陵嘉宴得追陪"道尽了士人的感慨。

只是"此情可待成追忆"，物是人非。看着亭下喧闹的游人，湖上飞驰的快艇，远处高耸的层楼，我们也失去了上亭的兴致，任船漂浮在湖上。

济南的空气的确不佳，或许正是四面环山，给了他冬日的响晴，也顺便留下了重重浓雾。虽然是下午，从湖上远眺，城市还是灰蒙蒙的，高楼都隐了在雾霾里。

从湖上下来，不远处便看见了"铁公祠"，古朴的建筑小小地缩在角落里，不太显眼。一般的人也并不了解铁公的来历，门庭备显冷落，进了门，唯有铁铉的铜像威严而立。

灰蒙蒙的大明湖

600多年前,明朝陷入史无前例的内乱,朱棣打着"靖难"的旗号,觊觎着侄子朱允炆的皇位,所有的人面临着站队的选择。一介文职,却是铮铮铁骨的铁铉,义无反顾地抵挡朱棣南下,在济南布下了固若金汤的防线,直到南京城被攻陷,济南仍然岿然不倒。

然而铁铉的下场必然悲惨,朱棣恨极这个"顽固不化"的书生,亲自审问,声色俱厉,而铁铉岿然不动。暴怒之下的朱棣割下铁铉的肉煮了让铁铉吃,并问他"甘否?"铁铉的回答是:"忠臣孝子之肉有何不甘!"何等慷慨大义!末了,铁铉被凌迟而死。

中国的士大夫身上总有一股慷慨凌然之气,面对生死,刀剑可以蹂躏他们的肌肤,却动摇不了他们的信念,也许,这就是千千万万士大夫前赴后继所追寻的"道义"。

历史功过自有后人说,朱棣再皇威浩荡,也遮掩不了盛怒之下内心的恐惧与无助,改变不了曾经谋逆与凶残的事实。而铁铉的忠义正直,却也是历史的尘埃所不能掩盖的。

大明湖畔,不仅有风花雪月。忠诚正直,给原本柔弱的湖水添加了硬度,也让济南倍添男儿的本色。

遗憾的是,大明湖,无论是铁铉还是李清照,都在历史的长河里渐渐地淡去。如今来景区的游人,只是冲着名气而来,并不对湖水里浸泡着的千年的人文底蕴有太多兴趣。更有甚者,为了吸引人气,湖边开辟了一大片儿童游乐场,在儿童喧闹的嬉戏里,很难再静心品味弥漫在大明湖的文化气息。

大明湖,已经彻底成为一座徒有虚名的公园,冬日里的大明湖畔,失去了其内在的魂。

顿觉索然无味,一行人失去了继续前行的兴致,想想趵突泉也无非是三眼冒泡的泉水,也便取消了剩下的行程。济南,多少给我留下了名不副实的遗憾。

此去山东,济南的身影浅淡了些,所幸泰安一地收获满满,无论是泰山山顶绝美的风景,还是纯正的烤全羊,至今想起,仍然垂涎欲滴,不能忘怀。

2015-03-30

浮光掠影赏贵州

2015 年的夏天,原本应该是恢宏的篇章,耗时颇多的云南自驾攻略辗转 8000 公里,耗时 28 天,全家憧憬着这一旅行的盛宴,却在残酷的现实面前被击个粉碎。同伴的缺失,儿子时断时续的暑期"充电",再加上自己不宁的心绪,自忖在这个夏天开启这一宏图实在有点不合时宜。

茫然许久,不知所措,起初定了大连之行,实在是和青岛同质化的东西太多,总觉再无必要为一座城市单独前行。大连,似乎还承载不了我们这份自由之重。

习惯了自驾行,偶尔也想换种口味,但却又不想失去一路的精彩。飞机固然快捷,但更像是快餐,省了时间,却缺少了过程的美丽;火车虽然家门口便是,却又让人觉得是把精力流失在漫漫的铁轨上;高铁便似乎成为旅行绝佳的选择,既能倚在窗边任时光流逝,又能避免舟车劳顿之苦,千里之外的美景在朝思暮想间便能触及。

然而世事往往尝试之后方有真正的体会。高铁固然方便,但是进了贵州省,离开高铁后,还是暴露出很多问题。贵州多山,经济并不发达,景区设施还不够完善,交通尤其落后,这便大大制约了出行的自由。每至一地,总要先担心有无去下一站的交通方式,凭空添了一份心思。

8月正是贵州旅游的旺季,为了避免仓促出行,我总是愿意把每一站安排得妥妥的,保证一家不拖着疲惫的身躯游荡在外无处安身。然而在荔波小七孔景区我却一夜未眠,仅仅是因为交通的闭塞,让我不得不考虑第二天如何才能顺利入住贵阳,而不是被困在这偏远的小村落里无所适从。在享受了高铁的便捷之后,同样多增烦恼。

贵州,仍然适合自驾游,无所羁绊,尽兴而归,这正是自驾的乐趣。

所幸,天意使然,让我一路的担心逐一化解。

第1天晚上9点到凯里,联系的车顺利到达,正好饱览到西江千户苗寨的夜景,也避免了在凯里多余的一夜。

第2天顺利订到了西江到荔波的旅行车,颠簸5小时,夜色将浓时,到达景区外的小客栈。

第3天,忐忑的心情本已化作顺其自然,做好了奔波四处的打算,只要凌晨前能到贵阳就行,最坏的打算就是浪费了贵阳的住宿,而黄果树也必然无法可去。可是上天佑我,一家人急匆匆回到景区门口,便撞见一人偷偷地询问:"去贵阳吗?"原来是用私家车送人来荔波又想赚点外快回贵阳的司机。顿时整个人神清气爽,4小时后到达贵阳,不仅安心挑选好饭店,还能优哉地在贵阳街上闲荡一番。

第4天,原本已感觉劳累的三人准备放弃黄果树,在贵阳市里转悠一下,临到中午,坐在KFC里吃着早中饭,儿子冒出一句:"爸爸,来都来了,要不去看看?"心灵相通的三人顿时直冲汽车站。鲜有人去黄果树当天来回会在中午出发。而我们,偏偏这么做了。大巴上处理好票务事宜,到了景区又是几乎分秒不落,看了全部该看的,也错过了因为汛期不得不错过的,最后居然乘上了末班车安全回贵阳,还能逛逛甲秀楼。时间的安排,可谓天衣无缝,如有神助。

然而,还是累了点,这是身不由己的累,是无法掌控行程的累,对于想更多体验旅行自由,想在不经意间发现异样美的我们来说,还是不太适宜。

所以,为了赶时间,贵州的美景只能走马观花,留下了些浮光掠影。

失落的贵州

每提及贵州,我总会想起两个成语。

第一个来自于 2100 多年前的《史记》,司马迁在《史记·西南夷列传》中记载了一个故事。汉武帝听了西域归来的博望侯张骞的建议,派使者去打通向南到天竺国的商路。到了滇国,滇王尝羌问大汉的使者:"汉朝和我们滇国谁大?"经过更小的夜郎国的时候,夜郎侯也提出了一样的问题,文中没有写使者的回答,更未提使者的神情。只是随着使者的北归,"夜郎自大"便成为一个不自量力的笑话。这个夜郎,便在如今的贵州。委屈的是,问出同样问题的滇国,却躲开了这被耻笑千年的传说。

背着自大的名声过了 900 年,到了大唐盛世,柳宗元这位从未到过贵州的老先生一时兴起,写下了名篇《黔之驴》,生生把一头外来的驴放在了贵州的山里,塑造了这么个没什么本事只会吓吓人的形象,最终浓缩成了"黔驴技穷"这又一笑话。

偏偏还有个"黔"字让贵州如鲠在喉,许慎的《说文解字》里解释得很到位:"黔者,黎也。秦谓民为黔首,谓黑色也。"似乎贵州人理应在云贵高原山风的呜咽、烈日的灼晒下留下黝黑的印迹。放眼各省的简称,唯有"黔"多少留了些尴尬的色彩。

翻开贵州千年的文明史,偏居一隅,深藏群山,似乎并没有什么值得一书的精彩,躲在大山身影下的少数民族文化也并不和外界有太多的纠缠,一直在中华文明边缘徘徊的贵州很难引起国人的注意,每每提及贵州,便落得会心一笑。两个典故,编织了汉唐以来对贵州最深的印象。

贵州由此变得失落,愈发沉默。

然而沉默中的贵州,却在如洗的岁月里等待着一位圣人的破茧而出。这一等,又是700年。

1506年的冬天,一位30多岁的书生顶着刺骨的寒风,翻山越岭,走进了偏远荒蛮的贵州,去一个叫龙场的地方担任驿丞。龙场,距贵阳70多里,已入苗、僚各族混居的山寨。驿站,是官方的招待所;驿丞,也便是招待所的所长了。可惜这个招待所的待遇奇差无比,乌烟瘴气,屋无片瓦,人迹罕至,只有当地的土人和这位所长大眼瞪小眼地通过手语交流。

也住茅屋,也入山洞的所长却安然接受。在这每日只能听见自己的呼吸,四周静默无比的丛林之中,听着潺潺的流水、清脆的鸟鸣,所长开始思考自己的人生。

一个如往日静谧的夜晚,唯有蟋蟀轻吟,山风微抚。许是风拂动了屋顶的茅草,或是雀的掠翅惊动了夜的暗黑,似乎一道灵光闪过所长的脑海,他从睡梦中突然惊起。禁锢中华子民数百年的程朱理学推崇的"禁欲求理"在那一刻被撕开了一个口子,无数先哲前赴后继苦思冥想的"理"究竟何在?这位所长给出了答案:天理就是人欲!理就在人的心中!一种前无古人的思想在那夜开出绚烂之花,而他也打开了通向圣人的大门,走上了成为圣人的道路。在他的前面,能以圣留名者,不过孔孟朱寥寥数人。

他的学说,被称为"心学",他的理论擦亮黯淡的大明王朝的天空,震烁古今。而他,也被传颂几百年不息。

他的名字,叫王阳明,一位来自浙江余姚的学者,在贵州的龙场,实现了人生的超越。

那段经历,便是传奇的"龙场悟道"。一个偏远的驿站,承载了见证圣人的使命,也让贵州,终于从失落中抬起了头颅,在中华文明的旅程里,刻下了属于贵州的名字。

从此,贵州不再失落。

我很诧异是什么样的山水孕育了先哲灵光的顿悟,但此去贵阳,终究没有选择去龙场顿首。只为先驱留下的思想光芒,无须在后人刻意仿造的建筑中去翻找。领会先哲的精髓,在于用心。

心有阳明,即便不到龙场,阳明也存在于心。心无阳明,即便龙场修复如初,阳明,也依然不存。

2015-09-16

跌落人间的星空——西江千户苗寨

（一）苗人的风云

苗族的历史，与聚居在南方的绝大多数民族似乎并无太大差异。同属于蚩尤的九黎部落，败于炎黄的联军，最终，逃散在南方的崇山峻岭之中。

湘黔一带的群山，成了苗人最好的归宿。刀耕火种，过着艰苦却又自足的日子，青山绿水滋润了苗人的灵气，与自然不断地抗争培育了苗人的勇气，乌烟瘴气间却又增添了苗人的神秘。伴着炎黄子孙与蚩尤后人从未中断的纷争、苗人种蛊的种种传说，苗族与汉族的距离，终是越来越远。

面对日益强大的汉人势力，蚩尤的后人，学会了暂时的忍耐，然而先祖遗留的血性却也从未被残酷的现实磨灭。当不断的退让换来的是变本加厉的盘剥与侵蚀时，苗人被激怒了。

苗人的历史，变成了不断抗争的历史。翻看苗人的史书，血迹斑斑横七竖八写满了反抗，历朝历代从不间歇。被称为"南蛮"的苗人，似乎成了不顺服的代名词。

这种抵抗到了清朝，居然达到了顶峰。从白山黑水间走出的清朝，经过最初的"扬州十日""嘉定三屠"般血淋淋的镇压后，对汉人，更多的是融入与宽容。然而对同为少数民族，来自黔山湘水间的苗人，却丝毫不见其怜悯。许是以野蛮对付野蛮，是最简单的办法；许是太了解自己的崛起，对于本质上更趋同的苗人，手段尤见毒辣。换来的结果，就是零碎局部的反抗汇成惊天泣地的更惨烈的三大起义，每次的时间间隔，冥冥之中似乎早有安排，居然都是一个甲子。

1735年,包利揭竿而起,史称黔东南雍乾苗族起义;

1795年,石柳邓起义,史称湘黔乾嘉起义;

1855年,张秀眉借着太平天国运动,发动长达20年的咸同大起义。

彼时的贵州,颇有点你方唱罢我登场的味道,直把清朝折腾得手忙脚乱、顾此失彼。140多年的前赴后继,从大清的康乾盛世到咸同没落,苗人的鲜血染红了贵州的寸寸土地,大清的气数也便在和苗族的纠缠中渐行渐尽。如同广西的壮瑶之于大明,南方的起义从未最终胜利,也从来不是最后一根稻草,但却总能让满目疮痍的当权者精疲力竭。

1872年秋,训练更为有素,作战更为彪悍,同样熟悉山战的湘军终于扑灭了苗人起义的火花,张秀眉就义。回望东南,洋务运动正如火如荼,然而,却掩盖不了大清奄奄一息的命运。清朝来不及长舒一口气,一大堆的不平等条约便放上了帝王的桌案,让帝国硬着头皮任列强宰割,写下耻辱的一页。苟延残喘40年后,清朝灭亡。

据说苗寨多枫树,此去西江,的确如此。传说天神般的蚩尤败于炎黄的时候,身首异处,一腔碧血,化作了红枫。那是血迹斑斑的蚩尤不屈的化身,也成了苗人膜拜的神树。凡有苗寨,必栽红枫。

2015-09-22

(二)西江的梦

无数次,脑海中浮现出一副场景,在黑得纯粹的山里,耳边一片寂静,时间便在此时静止下来。对面,却是一片灯火点点,并不杂乱,安详地透着柔和的光,如同繁星满布的夜空,似乎是群星不经意间从天空跌落。

跌落人间的星空——西江千户苗寨夜景

我以为,这样的景色只有在梦境中方能找到。

直到有一天,发现了西江千户苗寨的照片,我想,那就是梦起的地方。

八月初的一个浓夜里,我们站在了梦境的边缘。

西江是一个离凯里 30 多公里的苗寨。我们在凯里下了高铁直接奔向西江,因为我们不想把美丽的夜流失在凯里市某条不知名的马路上,即便凯里用斑斓的霓虹灯,勾勒出一副民族风味挺浓的外观,远眺也有一番姿色。但我们知道,凯里的特色只存在于山里的苗寨,是属于贵州的夜色西江的。

驶出凯里,路便开始颠簸起来。许是责怪我们姗姗来迟,错过了凯里山中的美景,浓密的夜里没有一丝月光,窗外黑黢黢的,不见人烟,借着灯影,两边的群山前仆后继地挤过来,都只勾勒了一个淡淡的痕。前方的石子路总是看不见尽头,扭曲着身子蜿蜒在群山万壑中。

山路上一片寂静，万物似乎都已经进入了梦乡，连空气都停滞在那里，我们仿佛在夜的长河里找不到出口。过了许久，听到了水流的声音，打破大山的沉默，清脆的声响荡漾在山谷里，澄澈地荡涤了疲倦的心。水装饰着大山的夜，也柔了山的身躯，别有一番野性的妩媚。

约莫个把小时后，拐过一道山，眼前蓦地一亮。原来狭窄的山路在这里豁然开朗起来。两边的山腰上星罗棋布的便是苗寨，西江终于到了。

恍若世外，似乎一路的黑暗只是为了映衬这里的光明，从山脚一直到山腰，灯火通明，颇有点"满眼西江夜如昼"。似乎一路寂静只是为了映衬这里的热闹，已过十点，各色飘香扑鼻的小吃、烟熏火燎的烧烤、川流不息的游人相拥而至，像极了阳朔的西街，宛然一个不夜城。

却绝非桃源，这并不是我想要的。理想的苗寨，似乎应该早已进入梦乡，唯有山风伴着远来的客人，赏着一栋栋小楼外那略显昏黄的灯，不去惊动梦中的苗人。商业化的过度开发已经摧毁了西江原本质朴、纯真的味道。客栈的老板坦言，如今的西江只剩下了生意。背山而居，辛勤开垦出今日山寨的苗人已在这场商业化中远离寨子，向大山更深处走去，留下的一栋栋吊脚楼让他们成了房东。如今的主人，无一例外的都是从全国各地来的老板，装饰着苗人的房子，学着苗人的打扮，一博游客的兴趣。苗寨，已是空寨。

所幸西江夜的全部，也只是在远处眺望山寨的灯火。我们匆匆放下行李，远离寨口的喧嚣，直奔赏夜景最好的地点。

虽然身边依然是人声鼎沸，然而站在木栏边，忘却身边如织的游人，心还是为之一震。

我站的位置恰好在另外一个山头，正对着前方的千户苗寨。苗寨并不大，一带宽而浅的白水河把西江一分为二，绕山而去。沿着白水河两岸，依山而建的便是苗寨。由于地少而陡，苗人便像堆积木般层层叠起房屋。夜里，并看不见房屋，只是每家每户门前挂着柔柔的灯，泛出淡淡的橙光，上千的灯光堆在一起，却绝不形成星火的海洋，每点光依然单独存在，像极了夜空里的星星。

今夜，天上没有一点星光，似乎满天的群星纷纷跌落在西江的夜里，西江，也便仿佛成了星空。

站在这似灯似星的景象前，即便周遭依然热闹，心却不由得宁静了下来，呼吸着深山的清凉，震撼于先人的艰辛与坚忍，时间也便凝结在那里。

第二天清晨，轻推窗扉，眼前一亮。淅淅沥沥的雨丝里，苗寨终于清晰地展现在眼前。密密的吊脚楼从山脚一路攀爬到山腰上，仿佛绿色的肌肤被黑色的生物侵蚀。大山褪去自己绿色的妆容，宽容地成就了这些黑瓦当、黄立柱的传奇（可惜，如今翻造的吊脚楼，大多用水泥、砖头替换了原木，踩在上面，便再也没有木质的原味）。

另一面山包，便全部依山开辟了梯田，新绿的庄稼在清晨苏醒过来，如美人出浴。腰上还系着一带雾霭，犹如飘逸的白丝巾，既添妩媚，更显羞涩。这里的梯田，比不得龙脊的雄阔与辽远，虽显局促，却也更有小家碧玉的味道，惹人亲近。更深处的山，却仍然烟雾缭绕，沉睡未起，倍添神秘。

我们去寨里最古老的游方街一看。雨丝划过脸颊，些许清凉，轻抚着青石板，如早起擦拭了一番，格外清新。两旁是真正木质的吊脚楼,拥挤在一起,颇有些古老的痕迹。如今都成了商铺,陈设着苗寨的特产。这边是糍粑、酸梅汤,那边便是苗绣、各色银饰……还有或真或假穿戴着苗族盛装揽客的人,一派热闹的景象。

最后来到白水河上的廊桥。从美学上来说,小河上架一座石拱桥最适宜,曲直、刚柔都恰到好处。然而这里处处皆廊桥,凝重的桥架在轻盈的河上,依偎在大山的背影里,却也别有风味。而且桥造得似乎颇为复杂,各种梁柱搭配在一起,支撑起庞大的廊桥。这些桥汇聚了先人的智慧,都是不错的建筑佳作。说是廊桥,其实桥中间更像是亭子,桥两边设计成长长的走廊,设置了一排"美人靠",桥、廊、亭便浑然一体。贵州多雨,廊桥也是地域性很强的构造。归来的村人,坐在廊边,倚着木栏,眺望美景,放松心情。看着村里炊烟袅袅,油灯初上,也是一种世外的悠闲。碰上烟雨朦胧的日子,大可放下匆匆的步伐,醉在这白水河上。

白水河早被两岸的青山绿树染成了碧绿,廊桥的倒影又让色彩变得浓厚。然而白水河也一并兼收,时而清澈见底,时而碧波荡漾,时而深沉凝重,时急时缓,载着苗人几千年的辛酸坚忍、淡然宁静,流出重重的深山。

西江不再是梦中的西江,然而西江的美丽仍然值得一见。

2015-09-23

寻找大山深处的绿宝石——小七孔

"地无三尺平,天无三日晴",说的便是贵州。此次入贵,我们几乎没见过太阳,总是或阴或雨。而贵州的多山,也是出了名的。山路崎岖,就成了贵州的常态。

我们从西江乘车直达荔波的小七孔。在群山环绕的所谓高速上折腾了近 6 个小时,路过无数的山谷,见惯了多处的滑坡,惊吓于不见底的深渊,最终在颠簸中抵达了小七孔景区。彼时,大山又已安睡,四处寂静无声。

第二天,我们在此起彼伏的鸡鸣声里醒来,憧憬着小七孔的美景。

天依然是蒙蒙细雨,到达景区,为时尚早,我们幸运地成了当天的第一批客人。

乘着电瓶车我们向小七孔深处进发。两边的植物葱郁无比,抬头望去,山头烟雾缭绕,遮起了秀美的外形,"犹抱琵琶半遮面"的样子,甚是娇柔。

第一站便是小七孔桥。名称来源于 200 年前的道光年间,为了连接黔桂的交通,在美丽的响水河上修了一座七拱连桥,这就是小七孔桥。

走近桥边,我便不由得放慢了脚步,生怕惊醒了这位仍在沉睡的美人,也惊诧于响水河的绿。

不知是河底的蓝藻放下了自己的矜持融入了响水河,还是两岸苍木垂涎河的美色忍不住滴下浓翠,染绿了一池碧水。响水河的绿,既不像漓江绿得淡雅,也不像秦淮河绿得浓稠,她的绿,便似白居易的"绿如蓝",绿得干净而透彻,像极了一块碧玉,容不下一点微瑕。

我们似乎一不小心踏进了仙境,河面上,水汽氤氲,淡淡的白雾弥漫在绿色的河面,显得特别静谧。两岸藤蔓缠绕,争先恐后挤向河边,有的大半个身子探在河面上,有的把浓郁的绿浸染在水里,还有的索性扎在水中,任由江水漫过粗大的枝干,扭曲的光秃的身躯上满身的苔藓更显沧桑。

静谧的小七孔景区

古桥斑驳的身影便掩映在浓翠之中,或许是生怕自己的不合时宜打碎了满眼纯粹的绿,原本黯淡的桥身也迎合般披上了一层相同的颜色,或为苔藓,或为石缝中挣扎而出的小草,坚硬的身躯为绿而柔,静卧水上,任流水东去,叠翠摇曳。

于是,铺天盖地的绿色迎面扑来,但却绝不单调,两岸浓淡相间,河水蓝绿相融,时而深沉、时而清新。还有那淅淅沥沥的小雨打破了清晨的静谧,点点涟漪弄乱了碧波的心绪,让人屏住呼吸,不敢言语。

江南的小桥流水,总让人眷恋那坐落其间的人家,似乎缺了人气,也便失去了江南的灵气;而小七孔的小桥流水,却丝毫没有因人家的缺失而倍感失落,也许,小七孔本就是仙境坠落的一颗蓝宝石,落在深山中,仍然不食人间烟火。

我们也便顺水而上,不再惊扰小七孔的晨梦。

溯流而上，两岸略阔，响水河也似乎活泼了起来。藏起了满身的绿裙，换作清澈的白衣，活脱脱一个山里水灵的女子。水清且浅，层层阶梯而下，勉为"瀑布"，却也欢腾。时而全石为底，奔腾而下，时而碎石散布，激荡回环；时而白浪翻滚，时而绿波安然；时而泠泠作响，似小家碧玉，时而低吟浅唱，似文弱书生。这便是所谓的"68级跌水瀑布"，落差极小，绵延数里，别有一番景象。两岸群绿相拥，藤蔓交错，蒙络摇缀，曲水通幽，伴着清风微拂，翠鸟轻吟，碧波浅唱，完全忘却了是在八月盛夏时节。

正漫步欣赏，前方传来阵阵轰鸣，似群马嘶鸣，转过山脚，拉雅瀑布跃然而出。拉雅并不似德天的磅礴，也无诺日朗的纯澈；如果说德天是广西的边民，粗犷之中带着腼腆，诺日朗如白马的藏民，单纯而又英气，那么拉雅，就是响水河的姐妹，是贵州深山未谙世事的少女。轻啸而出，依山而下，自由洒脱，随山形随意奔放，似银线，似珍珠，下泄路旁，流水四溅，与路人淳朴相邀，无邪相嬉：亲近，成就了拉雅的芳名。

我们一路走去，进了"水上森林"，无非是小河从茂密的森林里穿过，我们时而水上行，时而林中走，河水时而沉默，时而欢快，这里水中有石，石上有树，树又植水中，三者相依相偎，相融相生。湛蓝的天空透过浓密的湿绿撒下的些许亮色，也被融化在欢腾的流水中，空气清新，只让人醉。

眼前豁然一亮时，"水上森林"也便告一段落，没走多远，"翠谷瀑布"出现在眼前。也许是她高而远，从半山腰突兀地出现，高悬空中；也许是水流过于温顺，沿山绕树缓缓流下，并不能听到瀑布的轰鸣；只见如一条松弛的玉带系在翠山之间，下面是一池碧水，瀑布的身影倒映在湖中，波平如镜，湖光山色，浑然一体。

一池碧玉卧龙潭

瀑布的前方,似乎是怕美得单调,一条蜿蜒的木桥架在一片沼泽之上,沼泽依偎在群山的怀抱中。山头,烟雾缭绕,岸边,藤蔓叠翠,水中,藻荇交横,山的巍峨身影柔了自己的身躯,浓了原本碧绿的水色。随意摆放的一座凉亭,几块碎石,甚至是一株孤独的树,都是极好的景致。

小七孔的最深处,便是卧龙潭。瞬间,所有的注意力便被这一池蓝波吸引了。湖面,静谧无声,两岸的各色浓淡的绿纷纷滴入湖水,卧龙潭却并不显得惊慌杂乱,各种色彩调和成了澄澈的蓝,比小七孔蓝得更纯粹,更明亮,这才是真正的蓝宝石,嵌镶在碧玉的环抱中。

潭的下方,景致突变,一道人工的如弦月的堤坝形成了一道瀑布,如白色的雨帘,轰鸣而下,溅起的水珠如雾、如尘,湿了游人的眼。

那一刻,湖与瀑,静与动,蓝和白,构成一组绝美的图画。

跌落在深山的宝石,让人陶醉。

只是,为了能当天赶往贵阳,小七孔,只能行色匆匆,浮光掠影了。

2015-10-09

只为那一份震撼——黄果树

每提起瀑布,总会想到几十年前那黄果树牌的香烟,烟壳上飞泻而下、气势磅礴的黄果树似乎成了瀑布的代名词。也会常常不解,何以名为黄果树,照片影像里的瀑布却总是白练般纯澈,总想有朝一日能亲临瀑下。

这几年,似乎和瀑布总有不解之缘。黄河的壶口,以其形狭却势大闻名;九寨的诺日朗,深处绝美的仙境,便如仙人下凡;广西的德天,顶着亚洲最大的跨国头衔,称得上雄伟。

瀑布如上者,已属奇观,想来黄果树也不过如此,对黄果树的念想也便日益淡薄,只有儿子老是惦记着黄果树的名声,憧憬着看看号称亚洲最大的瀑布。

曾经的狭隘让国人常常以为黄果树是世上最大的瀑布,其实即便在亚洲,黄果树也难称第一。不过毕竟是个仰慕已久的老景点,我还是把它纳入了行程。

孰料几经周折到达贵阳后,都已觉疲惫不堪,心里已先放弃了黄果树,改作市区逛逛,调整调整。将近中午,一家人坐在 KFC,心里总觉得有点失落,儿子的一句话,让心灵相通的三人直冲汽车站。黄果树,终究没有失之交臂,而老天似乎也有成人之美,让本极为仓促的行程变得顺畅无比。

1638 年,年过 50 的徐霞客从广西进贵州,开始了人生中的最后一段行走,崇山峻岭中逶迤前行的他,终于不经意间闯进了黄果树,揭开了这隐藏深山的美景的面纱。

377 年后,我们也站在了黄果树景区门前。

黄果树景区由大瀑布、天星桥、陡坡塘三部分组成。时值雨季,贵州连日不晴,暴雨倾盆,河水猛涨。等我们来的时候,出于安全考虑,天星桥因为雨水过大关闭了。

陡坡塘景区并不大,碍于时间,我们直奔陡坡塘瀑布所在,河水因山洪而泛黄,流势极猛,掉落的树枝卷进漩涡瞬间就不见踪影。尚未见瀑布,已闻声如轰雷,走到瀑布边,震天的响声盖住了所有游人的高声言语,水气夹风袭来,让人有些难以立足。

陡坡塘是瀑布中的"矮脚虎",100多米宽的瀑面倾泻而下,落差却只有20米,区区距离还来不及卸下河水的咆哮,一展大多瀑布或婀娜或魁梧的身形,便喷薄而下,也便声势极盛,似野马脱缰,如千军厮杀,震天动地。

据说河水清澈之时,陡坡塘其实是算得上清秀的,河水也不急,瀑面如一层薄薄的、半透明的面纱,不似今日这般粗鲁,也算是"一瀑双面"了。

当初1983版的《西游记》便是在这上面拍的,那时的影像里,瀑丝绵绵,就是旱季的陡坡塘。

匆匆离去,赶到了大瀑布景区,未见其面,也未闻其声。一条长长的木栈道沿着浑浊的白水河不见尽头。一路上浓翠相拥,各色鲜花斗艳,无论是不知名的路边小花,还是长须及地的古朴榕树,都恣意地伸展自己的身躯,享受世外的宁静。在这里,夏日失去了曾经的嚣张与恶毒,变得温情起来。

耳边传来低声的呜咽,透过浓枝密叶,朦胧看见了一道黄的影子飞泻而下,却看不真切。

三人加快了步伐,沿路往山下走去,在一处观景台上,远远地正视到黄果树的全貌。瀑布坐落于群翠环抱的深山之中,像一张太师椅安然而置。瀑面并不宽,约莫80来米,但却看不见底,只是

暴雨之后的黄果树瀑布

大片的水汽腾空而起,弥漫了整个山谷,更添游人兴致。

沿着下山栈道又下行约 1 个小时,我们终于来到了黄果树瀑布前。如织的游人挤满了并不宽大的观景平台,沉醉在这久负盛名的美景中。

德天略带羞涩,诺日朗颇有清高,陡坡塘稍显野性,而黄果树,便如一伟岸男子,豪迈大气。

80 多米的落差,正值雨季,极丰沛的水量,绝佳的地形孕育了黄果树的气势。黄果树瀑布因周遭遍长黄果树而得名,而今却让我们歪打正着,黄色的瀑水似乎让黄果树显得更名副其实。即便夹泥带沙而下如黄玉筑城,如雨雪过后的山岭,依然不失其雄伟而更添粗犷。滔滔瀑水激荡而下,声如轰雷,如万马奔腾,却又不似陡坡塘这般狂野,似杂乱,实有序。撞击在犀牛潭水中,卷起数丈浪花,化为雾,化为汽,化为烟,整个犀牛潭上烟雾缭绕。站在瀑边,水汽夹着山风,扑面而来,几乎让人难以立足,足见其势之猛。摩肩接踵的人群发出的喧嚣声瞬间便被吞噬在瀑布的咆哮里,凛冽的山风更肆无忌惮地拨弄游人的身躯。

　　或是这一潭碧水消耗了瀑布的最后一丝力气,瀑水出了犀牛潭,三迭而下,卸了曾经的霸气,缓缓蜿蜒南去,在群翠相拥中,重归宁静,独享着世外的静谧。

　　由于瀑水过大,水帘洞也关闭了,我们失去了走进瀑布的机会,只能远远地凭眺,带着敬仰将其留在记忆的深处。

　　出了瀑布,拾阶而上,一路青翠欲湿,空气极佳;景区口,一大片三角梅随意绽放,更让人心旷神怡,拂去了最后行走的疲惫。

　　去过德天,看过诺日朗,拜访过壶口,如今来到黄果树,便"曾经沧海难为水",不再有对瀑布的憧憬,黄果树,填补了我对瀑布印象最后的空白。

2015-10-19

贵阳,最后的眷恋

　　2200多年前,战国走向了最后的血色残阳,易水河边,受燕太子丹之命刺杀秦王嬴政的壮士荆轲正在引吭高歌"风萧萧兮易水寒,壮士一去不复还"。挽六国于一击的使命,落在了荆轲的身上,那日,是何等悲凉。

　　史书上记载,悲壮的荆轲并不孤独,身边还有一好友为他伴奏,那个人叫高渐离,那种乐器叫"筑"。

　　后来的故事家喻户晓。荆轲刺秦失败,慷慨就义。而作为他的朋友,高渐离被挖去双眼,却以其卓绝的演奏"筑"的技艺,被召进了秦宫。忍辱负重的高渐离找到了刺杀嬴政的机会,用的便是手中的乐器——筑。可惜,结局如荆轲般功亏一篑,历史,最终没有在这里改写。

高渐离成为友谊的又一传说,被后人传颂;而筑,宋以后便消失在了浩瀚的乐器历史中。

我很好奇,是什么样的乐器陪伴高渐离在黑暗、屈辱中隐忍,等待那失之毫厘的历史一击。

走进贵阳,意外发现贵阳古称"筑城"。只因贵阳多竹,古产筑。可惜,如今的筑城,已经名存实亡了。

贵阳城的地位,也已显得无足轻重。如果不是王阳明在龙场的顿悟,远离中原喧嚣的贵阳可能早已掩埋在历史的旧纸堆里无人问津。

离开黄果树,我们把最后的时光都留在了贵阳城中,只为寻找属于贵阳的特质。

贵阳深处山地,于省会的地位来说,显得局促,崎岖的山地让贵阳的依山而建成为无奈之举,缺少同为山城的重庆的大气;云贵高原的气候让贵阳总是在蒙蒙的细雨里摸索自己前行的方向,或许潮湿的空气也湿润了贵阳人的心,贵阳的节奏也便慢了下来,一边憧憬着山外的繁花似锦,走着省会城市同质化的路,用高楼大厦来掩盖自己虚弱的内心,用四处的基建来推动着前行的步伐;一边都又无法加快追赶的速度,留恋着悠闲的过往。在这种分歧中,城市的形象必然被撕裂,城市的特质也会渐渐淡去。

饮食,或许是仍然印着贵州痕迹的不多的特质。酸汤鱼、肠旺面、丝娃娃,各有各的味道,各有各的拥趸。

同处山城,贵阳和重庆一样喜欢吃火锅。只不过,重庆无辣不欢,潮湿的贵阳在接纳辣的同时,还少不了酸。酸辣,成为贵阳的标签。

酸汤鱼,成为贵州最炙手可热的美食。菜的真谛便在于一锅熬制的鲜红汤底,夹着西红柿与辣椒的色彩和香味,伴着爽口的酸味和浓烈的辣味,对眼睛和味蕾都是极好的诱惑,对抵抗山区的潮湿与阴冷也是颇有成效。

丝娃娃却是走了截然不同的路线。酸汤鱼以红色为主宰,丝娃娃却是琳琅满目、五彩斑斓。一张薄如蝉翼近乎江南的春卷皮里面,可以任意放入自己投味的各类切成丝状的菜馅。绿的香菜、橙的胡萝卜、白的豆芽、黑的海带、褐的腌菜……十几道小菜扑面而来,让人无所适从,配以各种蘸料(最合拍的当然还是酸辣味的)。心思巧一些,一只丝娃娃就是一件精致的作品,虽然里面包裹的都是极为常见的食材,却也舍不得轻易下嘴。

五彩斑斓的“丝娃娃”

相传,一农妇捡了一个女婴,众人称为“丝娃娃”。农妇家贫,乡邻们便把剩余食物送给她们,农妇切成细丝,用面皮包着给女孩吃,因为形状如“襁褓”,便称为“丝娃娃”。后来,女孩出落得格外美丽，据说就是因为常吃"丝娃娃"，时间长了，这道菜便成了贵州家喻户晓的美食。

酸汤鱼味醇厚，丝娃娃却性清爽，同一块土地，滋生了两种各具特色的美食，贵阳，也的确是块宝地。

贵阳的街头，还有很多有特色却难登大堂的美味。酸涩的刺梨汁，鲜香的羊肉粉，垂涎却无暇品尝的肠旺面……比比皆是。美食的味道，历经数百年却能经久不衰，比之在高楼大厦下苟延残喘如甲秀楼之流更显活力，静止的物质文化终究不如流动的非物质文化来得有生命。也许美食，才是城市历史传承最好的介质。

五天四夜，行色匆匆，走马观花，贵州的多彩美丽，也只窥探了一角，比之名声显赫的景区，也许更多天然、纯正的美景，还等着我们去寻访。旅行，只有慢下来，才能在喧嚣尘世间让心灵宁静。

2015-10-21

挺进大别山

国庆的长假，向来不在我们自驾的时间安排之内。只因近年来看到太多高速的寸步难行，景区的人头攒动，都让人望而生畏。

只是"围城心理"的作祟，也看到时常有高速不堵的报道，心里总是蠢蠢欲动，正好有朋友唆使，便一拍即合尝试下国庆出行，企图贪点国家的便宜。

不过路线的选择依然是门学问，既要享国家的福利，又不被滚滚车流所制约，便要善于寻找相对冷门却又有吸引力的景点。

几经权衡，天堂寨便映入我们的眼帘。500 千米的距离，皖西南山区的位置，经济相对滞后的区域，远离交通拥堵的江浙，不大不小的名声，似乎是一个极佳的选择。

然而我还是低估了国人出行的动力，也明白了国家的便宜终是不好占的。

原本凌晨 5 点出发，计划着下午 2 点之前必到景区，谁知我们到达的时间，整整推迟了 9 个小时，国庆之堵，终于领教。

始料不及的难题一一袭来。先是家门口的高速口在国庆的清晨居然封了道，原本的近水楼台成了水中虚影。辗转一个多小时，到宜兴高速口，一条车龙已经迎着清晨的微雨摆了开来。看这架势,没有一两个小时,很难见到高速的影子。便调转车头,先走一段104国道,直到溧阳附近,从一个不起眼的小口子上了高速,心情顿时大好。虽然车辆比往日还是略多,但还是以为耽搁的2个小时不足挂齿,国庆的高速也不过如此。

开了不足2小时,车速慢了下来,车辆渐渐多了起来。高速变成了国道,国道变成了马路,最后,整条队伍一动不动停在了去巢湖的路上。我们终于抽到了高速散步的大奖。

幸好阳光不算猛烈。高速上散步、嬉戏,时间流逝得很快,但是到达天堂寨的时间底线一改再改,最后发现,这样堵下去,我们可能到不了天堂寨。

如果继续缓缓前行,油必定告急。不得已在清溪服务区下高速,准备解决油箱的问题,谁知服务区早已人满为患,加油站也已经寸步难移,几近绝望!

直觉告诉我们,等待下去,也许能加上油,但是绝对不可能到得了目的地;不加油,也不可能再上得了高速。进退两难之境,我们选择了另辟蹊径,想办法开到对面的服务区,加满油,下高速,走国道。

可是理想总被现实摧毁。一道铁锁锁住了一扇小门,偏偏这扇小门就在去往对面服务区的必经之道上。

无序和急躁,逐渐爬满了服务区大部分人的脸,小部分人的低素质,让原本已经几近瘫痪的服务区彻底崩溃。我和朋友当机立断,不合规矩但却合情合理:选择从小门边的花坛上穿过去,权衡利弊,这是当时唯一正确的选择。

加满油,就近下了高速,已经近下午4点,出行的热情被折腾了一天,盘算着到目的地的可能性,忐忑着大别山区可能的崎岖地形,我和朋友都想放弃了。孩子的热情总是出奇的旺盛,也常常会在关键的时候扭转事件的走向。两个孩子都不想放弃,满怀的希望尚未见到破灭的边缘便自行放弃,似乎一直不是这两个孩子的个性。虽然我们知道夜色降临时,行程可能会更加凶险,但是实在不愿意扫孩子的兴致,为了两个孩子,我们最终决定前行,我也做了最坏的打算——山路实在难行,就在路边将就一夜(至于早已在携程上订好却不能退的房间,权当作是国庆给老区人民的福利了)。

国道也是步履蹒跚,似乎所有的车辆都挪到了路上,队伍越拖越长。开了近2个小时,我们随即决定重返高速,一是估摸着高速的高峰应该已过,二是盘算着即便堵车堵在高速上起码心里更踏实些。

也许是天可怜见。上了巢湖高速,虽不通畅,但毕竟能跑出60码的速度;过了合肥,路况终得到扭转,其时已经是夜晚的8点;从斑竹园镇下高速,30千米的山路居然修得平坦而宽阔,丝毫没有山路的险峻,顿时对天堂寨景区刮目相看。

几近凌晨时分,走进漆黑寂静的盘山公路,穿过一个连着一个的隧道,正嘀咕着何时是个尽头,眼前突然一亮,耀眼的霓虹灯长长的一排竖在马路边,忐忑的心瞬间落下,人仰马翻的两家人终于顺利到达天堂寨镇,艰难的一天画上了句号。

沉默的大别山

沿着长江溯流而上,一马平川;到了皖西,一片高山拔地而起,巍然而立,这便是大别山。

一个"别"字,让这里成了分别的汇集地。东西而言,武汉和南京分列两边;南北而望,长江淮河隔山相望;大山周围,正是鄂豫皖三省交界之处。翻看历史,春秋战国的年代,曾经的吴楚依山而划。

大别山,俨然是一道天然的屏障,隔出了多少离人泪。

然而历史上的大别山,却并不像别的名山大川那样声名显赫。它没有江南黄山的奇绝,缺少塞外祁连的苍凉,也不似五岳承载了太多正统的文化,历来被文人墨客津津乐道,甚至还不如秀丽的雁荡有名,它只是突兀地屹立在江南西侧,尴尬地任流水东去,星移斗转,沉默地滋养着山民,包容着边民。

大别山,在历史的舞台上似乎是可有可无的角色。崎岖的山路,陡峭的山峦阻绝了中原文化的南袭,阻挡了外来的纷扰,成了百姓与外隔绝、避祸乱世的保护伞。断断续续的反抗便在这里如星火般点燃,一次次的反抗中,让大山的性格越来越坚韧,虽然依然沉默,却在积蓄着爆发的力量。

似乎注定大别山在中国历史的舞台上不会甘于沉默。1351年,大别山终于喷薄而出,在中国历史的舞台上书写下属于自己的篇章。

彼时的中国,正在元末暴政之下挣扎煎熬,忍无可忍,便是反抗的爆发。大别山的南麓,便是湖北的罗田,一个叫徐寿辉的30出头的汉子,一个叫彭莹玉的和尚(这个人在金庸先生的《倚天屠龙记》里也有不少戏份），带着志同道合的兄弟，头扎红巾，攻上了附近的多云山，占了天堂寨，史称"红巾军起义"。从此，掀起了反元的大幕，这支不起眼的起义军走出大别山，南方一时狼烟四起，元军闻风丧胆。后来建立了"天完政权"，坚持了 10 年，成为元末最主要的一支反元力量。

徐寿辉过了 10 年皇帝的瘾，被他的部下杀害。杀他的人，叫陈友谅，是元末最终和朱元璋、张士诚争夺天下的枭雄。故事的结局路人皆知：打着大别山烙印的天完政权最终败给了大明王朝的开创者，功亏一篑。历史，终究没有被大别山改写；罗田，也终究没有像凤阳一样成为帝乡。

刘伯承、邓小平铜像

　　似乎大别山注定会成为后起之秀,它的故事销声匿迹了600年,再次进入世人的眼界。只不过,徐寿辉是带着部队从大别山走出,而这一次,是一支部队进入到大别山。

　　1947年的中国,仍然是满目疮痍,抗战的硝烟尚未散去,国共的决战已然开始。日渐强大的解放军被国军限制在北方,处于弱势。要想摆脱这种被动局面,唯有突破重围,由一支部队插入国军的后方,站住脚,牵制部分的精力,并能像一把尖刀利刃时不时插进敌人的胸膛。

　　这个改变全局走势的使命给了刘伯承、邓小平,这个最有利的点确定在了大别山,这也标志着共产党的军队从防御迈出了进攻的第一步。对于国民政府而言,南京和武汉是极其重要的双城,而偏偏大别山,就在这两座城市的中间。

　　泥泞的黄泛区、紧随围堵的国军、疲惫的身躯、匮乏的弹药,一切绊脚石都在刘邓大军的坚强意志面前无功而返,历时20天,伤亡过半,最终,成功进驻大别山,这就是著名的"挺进大别山"。也许是冥冥之中的安排,部队的指挥部最终就在天堂寨山脚下。这支部队令蒋介石头痛不已,却又无法扑灭。淮海战役、渡江战役,这支打着大别山烙印的部队都是战场的主角,这是彻底改变历史的成功。

　　也许是历史的巧合,两支部队,一个驻山顶,一个扎山脚;曾经的走出大山威震全国,如今的走进大山威慑后方;一个政权失败,一个政权成功。600年,两段历史,走出了截然相反的痕迹,大别山,也终被载入史册。

　　如今,刘邓大军的指挥所纪念地就在天堂寨山脚,这块热土诞生了中华人民共和国的一位元帅刘伯承,一代领袖邓小平,一位国家主席李先念。从山上下来,我们特意驻足参观,给孩子们上了一堂红色教育课,也颇有意义,历史,是需要传承的!

大别山,从此无须沉默!

2015-10-30

多云的天堂寨

大别山的主峰是白马峰,而天堂寨,也是它的主峰之一。

很是诧异,中国的文化里,很少有敢自我标榜为天堂的地方。只因天堂宗教味太浓,承载太重,期望太高。不知是无知还是自信,偏偏大别山区里的一座山峰取了"天堂寨"的名。

其实天堂寨并非生来其名,究其历史,似乎还是徐寿辉重建天堂寨后改为现名,其理也通,一群文化层次不高,却又有宗教信仰的起义军直呼"天堂"也顺理成章,也许改名之初,便寄托着义军对美好生活的憧憬与向往。

可惜了曾经的名字——多云山,意境深远,景如其名。

不得不承认,无论名字改得是否令人满意,天堂寨,的确是个与众不同的地方。作为5A景区,它的管理、卫生、交通,是值得肯定的。不说景区停车场的井然有序、宽大气派,也不说从入口到山脚下的绿色交通,单单是从斑竹园高速下来到天堂寨小镇这近30千米的柏油路,足见大手笔,颇有江浙风范。

正值国庆,清晨入山,已然人声鼎沸。10月的山风让人感受一阵寒意。远望多云山，葱茏的绿意掩盖不了裸露的皮肤，多云山的桀骜在那一块块沧桑满布的磐石上一览无遗，千年的山风留下了斑驳的淡痕却磨灭不了坚韧的心，一如这里陆续走出的反抗的声音。偏偏盎然的绿意从狭窄的石缝里钻出来，或是一株看似柔弱的小草，或是一棵摇曳的小树。石和木，坚硬和柔弱便在这多云山里时而共融，时而互斥。

惊险的上山之路

我们去过雄伟的泰山，奇绝的黄山，无论艰险与否，都能称作"登山"，唯独多云山，许是为了保护山体的完整，许是为了增添爬山的惊险，许是让游人回归爬山的真意，多云山是名副其实的"爬山"：这里，几乎就没有路。

抬眼望去，一条栈道蜿蜒在苍翠之中，划了几个"Z"字形，细看，居然是人工铺设的木板台阶依附在悬崖峭壁边，下面用稀疏的钢筋支架镶嵌在石头的缝隙里，站在木台阶上下视，隐隐约约透过木板的间隙能感觉山下渐如蚂蚁的人影，攒动的人群踩得木板发出"嘎嘎"的响声，心突地悬了起来。远处重峦叠嶂、苍翠相拥的风

景已无暇四顾,急于走完这段险路,可苦于拥挤的人流,只能踯躅
前行。栈道便在我的徘徊里斗折蛇行,进了山,空谷滴翠,清水滑
石,风景更为秀丽,依着山体,栈道也便无须悬空而造,提着的心也
便终于放了下来。

名副其实的"爬山"

或许是多云山不想让自己平庸如常,走了没几步,重新又要往
高处上行。木质的栈道也不见了踪影,取而代之的是一段石板路,
窄而陡。说是石板,其实是顺着岩石的外形而凿的台阶,阶面高低

不平,好歹还有下脚的地方。过了龙剑峰,蓦地断了去路,一块高大的巨石突兀在眼前,一架约 5 米高的铁制的梯子笔直地耸立在眼前,我们手脚并用,第一次体会到了"爬山"。上了巨石,路便更陡,景区只是在岩石的边上树了一道铁栏杆作为防护,路便在极狭窄的岩石下,有的地方几乎只脚难下,我们施展着辗转腾挪的功夫避开岩石的阻挡,虽然增添了爬山的难度,却也在这看似随性的山路上体会到真正爬山的趣味。

到了山顶的龙脊背上,已经没有了路,地如其名,只剩下一条脊背,只是沿着宽不足一米的脊背拉了两根铁栏,岭顶还时不时竖着一块大岩石,一个人也要侧着身子挤过,我们便一边担心脚下,一边关注前方的岩石,一边还避免和前后人的相挤。

或是景区的管理还是有点漏洞,或是长假游人爆满仍是始料不及,在最窄的岭顶上,少许游人逆向而下,瞬间堵得严严实实,动弹不得。

趁着岭上寸步难行的间隙,站在脊背上放眼两望,风光尽收眼底。极目天际,满目葱郁。多云山上以松树为主,阵阵松涛正好拂走烦躁的心绪。许是担心一色的苍翠,满目的松树显得单调,多云山上的松树,还是别有一番趣味的。有的在老绿之中点染些枯黄,枯黄倒也并不让松树苍老,反而透出活泼的味道;有的独自屹立在崖边,似乎只手便可擎天,映衬在蓝天翠山下,英姿勃发;有的从石缝中努力钻出,扭曲着身子却依然展现自己的松姿;有的松枝两边整齐长出,似乎是一双双手臂张开起舞;有的只剩下了枯黑的身躯,却仍屹立不倒,敬意油然而生;有的硕大的根节盘错在坚硬的石壁上,依然支撑着长得出奇的大如盖树冠……

多云山的松没有黄山松闻名精贵,却比黄山松多姿,无须像黄山的迎客松为盛名所累，拖着残缺的身躯却仍被用钢筋固定，依然做着好客的姿态。能够在青山绿水间恣意而生，随风而长，更显松的本性，这才是做松的境界。

正在欣赏着，队伍终于动了起来，但是"爬山"之趣尚未结束。要越过一块大岩石往下去一米可不是易事，游人各显神通，有的笨拙地坐在岩石上，慢慢滑下去；有的皱着眉头，纵身一跃跳下去踉踉跄跄；有的探着岩石上可着力的地方，一步步踩下去，一不小心，便会屁股着地。多云山，是要让游人把未曾经历的爬山姿势全部集中地展现出来。

过了这一段到将军岩，路便平整一些。这时候，看岩石成了主要的趣事，"将军岩"的两个人头像极逼真，似将军、似哲人；"马头峰"长长的马脸探在绿松掩映之中，似乎在低头吃草；"大象饮水"在雾气弥漫的山里，低头饮涧，孩子们看得不亦乐乎。

这里已然是多云山的顶部了，"江汉分水岭"和"皖鄂交界地"两块界碑也分明告诉我们这里自古以来的重要地位。低头一瞧，山脚的风景尽收眼底，一派多娇的如画江山；放眼望去，弥漫的云雾便遮掩了远处群山的真面目，只如海市蜃楼般露出隐隐约约的山的轮廓，引人遐思，多云一说，似乎正应此景。孩子们丝毫不见疲惫，愈加活泼，或是爬上岩石指点江山，或是张开双臂迎风挥舞，或是躺在石上慵懒调皮，好不快活。

多云山山高路险坡陡，怪石嶙峋，古木参天，群松争趣，野芳斗艳，林鸟乱鸣，山虫斗声。走在狭窄的山岭上，各色的昆虫有的展开自己艳丽的翅膀游耍，有的扯开嘶哑的喉咙吼叫，好不热闹。这里全无人工的痕迹，无不彰显自然的本性、生灵的野性，天堂一说，倒也合理。

自古山水相依，大凡以瀑布闻名的地方，无论黄果树、德天、诺日朗，山总是成了陪衬，碌碌无名，可是离了山，瀑布却也失去了存在的根本。山也一样，黄山、泰山固然以其自身奇险、雄伟著称，却都或多或少有着不太知名的水的点缀。也许山水相融，刚柔并济，原本就是中华中庸文化的精髓所在。

多云山亦然。只有山的桀骜与刚强，必然显得单调。多云山里有 5 条瀑布：银弓瀑、情人瀑、泻玉瀑、九影瀑、淑女瀑。个个瀑如其名，都生得娇小可爱，如小家碧玉，瀑如白练，量小势缓，如油一般依附岩石顺滑而下，声如莺歌燕舞，下泄至潭，便瞬间重归静谧。银弓瀑的潭水最为清澈，瀑布的倒影清晰可见，和银弓瀑连在一起，变成了完美的一张银色的弓，"银弓"之称，名副其实。湛蓝的天空掩映在水中，立在水中的水杉丢下残存的绿意沾染在水面上，潭周挤在岸边的各色树木也把绿意滴在水里，水色便丰富起来。近看水底，浓绿的水草清晰可见，温顺地伏在潭底，整个潭显得格外静谧。

青山和白瀑，坚硬的岩石和柔和的潭水，静和动，在那一刻便融在了一起，多云山，也便成了天堂寨。

从山的另一面下山，有石板铺就的台阶，行程便简单得多。7个小时的爬山之旅也就在一行人的说笑声中悄然而逝。

在多云山，孩子们懂得了"爬山"的真谛！

2015-11-12

六安的味道

(一)苦涩的六安

六安古称"皋城",盖因是"司法鼻祖"的上古四圣之一皋陶的封地,便在六安。上古的其他三圣,是尧、舜、禹,足见皋陶地位之重。

六安的地位瞬间崇高了起来,彼时的中华,正站在文明的门槛上,曾经混沌的先人们正在黑暗里摸索着前行的方向,氏族的文明在滚滚的历史车轮里走向支离破碎,被推崇备至的梦幻般的禅让制也终走向了衰亡。

皋陶的地位,似乎略显尴尬,曾经上古的四圣,唯独他没有等到禅让的盛宴。论资历年龄,皋陶应在舜之后,偏偏功勋卓著的皋陶遇到了更年轻却居功至伟的大禹,一场"大禹治水"湮灭了皋陶所有的文明的设想,扼杀了统领全盟的梦想,洪荒的年代里,精神的追求终是敌不过物质的需要。

熬尽毕生精力,皋陶终于成了禹的接班人。此时的皋陶已是风中残烛,最终他也没有等到禹退位的那一天,倒在了禅让制灭亡前的一刻。

至此,天下归夏,国家现形。

而皋陶,魂归六安,这一归,拉开了六安在历史上叱咤风云的序幕。

不经意间发现,小小的六安居然有如此多的名人,个个分量都很重。

　　或是一方水土养育一方人,富庶的湖州历来多商人,饱暖而思安乐,艺术家也便比比皆是;绍兴自古人文深厚,近代更是喷薄而出,各类名家灿若星辰;而背靠大别山的六安,或是被赐予了坚硬的肌肤,或是被磨砺了坚强的意志,自古和军事政治结下不解之缘。

　　楚汉相争的年代里,在楚汉之间左右逢源、夹缝求生的英布就是六安人,末了,还在六安建了都,让六安也尝了帝都的味道。戎马一生,除了西楚霸王,似乎没人能敌。也许是造化弄人,英布最终选择弃楚投汉,十面埋伏里沾满楚军鲜血,亲手葬送了项羽的霸业。最终,兔死狗烹,大汉建立后,英布被刘邦剪除,得了和韩信一样的下场。

　　汉朝折腾了 400 年,三国乱世又有一个六安人出了名——赤壁之战里盗书的蒋干,名气委实不小。不过《三国演义》只是小说,这位六安的名士颇受委屈,他这一委屈,便成就了另外一位疑似六安人周瑜的伟业。三国的历史,便被掺入了浓浓的六安味。

　　蒋干以后,六安重归平静,再没有掀起大的波澜。直到 1600 年后,进入民国时期,六安人重新回到政治舞台的中央,值得一书的有 3 位。

　　第一位是"北洋之虎"段祺瑞,六安太平集出生,正宗六安人。

　　我们只知道段祺瑞是北洋军阀,皖系首领,双手沾满人民鲜血,提他必提"三一八"惨案,必提孙中山先生"护国运动"矛头所指便是他,必提"五四运动"就在他的任上。

　　却不知,政治的敌人,永远是此一时彼一时。

　　翻看北洋的历史,这位北洋时期纵横政坛 50 年的政治家,对于民国,也算是功勋卓著。袁世凯称帝,他坚决反对;张勋复辟,又是他率先"讨逆";晚年在野,日军胁迫他出山任伪职,还是他断然拒绝,在民族的大是大非面前捍卫了国家的尊严。

后人评价他"三造共和"并无虚言,然而值得一书的还是他的品行。不抽、不喝、不嫖、不赌、不贪、不占的"六不总理"美誉令人肃然起敬,无论在刀光剑影的乱世里,还是在物欲横流的当下,能做到这一点,难能可贵。

1926 年的"三一八"惨案并非段祺瑞一手炮制,但是身为总理,自然是问责所在。据说惨案发生后,他赶到现场,长跪不起,并从此终身素食以忏悔,至死不变。1934 年,胃溃疡发作的段祺瑞身体虚弱,医生建议他开荤以补充营养,段祺瑞断然拒绝:"人可死,荤绝不能开。"那时,他已是 70 岁的古稀老人。

我相信这才是完整的段祺瑞,是有血有肉的段祺瑞,一如晚年他的自号"正道老人"。

我们看历史,终是要把人物放回历史中去。

第二位出生在甲午战争那年的金寨县,他叫陈绍禹,对于国人而言,他的化名更出名——王明。1931 年,这位留学苏联的高才生,拿着所谓最核心的"共产主义理论"回到了上海,借着苏联顾问米夫的势力一举从普通党员成为一把手,结果脱离了当时实际,走上了"左"倾冒险主义道路。1934 年,正当老乡段祺瑞说出"人可死,荤不可开"的名言时,王明却黯然离去,后叛逃苏联。

第三位是位将军。似乎是为了印证六安的水土足以孕育反抗的斗士,暂且不讲元末的徐寿辉,也不讲外来的刘邓大军,单单一个六安,就前赴后继涌现了大批的革命者,前前后后被授衔将军的有百人之多,一个金寨县就有 53 人,堪称全国第二大将军县,其中就有开国上将洪学智,这还不包括未等到开国就牺牲的大批将士。

然而六安走出的最杰出的将军却不是这些人,那个原本可以成为将星中最为璀璨的一颗的名字叫许继慎。受过黄埔的专业军事训练,北伐战争里,赫赫有名的叶挺独立团,他是营长,时年25岁;从此,战功无数,蒋介石、汪精卫都对他青睐有加,但他岿然不动,30岁,成为工农红军第一军军长(当时的副军长是开国元帅徐向前)。

然而,一年以后,他的生命戛然而止,世上最可怕的不是外御强敌,而是祸起萧墙。1931年,正是苏区学着苏联搞肃反的时候,一大批卓越忠诚战士莫名被处决,在张国焘一手炮制的血腥名单上,留下了许继慎的名字,一起的,还有他20岁的妻子。

六安的形象,渐渐被撕裂开来,六安的历史,各色的命运如胶卷般一一呈现,最后,散成一张张碎片,一地狼藉,满目失落,嘴里,泛着淡淡的苦涩的味道。

(二)舌尖上的六安

六安的味道,还是始于天堂寨小镇的早餐。对于我们而言,景区宰人之风几乎已司空见惯,然而老区人之朴实,还是让人意外。

我们下榻的地方在天堂寨街上,长长的一字排开的都是各色的宾馆客栈。一出宾馆,便是一家早餐店,门口热气腾腾的蒸屉里透着浓浓的麦香,镇上人、游客都混杂其间。为了御寒,也为了爬山不知时间的回程,我们点了几碗牛肉面,10块钱一碗,淳朴的老板并没有因为我们是外地人而任意减料,大碗的面,散发着沁人心脾的香气,几大块牛肉铺在面上,肉质鲜嫩,纹理清晰,浓醇的汤汁,泛着点点油光,碧绿的大葱,给原本的单调添加了活力,大别山的印象,瞬间暖心。

　　为了行程的紧凑，也是对风景区拥挤状况的躲避，我们选择下山之后赶往六安，并在六安，特意挑选了吊锅。

　　美食总是连着当地的风俗。大别山地区自古贫寒，山区又湿冷，因地制宜，当地人发明了吊锅。顾名思义，梁上放下一根吊钩（须是金属质地），把小铁锅挂在吊钩上，铁锅下放置炭火煮，边煮边吃，既解决了缺少桌子的难题，也保证了食物的温度，特别是在隆冬季节，配点当地的土烧，夹着或是野味或是家蔬，看着窗外皑皑的白雪，不啻是一种荒寒时节贫寒人家的难得逍遥。

　　我们找的这家店的老板娘恰好就来自大别山，点的是羊肉吊锅。店门口便摆放着一只硕大的吊锅，在风中摇摇晃晃，兴致正浓时，老板娘抱歉地告诉我们，如今的吊锅早已没有这种原生态的做法，只是迎着客人的所好，做好之后挂在上面做个样子罢了。一行人顿时索然，然而想想却也合情合理。吊锅的纯正，在于坐在板凳上尝试"无桌之宴"，本身也包含着用餐的不便，怕是没有几个享受美食的人愿意承受不必要的麻烦；再者，吃吊锅也是一门学问，无所依的锅子极容易在筷子的翻夹下晃动，炽热的铁锅碰到肌肤实在不是趣事；吊锅用柴火烧制，需要的时间长久，在店里也不安全。

　　退而求其次，未尝不是乐事。一份吊锅上来时，我们顿时被吸引了。

　　这是典型的山里菜肴，无须厨师太多的手艺，全凭食材的魅力。一眼望去羊肉自然是主角，肥瘦相间，灰黑相融，装点着白色的豆腐、碧绿的葱段、鲜红的辣椒，锅底是黑色的炭段，配上一锅深红的羊汁，伴着氤氲的烟雾香气四溢，未尝其味，已被陶醉。

　　大别山的羊常年在清新自然的环境中放养，似乎吸收了大别山的灵气，肉质紧却不硬，用吊锅加炭火烧，保持了羊的鲜味，羊味浓，却又没有膻味，羊肉的纤维在轻轻撕咬下更显娇嫩。

或是水质的缘故，这里的豆腐细腻清香，保持着手工的香味，吸进了浓浓的汤汁，也消去了油腻，入口即化。

我们大快朵颐，喝着烈性的土烧，酒和羊的混合，让身子迅速暖和起来，六安的美食，是关于温暖的回忆。

当然，这里还有十大名茶之称的"六安瓜片"。我对茶研究甚少，瓜片的外形如瓜子壳，与常见的龙井、紫笋截然不同，据说是世界上唯一无芽无梗的茶，冲泡开来，比常见的绿茶要舒展得大一些，对于喝惯了江浙茶的人来说，味道不过如此。

舌尖上的六安，是大山的味道，淳朴、鲜美、清香、浓醇，大别山所能给予的一切都在点滴中渗透出来，编织着特有的皖西的风情。

2015-11-18

行走在东海的边缘

　　大约 10 年前,我第一次去了普陀。彼时,需从宁波摆渡大概两三个小时方能到沈家门。印象里,泛着浑浊波涛的东海水,丝毫满足不了我对海的遐想;汽笛长鸣、马达嘶吼的渡船也丝毫不能填补我对海上悠闲而静谧的生活的期待。

　　那时住的宾馆似乎很简陋,沈家门也不见得多少繁华,人群拥挤而杂乱。一群同游者跟着导游转悠,走马观花也留不下太多的印象。依稀记得站在朱家尖的南沙海滩,背着海浪留了几张影;去了普陀山,浮光掠影匆匆一逛,加上同游者之间并不相熟,交流不多,出行的乐趣也便大打折扣。普陀,也就成了似去未去的地方。

　　2013 年的 8 月,恰值盛夏,江南的平原燥热无比,妻子准备进城的考试颇有压力,孩子即将读书,面临着抽签就学的命运,母亲又是虔诚的佛教徒,佛教的圣地却都未涉足。既是为了圆母亲的梦,也是为了出去走走,给妻子减压,当然,也想沾沾普陀的福气,憧憬下心想事成的运气,普陀之行,就显得顺理成章了。

　　从太湖边自驾到东海边,只需要区区 4 个多小时,对于我而言,已是小菜一碟。我们经申嘉湖高速转到杭州湾跨海大桥,穿过宁波,便进了舟山的地界。

舟山，从虚幻走来

号称"千岛之乡"的舟山就如一块明镜跌落在东海之滨，摔成碎片，依着宁波的海岸线，错落有致。翻开中国的地图，从辽宁一路往南，整条海岸线如流线般平整，直到过了钱塘江口，海岸线突然像受到声嘶力竭的拉扯般扭曲变形，而舟山群岛，便似在这番拉扯中洒落东海。

中国的历史，历来是陆地的文化，海洋，一直都不是主角。孤悬海外的舟山，对于陆地文明来说，几乎就是遥远的存在。中国的字典里，或是逐草而徙、马上驰骋的游牧文化，或是日出而作、日入而息的农耕文化，却很少看到海洋文化的身影，海洋，在中国的历史上是尴尬的。

偏偏，星星点点和海洋的藕断丝连，带给国人的记忆是虚幻的。

舟山的地理位置，只能给先人留下若有若无、朦朦胧胧的痕迹，这种痕迹，于求仙求道者是种福祉。于是乎，前赴后继，总有一批所谓的得道高人或为己，或为君，千辛万苦，想方设法登上这座"仙岛"。之后的故事，正史少有记录，天晓得这些方外术士历经风急浪颠的磨难，怀着满脑的憧憬，看到所谓的世外仙境中的人也无非是操着柔软的越语，过着不见得比陆上好的生活时，曾经的梦想会不会在那一刻灰飞烟灭。不过仍能拿着所谓"集天地灵气"的仙丹回到陆地的人，再说是单纯的信仰便是自欺欺人。这些人，无非是用虚幻的仙道掩饰残缺的底气，说到底，不过是用这些化学药品来换得一生荣华罢了，而这，也恰恰迎合了某些帝王对死亡的恐惧。

这些海岛，便成了精神的寄托，成了对生的贪欲。

时间久了，海岛的神秘面纱便被扯得一干二净，因为没有一位帝王，靠着这些仙丹千秋万载。

没有了仙丹的诱惑，舟山却还有一样吸引人的特产——海鲜。舟山的渔场可是世界上鼎鼎有名的生产基地。小时候，我们餐桌上的每一条带鱼都来自于舟山，那瘦瘦小小长长的身子，让我们对舟山充满了无数的幻想；后来，逢年过节才能上桌的一条并不肥的黄鱼，一口鲜嫩的鱼肉，又令我们争个不休；到了读大学的时候，寝室里恰好有一位舟山的同学，每次回校，都会用小瓶装满自家的泥螺，这小小的精灵吸引了全寝室的注意力，第一次尝，顿时被它的美味所折服（后来，才知道舟山的渔场，并不只有这些，形形色色、知名不知名的鱼类贝类足以让人眼花缭乱）。

剥光了朦胧面纱的舟山，虽落得清静，却也很难得到大的发展。那一道看似浅浅的海峡，割断了舟山全部的希望，埋葬了无数有志者的梦想。最终，一个个从海岛走出，带着浓浓的乡情眷恋离开，不愿再被孤岛束缚。交通，成为制约舟山发展的最大瓶颈。

10 年前，这一道窄窄的海沟让渡轮颠簸了 3 个多小时，尚未上岛，便已精疲力竭，不是冲着普陀的名声，很少有人愿意受这份罪。

此次前去，却已是天堑变通途。耗资 130 亿的舟山跨海大桥拔地而起，5 座大桥让朱家尖直接和大陆相连，岛屿的困境瞬间瓦解。一座座飞架的桥梁，宛如彩虹般夺目，行驶在桥上，眺望大海，呼吸着带着点海腥的空气，舟山，便不再虚幻。

如今，随着陆地资源的逐渐枯竭，海洋，已经越来越受到重视。舟山，也已经成为中国第一个国家级海洋新区，这无疑给舟山的发展插上了腾飞的翅膀。那些令人垂涎的来自东海渔场的海鲜，更多更快地出现在内地的餐桌上,舟山的名声,重新崛起。

东海,黑色的记忆

1130 年的 1 月,隆冬刺骨,东海上寒风凛冽,一艘大船悄然靠岸,一群人在凄冷的暮色里登上了舟山岛(当时,地名叫昌国县)。岛民们吃惊地看着突如其来的这群人:操着浓重的北方口音,或衣饰华丽,或铁甲披身,却一色的狼狈不堪,在寒风中瑟瑟发抖,难掩其内心的恐惧与不安。前后拥簇的是一位身着黄袍的年轻人,极尽雍容,却疲惫无神。

这位年轻人就是南宋的第一位皇帝宋高宗赵构,彼时,他登上皇位不久,大金的滚滚铁蹄跨过长江,席卷而来。柔弱的宋朝毫无还手之力,仓皇而逃的赵构甩下半壁江山,一路狂奔,经杭州,过宁波,走投无路,看着滔滔的海水,前思后想,也只有浩瀚的大海能挡住铁蹄的横扫,咬牙上船,在一阵天旋地转、翻江倒海中最终以"巡幸东南"之名登上了舟山,这块千古帝王梦寻的长生不老之地,终是成了赵构的救命符。此后,漂泊海上,不时的巨浪掀天,举目茫然,让他尝尽人间落魄的滋味。也许,这次死里逃生,坚定了他不抵抗的决心。他也成了唯一登上过舟山的帝王,似乎也应该是唯一有过海上生活的帝王。

无数次梦中醒来的赵构,一定难以忘却曾经的苟延残喘,难以忘却那个冬天,难以忘却那座庇佑他的岛屿,还有那片深邃的海。

然而难以忘却却并不代表感恩,昌国县,也再也没有出现在帝王的嘴里,因为,那是一种耻辱。

也许,冥冥之中自有天意,因果终是一种轮回,南宋的历史,最终绕不过这片千百年来泱泱中华从未正视过的海。赵构用尽了逃窜海上而幸免于难的运气,谁曾想,南宋的结束,居然还是在海里。

150 年后,势如破竹的蒙古铁蹄踏过了长江,临安城不日而下,风雨飘摇中的南宋帝国延续了北宋先祖的命运——宋恭帝赵显和徽钦二宗一样,做了俘虏。侥幸逃生的王公贵族把 10 岁的赵昰推上了皇位,是为宋端宗。懵懂的少年只负责南逃。海,成为唯一能牵绊铁蹄的屏障,南宋的遗老循着赵构的做法再次选择了出海避难,祈盼着 150 年前的幸运再次降临。而海,却不是气数已尽的南宋权贵所能驾驭的。赵昰溺海受惊,救了他的大臣江万载却被狂风巨浪吞噬,南宋,终是没有再受到海的庇护。对海的惊惧压垮了这位少年,不久便一命呜呼,也许赵昰的眼里,海就意味着死亡。

8 岁的赵昺成为南宋最后的皇帝,彼时,国已破,硝烟四起、垂死挣扎的帝国把全部虚幻的希望寄托在这位孩童身上。可是他这小小的身躯哪里能够遏制王朝衰亡的命运。1279 年的 3 月,大宋走到了尽头,10 万人被围在广东崖山之上,三面皆海,陷入绝境。丞相陆文夫眼前又浮现出"靖康之变"的往事,看着身边的赵昺,毅然抱起这大宋帝国最后的血脉,纵身一跳,宣告大宋帝国的终结。身边的臣子家眷士兵,纷纷跳海,据说有 10 万人之众。这一幕,震撼悲壮,大宋的忠魂遍布崖山脚下的海水里,浮尸遍布。

尚不谙世事的赵昺,也许还不清楚这一跳的生死意义。

南宋,始于海,终于海。

穷途末路,才会想到海,帝王的眼里,海自然有些别样的味道。任海风肆虐,大陆的王朝终不愿扭头相顾。

可是自家眼里的边疆,却是别人的桥头堡。毕竟,海的那一边,还是陆地。

东海再入眼帘,已成为帝王眼里的麻烦,却让他国垂涎。

先是低眉顺眼了几百年的日本,终于不满足弹丸之地的限制,开始把爪子伸向曾经的宗主之国。从明朝开始,日本的浪人不断带着冒险的梦想骚扰边境,从海洋来的国家,远比中国要熟悉海。东海,是日本曾经的遣唐使时代必经的海。于是,胡宗宪、戚继光、俞大猷等一批抗倭名将孕育而生,前赴后继,彼时的倭人,还构不成对帝国的危胁,充其量,搔搔痒罢了,倭难,最终被平。

之后的大清似乎认识到了海的重要,康熙变昌国为定海,似乎是满足一下心里的慰藉,希望这浩瀚而神秘的海自此不再折腾。然而对海的漠视,终将受到海的惩罚。

1840 年,因海而兴的大英帝国带着洋枪大炮铁舰,劈波斩浪,远涉重洋而来。定海,成为北上必经之地。

世事变迁,没落的帝国遭遇海上新兴的霸主,当手拿冷兵器,捣鼓着常年无用武之地几近生锈的铁炮的大清军队,面对着金发高鼻的大英海军,结局早已注定,这是两个时代的战争,大清的军队,只有勇气和卫国的信念;而英军,有科技与现代的武器。以卵击石的结果,便是全军覆没,英军,不费吹灰之力占领舟山定海。

历史是残酷而真实的,大清的士兵挥舞着大刀疯狂地向敌人冲去时,所有搏斗的技巧、拼搏的意志都显得那么单薄,一颗颗铅弹的威力摧毁的不仅仅是一个个来自冷兵器时代的生命,更有几千年农耕文明固有的落后。舟山,不幸成为鸦片战争耻辱战役中的一点,而东海,默默见证了这段历史。我们不能忘却这些民族的英雄,如果说明朝的戚继光们以胜利展现国家之强盛,那么清朝的葛云飞、王锡朋、郑国鸿们则是用其悲壮浓缩了国家的衰落,然其精神更值得敬佩。

烟消云散，重归宁静。东海，也被染上了黑色的记忆。

走在东海的边缘

（一）

我们把行程的终点定在了朱家尖的南沙岸边，也是汽车能到达的舟山群岛的终点。

朱家尖原本也是一个独立的岛，如今，一桥飞架，和本岛相连，融为一体。我们选择了一家毗邻南沙能看见海的渔家乐，这里的渔家乐星罗棋布，曾经出海打鱼靠海为生的渔民华丽地转身，依然是靠海吃海，但却放下了在狂风巨浪里讨生活的过往，开始了相对悠闲的另一种新的生活。

我们住的客栈没有什么特别之处，干净的卫生已然让我们满足，我们顺便也把饮食交代给了老板娘，自己则全心投入到大海的怀抱中去。

中国的四海，各有自己的特色。渤海依偎在辽东和山东两座半岛之间，小巧玲珑，极是温顺；黄海的海岸线过于平坦，多滩涂却少海滩，少了海的趣味，显得憨厚；南海自然最美，碧绸蓝绒，冰清玉洁，然而远离中原，显得孤傲；而东海，海岸曲折，婀娜多姿，既大方又不失妩媚，已属难得，美中不足的是海水不够清澈，失去了海的纯粹。

我去过厦门鼓浪屿，那里的海水已显浑浊；到过象山松兰山，沙滩狭窄，颇感局促；温州一带少优质的海沙，完全不适合下水。南沙，已然是不错的选择。

南沙海岸线在两座山之间，绵延数公里。海岸线平缓，一边是伸向大海的细长的陆地,一边是英姿飒爽的大青山,自然形成了两道海岬,遮掩间更添了南沙风姿。

站在阳台上,视野极佳,蓝天碧海一览无遗,极目海天相融的边际,留下几片礁岛,三五点海轮,在浩瀚的东海里若隐若现。海风侵人,虽然一扫炎炎夏意,却已是肆无忌惮,然而海面上,却依然波平浪静,甚是静谧。

虽值盛夏,但我们避开了酷热,在日落之后踱步前往沙滩,彼时的海边,人群渐渐散去,潮汛稍起,海水轻拍海岸,湿润了细腻而柔滑的沙子,潮起潮落间,沙滩如被泥水匠和过,磨得光滑平整又柔软舒润,直让人不忍心下脚。轻轻探足,刚一落地,便渗入泥沙中,周边的泥沙夹着海水便疯狂地涌来,瞬间又夷为平地,煞是有趣。海边的云,性子也似乎急一些,踩着我们的头顶匆匆而过,舒卷之间,来不及洒下几片云影。海风扫去了夏日最后的燥热,也带来了浓浓的海的味道。

我们便在夜幕降临之前在海滩上嬉戏、奔跑,一会儿跳到海水里任海水漫过脚踝,一会儿面向大海张开双臂迎风吐纳,一会儿静看海浪蜂拥而至却又黯然退去,一会看准了云来的位置摆上一个"只手撑云"的把戏,玩得不亦乐乎。

心打开了,快乐自然相约而至,南沙,足以打开我们的心扉。

南沙的一边便是大青山,黛色的山体在渐暗的天色前愈发沉默。或是相伴了千年的海风柔了大青山的身躯,大青山并没有高傲地俯视着脚下的一片大海,而是矮了自己的身子,给海湾一个坚硬的臂膀。山海相连,刚柔并济,青碧相照,这便是东海和大青山的故事。

（二）

原本想起身去迎接一下东海的日出，孰料起得太早，黛色的苍穹尚未撕下面纱，唯有微寒的海风阵阵袭来，转身去房间补一个瞌睡，一睁眼，海面已是光芒万丈了，海上日出也便失之交臂。

于是我们把视野转向了大青山。

我们所去过的海边，固然各有各的风采，海水或是轻抚沙滩，或是激荡岩石，然而却都没有山海的互为映衬，自古的文人道士，要么如曹孟德般"东临碣石，以观沧海"，要么，就如崂山的道士一样，尽力登高，在一片朦胧中隐约寻找到一点海的影子。不经意，大青山却圆了登山观海的梦。

大青山，顾名思义，自然是满身的翠绿，满眼的盎然生机。作为岩石山的大青山，又倍受海风的侵扰，是低矮的植被生长的理性选择。在蓝天碧海间，硬生生插入绿色，使得原本二维的世界突然丰富起来，也打破了海天单纯的恋人关系。可是大青山似乎仍不满足，向南努力插上一足，撩拨碧海的心思，东海，也便心潮澎湃，山与海，无比亲密。

自驾上山的路平缓宽阔，人烟稀少，而且设计合理，绕山一圈，只能单向行驶。山路紧挨着大海，路边还修了木制的观景道，倚在栏边，俯视大海，听海涛阵阵，任海风拂面，不啻一种享受。兴致来了，往下走几步，便是海边，东海温柔贤淑，绝不至于让人惊恐海的狰狞，平静的海面生怕游人寂寞，时而掀起几波海浪，为游人助兴，沙质的细腻与南沙无异。不过游人只知道南沙，很少再到这里，落得留下一片清静的海滩。

车至半山，便是牛头山，放眼望去，不禁眼前一亮。原本各不

大青山上的小渔村

相连的沙滩在这里一览无遗。原来是五条沙滩相连,中间都只有狭长的岬角相隔。东沙、南沙、千沙、里沙和青沙,便这么藕断丝连般在一起,像五颗珍珠镶嵌在蜿蜒的海岸边。真可谓"不识五沙真面目,只缘身在沙滩上"。

车至山顶,四周光秃秃空无一物,眼前豁然开朗,视线极佳,浩瀚的东海把大青山依在怀里,站在山顶,恍若海天失去了界限,浑然一体,自己也便成了沧海一粟,在海的环抱里,唯觉渺小。

也许是怕骄阳下海天一线过于单调,容易审美疲劳。天上,时不时飘过一朵压低的云,慌慌张张投下一块影子,却又害怕自己的出现太突兀,便飞也似的逃窜开去。这一投一逃,便让白晃晃的海面活泼了许多。

大青山似乎也不想让海天独美。转过几道弯,突然现出了一道海湾,酷似以前淘米用的筲箕,在葱郁的植被掩映下的,是一个小小的渔村。大多是两层的黛瓦白墙,山石相砌,厚重坚固,依偎在山的怀抱里,得名"筲箕湾渔村"。

这些祖祖辈辈生活在海边的渔民与海相伴,用农耕和游牧文化最陌生的方式,向海讨生活,与这片深邃的大海相依。千百年的海风给了他们古铜色的肌肤,也给了他们更为深刻的脸庞,甚至那举手投足间散发出的淡淡的海腥味,都是海给他们烙下的印迹。也赋予了渔民勇敢、坚毅、谨慎的标签。

一方水土养一方人,这是不变的真理。

朝圣普陀

我对佛教的记忆,似乎应该是从一部《西游记》开始。一众神仙登场,也是颇有点眼花缭乱。然而印象最深的依然是观音菩萨,一袭白衣,净瓶杨枝,清新脱俗,美丽端庄,唐僧四人一有难观音便及时出现,一副救苦救难的大慈大悲形象。

观音是这一众菩萨中,唯一不让人望而生畏而又出镜最高的。我对于佛教的全部美好印象,自然便被观音全权代表。

说来也巧,偏偏就是这位观世音,在印度老家是男儿身,也未见印度信徒如何推崇备至。不料东渡华夏,入乡随俗,一个华丽转身,化作万般绿中一点红,又不似其他菩萨过于威严、地气不足、难以接近,极好地融入了中华文化的观音,也就绽放出格外耀眼的光芒。而百姓,则赋予观音愈来愈多的神力,来保佑自家的幸福。

观音便成了佛的世界里最为忙碌的一尊。

其他各佛便乐得清闲。佛教,也就总是传递着冲淡、平和,生于尼泊尔的佛教在华夏的大地上才真正开花结果,跻身世界三大宗教的殿堂。不过,对宗教知之不多的我还是偏爱佛家,佛教的庙宇总是隐在山中,远离喧嚣的尘世,让繁枝茂叶遮掩着佛黄僧灰,自然多了一份超凡脱俗。佛教与汉文化的结合,也算是水到渠成,宣扬非暴力的抵抗,追求内心的平和,思考禅理的真谛,让佛教更多了一丝难得的澄澈。

我非信徒,但是我依然愿意沾沾佛气,借禅的清修扫扫身上的燥气与轻浮。

中华虽大,佛山却只四座,观音,自然占据了一座道场,居然还在我们浙江,悬于海外,普度众生,不啻是一个宝地。

普陀和观音的结合,冥冥之中自有天意。据说863年,日本高僧慧锷前往五台山朝宗,发现一尊观世音菩萨像,欣然带回日本供奉。一路奔波来到浙江,准备海船回国。谁知船至普陀附近的莲花洋,狂风大作,天昏地暗。慧锷于是停靠普陀山,一到岸,瞬间风平浪静。刚准备离开,天气又转坏,大洋之上泛起朵朵莲花状的海浪,船寸步难移。慧锷见状,面向东土祷告:菩萨不肯去日本就留在此处吧! 遂留下佛像在当地供奉,名曰"不肯去观音",后建"不肯去观音院",这便是最早的观音寺庙。此后,观音的文化被日益重视,纷纷修庙,终成如今的规模。而从宋起,原本的梅岑山从《严华经》里找到了依据,改为普陀山。

似乎观音也是为了躲避尘世的纷扰,或是为了考验朝圣者的真诚,要上普陀,只有弃车登船,经历海浪的洗礼方能上岛。我们把车留在了蜈蚣峙码头,徒步进站,站口大大的两个字"彼岸"颇有禅理,不禁遐想:彼岸,是什么? 是放下尘世的洒脱,还是我佛慈悲的庄严,抑或是让心灵暂时寻找安宁的圣地? 也许,因人而异吧。

普陀南海观音像

8 月盛夏,我们登上了普陀山。海洋的温度,原本就要比陆地低一些,加上普陀满山的参天大树,处处绿意盎然,尚未参佛,已然清凉。

一上岛,抬头便见南海观音像,硕大的佛像屹立在普陀南端,面朝碧波东海,佛像四周层层叠翠,海水在艳阳之下,金光粼粼,虽距离尚远,但是崇敬之心油然而生。

穿过紫竹林,走过铺着各色莲花的青石板,便到了大佛脚下。观音的香火自然极好,烟雾氤氲下人头攒动,香客们喃喃而语,满脸的虔诚,芸芸众生,祈求着各自的幸福。抬望眼,观音便在苍穹之下巍然而立,慈眉善目,左手端放胸前,右手微微抬起,做挥手状,似在俯视众生;33 米高的佛像沐浴在阳光之下,熠熠生辉,更添庄严,身后朵朵祥云萦绕,如入圣境。

10 年前,我们由西上山,从东而下,这次,我们走了相反的路。出了紫竹林,沿着观光的木栈道前行,透过密林摩挲的呢喃声,海浪轻抚海岸的声音愈发冲淡了盛夏的灼热。悠闲漫步在海天佛国，时间也放慢了自己的脚步，尘世的喧嚣与浮躁都被吹散在云淡风轻里，凝固在虔诚向佛中。

走到山腰，看到古木参天的樟树道，汉白玉雕的"海天佛国"牌坊，群鱼相乐的日莲池，便到了法雨寺。

据说法雨寺得名于康熙御赐的"天花法雨"牌匾，单就历史而言，法雨寺并不算久，但在数百年的风云变幻里能发展如斯，已属不易。

法雨寺依山而建，拾级而上，一殿比一殿高大，佛黄古经掩映在葱郁古柏之下，艳阳透过树叶撒下点点碎影，别添宁静祥和。进门侧的九龙壁并不是古物，却也雕琢得精致灵动。寺庙里雕龙，虽然少见，却也不算无知的胡乱作为。自古佛家便有"天龙八部"，八部中的"龙众"便是龙，只不过佛家的本义龙更类似于中华文化里的"龙王"形象，从来不代表至高无上的王权。而入乡随俗，佛家的龙也似乎不再待在水里，而是一飞冲天了。不过毕竟不能让佛家和皇权并驾齐驱，龙爪是最大的区分，皇家的龙爪是五爪，而佛家是四爪，这已然是佛家至上的待遇了。可惜细细一看，九龙壁的龙一色的五爪，完全是帝王家的飞龙误入佛家了。

看到前方的九龙观音殿，便有了答案。这个殿也不容易，里面的"九龙盘拱"等一系列建筑都是来源于康熙时南京明故宫的九龙殿，真材实料，很是珍贵。殿上方是琉璃顶，内槽是九龙藻井，一条龙盘踞顶部，其他八条龙绕着八根描金彩绘的柱子昂首飞舞而下，中间的琉璃灯便如一颗明珠，形成了"九龙抢珠"的图案，栩栩如生，精美异常，不得不叹服古人的智慧。

趁母亲四处祈福之际，我也信步闲游，对普陀景区的管理不禁赞叹。我去过的寺庙并不算少,家乡的寺庙并不依赖旅游,很少沾满铜臭般盯着香客的袋子,然而大部分景区的寺庙便不敢恭维,总是变着法子让香客多出点钱,看似烧香敬佛,实则拉客营利,玷污了庙宇的名声,辱没了佛教的神圣,宗教彻底变成一场生意。

10 年前我依稀记得这里也是论价卖香,价格倒并不离谱。然而今日的普陀众庙宇,却只送香不卖香,而且教育香客香不在多,每殿 3 支足矣。这一举措,便让普陀观音道场实至名归,佛家本就宣扬众生平等,想来香无论粗细大小也应平等,香火钱无论多少也是平等。哪里来的烧个香还有三六九等,果是其然,佛也不成为佛,非佛也更无须参拜,普陀的管理者是大智,想必救苦救难的观音更应乐见其状。

时近正午,我特地选择了法雨寺的斋饭,也是一种体验。既是斋饭,也不必抱着一尝美食的心态而去,一碗大白菜油豆腐黑木耳相炖而成,几点素油飘在汤里,并不难吃,米饭自取。人之所以是社会的动物就在于能受环境的影响。偌大的饭堂里显得安静,各人要么低头进食,要么低声细语,全无觥筹交错时的喧闹。起初,我担心孩子是否适应这清汤寡水,是否能和我们一起静心感受吃斋的氛围。孰料孩子毫无挑食的怨言,也不像在家里谈笑风生,低头大口扒饭,举手投足突然放轻了许多。所谓教育,实在不用动嘴。

出了法雨寺,沿山而下,没有去慧济寺,慧济寺在"文革"中被破坏得较多,20 世纪 80 年代才重新修复,虽并称"普陀三大寺",论历史不如普济,论精致不如法雨,碍于时间,只能舍弃,便直接去了普济寺。

普济便是普陀当仁不让的第一大寺。后梁贞明二年(916)初建,千年古刹名不虚传。加上康熙虽从未来过普陀,却对普陀佛教的发展关心备至,沾了皇气的普陀自然是如虎添翼,香火鼎盛。

或许信奉藏传佛教的康熙深谙佛教对固国安邦的意义,又或许康熙深知对观音的信仰在百姓心中是何其神圣,顺势而为,可以让汉族的百姓消散对清朝多少仇视与惶恐。这种迁就与共鸣,于清朝的统治百利而无一害,何乐不为?

大凡寺庙的建筑,大同小异,有着自己固有的范式,而普济,已是中国寺院建筑的典型代表,也是浙江清代官式建筑的重要遗产,都是标准的中轴线式建筑。山门在前,后面正中一溜儿殿宇,天王殿、观音殿、藏经阁等是标配,主殿两边有钟楼、鼓楼、配殿、客房、饭堂之类。

山门之后,大殿之前,便因寺而异。普济寺前有个 10 多亩的海印池,池上均匀分布着 3 座石桥。中间桥面平直,两侧都是拱桥。中间的桥南面连着湖心亭,北面正对普济寺山门。我们到的时候人并不多。湖面上荷叶田田,荷花亭亭,凭栏临风,淡香扑鼻,伴着寺庙里飘出的木鱼声声,梵音阵阵,缭绕的香火翻墙而出,闲适而空灵。

普济寺的正门常年紧锁,只有重大人物来访或者逢大事件方可一开。至于坊间传说的乾隆夜访普济,方丈不开门的故事,全做饭后聊资罢了。这也算是普济寺的一大特色。

天王殿里正面供着弥勒,显得喜气,北面供着韦陀,保佑出门平安,却也道尽了人间真谛:人活着,平安是福,乐观最好。

其余的大佛、庙宇,却没有留下太多的印象,只是记得在庙门口休息的时候,对那棵半倚着的香樟树挺有印象,粗壮的树干剩下了大半,斑驳的肌肤裸露在外,受着普济的香火长得依然茂盛。正看得津津有味,庙门口来了一群穿着像是舞龙的戏服的人,一色的男人,老少都有,最前面的老者端着一尊观音的佛像,众人念念有词,一脸的庄重,缓步前行,听着口音,像是闽粤一带的人。这是某一个村特地来普陀请一尊供奉的观音回去保佑村民的,我看着衣着似乎格格不入的这群人,却并不感到不合时宜,因为这群人有着传统的信仰,有对幸福的渴望,有对善恶的取舍,看着其中一个孩子稚嫩的脸上没有丝毫茫然,专注地投入这份仪式的时候,不禁感慨:这不正是我们缺失的吗?

后来,在另一座更小的庙宇,我们偶遇了一群香港信徒,是一个家族,齐刷刷跪在佛像前似乎在做家族的仪式,一样的虔诚,据说每隔两年都会来到同一座庙还愿。

宗族,曾经在中国的历史上发挥着极为重要且又正面的作用。说来费解,经济发达的港台南粤,却偏偏对传统坚守得最坚决,很多家族的仪式都被完好无缺地保留了下来,也许是那连绵的南岭保护了南粤宗族历史的延续。而我们,身处一马平川,缺少了抵御文化冲击的天然屏障,在现代化潮流前迅速失去了对内心的固守,我们的精神世界,似乎总少了点什么。

一路下来,普陀山的西侧显得活泼起来,"二龟听法石""磐陀石""观音古洞",或虚幻却深信不疑,或真实而更添敬仰,构成了一个个美好的传说,让普陀的观音道场的地位愈发有存在的基础,也让海天佛国的名头实至名归。

下山之时,又想起普陀渡口的"彼岸"。彼岸是什么是否这么重要?普陀是佛家的观音道场,可是偏偏普陀之上还有一个潮音洞,洞里供的是道家的慈航道人,一样的女性,一样的净瓶,一样的长相,凡人很难去区分谁是谁。可是,细细想想,何苦为难自己,我非信徒,也无欲求,佛也好道也罢,皆是外相,唯有心中一块净土足矣,所谓朝圣,无非借彼之形清己之心罢了。

这么想着,心里似乎空明澄澈了些许。

2016-02-25

东海的味道

来舟山,自然要朝圣,但是我本俗人,食欲的诱惑,同样不小。

对舟山美食最初的记忆,来自儿时的带鱼。物质贫乏的年代里,"靠山吃山,靠海吃海"是不变的真理。我的家乡背靠大山,面朝太湖,鲜笋嫩鱼是常有的美食,运气好的时候,偶尔能吃到山珍河鲜,已是上等的享受。一只野兔,一盆河虾,都会成为大家最为追捧的味道。

我认识的所有鱼几乎都来自于浩淼的太湖,但都是凡夫俗"鱼",无非是草鱼、鲫鱼、鲢鱼之类,过年一条大青鱼已经让人侧目了,至于张志和诗中的鳜鱼,是只有重视孩子读书的父母咬咬牙才能在开学那天见到的美味。似乎世间鱼类,皆藏于此。

偶尔母亲会买两条带鱼一改口味,可是我的眼里总是充满对它的好奇甚至鄙夷。长长的身躯长相颇为怪异,细齿狰狞,身上总是一股怪异的海腥味,还有尚未脱去的冰霜,彻彻底底就是一个异类。偏偏还总是那么瘦弱,显得营养不良,如果这就是所谓的海鲜,大海的味道也不过尔尔。

后来看到书上介绍东海渔场如何丰产,特别盛产带鱼,脑海总是浮现那几条病病歪歪的带鱼,随之嗤之以鼻,以为言过其实。

　　大学的时候,恰好一位同学靠海而居,每每回校,总带回一只罐头瓶,里面装满个头不大貌似螺蛳的食物,浸泡在液体里。每次吃饭,同学总是小心翼翼地拣出几颗放在米饭上,1厘米多长的身体,一层薄薄的卵圆形贝壳披在身上,大而肥厚的头部露出在外,贝壳上还有螺旋形的环状纹,颗颗晶莹剔透。讨了一颗入嘴,瞬间被这小小的生物吸引了,一口下去,肉质嫩滑,海的鲜味充斥口腔,而腥味却被酒香很好地消去,似乎海鲜的味道理应如此。连着讨了几颗,爱不释口,直到那位同学尴尬地快速扒完饭,拿着瓶匆匆离去,我望着他的背影难得地依依不舍。

　　后来才知道,这种小生物叫泥螺,长在东海岸的滩涂里,是海陆共同滋养的精灵。

　　一片滩涂已经有如此美味的海鲜,对东海的味道不禁又重生敬意。如今,早已天堑变通途,海鲜源源不断地送到了内地,家里餐桌上的带鱼也日益丰满起来,各种贝壳类美食也更加丰富。但是,最好的海鲜,依然要在海边享受,盖因长途跋涉,海鲜毕竟仍要靠冰块保鲜。而鲜味,离开大海越久流失越多。

　　无论是沈家门的大排档,还是南沙随意一家农家乐,都能奉上一桌真正的海鲜。无论是一颗海胆、几条黄鱼,还是其他我们完全不知名的海鱼、虾蟹,只要用水一煮,加以普通的佐料,海鱼的细嫩鲜美就完全被调制出来。

　　坐在海边,吹着惬意的海风,吃着刚从东海而出的各类海鲜,这才是属于东海的味道,世间美事,莫过于此。

2016-02-26

不期而遇的河姆渡

匆匆 3 日,转瞬即逝,告别舟山的蓝天白云,我们踏上归途。

高速上灼热的阳光明晃晃直刺人眼,似乎是冥冥之中的天意,途经余姚,不经意的一走神,瞥见了路边旅游的褐色路牌,那上面的 5 个字猛地触动了我的神经,把我拉回到那遥远的史前文明,曾经只停留在书里的僵硬的文字突然穿透了几千年的纸面,活生生地跃然而出:河姆渡遗址。

去遗址的路并不好找,原本应该在遗址对岸乘渡船过江而往,路边杂草丛生,草丛里一两座闲置的空楼房更添荒芜,原本的渡口似乎也废弃了,连只自横的舟都没有。重新掉头走陆路,路也不像景区修得宽阔平坦,绕了极大的一个圈子,走完弯弯扭扭的土路,才柳暗花明般发现了河姆渡遗址。博物馆显然是新造的,但是空无一人,我们是唯一的参观者。河姆渡就这么安安静静偏居一隅,一如曾经先人们在此安宁地生活。

40 多年前,几位原本只是为了完成大队任务的农民,漫不经心的那几锄头,那饱含着汗水,为了生存和温饱而挥下的锄头,似乎获得了先人的庇佑,便在挥舞之间偶然敲开了 7000 年历史的大门。稻谷、土陶、木器、骨骸,越挖越多,5000 多年地底的沉默,上古璀璨的文明,在那一刻,喷薄而出。

习惯了中华 5000 年历史的国人,不得不重新审视这片崭新却又古老的土地。原本在中华史前文明里无足轻重的浙江,一跃而出,书写了属于南方的史前文明篇章。

那一颗颗依然饱满的稻谷,那一只只沾满了历史的斑驳却依然完整的陶器,那一根根早已干枯却依然纹理清晰的木条,那一座座干栏式房屋的残基,那只"双鸟朝阳"的纹象牙雕刻件,无不书写着河姆渡人 7000 年前的令人赞叹不已的文明,还有那 2000 年里这方水土的进化与变迁。

他们,是最早和大海接触的古人,是最早种稻吃米的祖先,他们的存在,让海洋和中华文明的联系变得更为紧密。河姆渡的先人,也应该呼吸过东海淡淡的海腥味,这片土地,也应该受到过海的洗礼,他们的身上,沾染着海的气息。中华和大海的亲密,也应由此开始。

徜徉在河姆渡博物馆,看着那一份份充满史前灵性的物件,回荡在河姆渡文化的长廊里,却总有丝怅然若失。生长在吴根越角的我,穿过 7000 年的时空站在这里,站在这离自己最近的史前文明,却不敢说自己便是河姆渡的后人。

余姚河姆渡遗址

也许 7000 年的进化太过漫长,漫长得足够荡涤残存的先人的气息,中华几千年的文明太过沉重而冗杂,以至于在一次次的融合和迁徙中，我们抹去了曾经属于个体的特征，在一次次天灾与人祸里我们丢失了太多先人的传承，也在一次次运动里彻底割裂了文化的沿袭。我们在依然残存的祭祀先祖的活动里，只是茫然地简化并传承祭祀的形式，至于三代以上的列祖列宗，大部分家族已经没有丝毫的记载，也无处记载。

只因5000年里，我们受的苦难太多，消失的文化也太多，苟且保全性命已然是幸事，哪里还有精力去管先祖的遗事。如今的我们，又重新审视家族历史，想为自己找到曾经的根，虽是幸事，却何其艰难。失去了根的国人，站在历史的进程里，总觉得有些飘摇不定。能够像余秋雨先生有时间寻根并能找到根的人，毕竟是极少数。不知道从哪里来，到哪里去的想法自然也渐渐显得淡薄。

几座古墓，几个史前的遗址，权当作中华共同的先祖，以聊慰在历史的长河里拨开重雾难觅"真根"的失落与迷茫吧！

2016-03-02

江南小镇

生长在江南,倚着偌大的太湖,家乡却从未被许以"水乡"的称号。

清丽而婉约的江南水乡

每说江南,必提水乡,小桥流水人家似乎成了江南的别称。一弯窄窄的小河,流淌过一座斑驳的石桥,欸乃的桨声轻轻划过绿如绸缎的河面,泛起朵朵涟漪,岸边杨柳依依,桃花朵朵,掩映着一户户黛瓦白墙的人家,一派静谧,勾勒了江南美好的印象。

自古以来文人墨客从不吝惜对江南的偏爱。春日里吹皱一池碧水,夏阴下闲钓几尾江鱼,秋雨中缠绵的情愫,冬夜里暗放的早梅,似乎都属于万千宠爱于一身的清丽而婉约的江南。

还有那条雨巷,剥落的沧桑的白墙挤满了巷的两边,那窄窄的青石板的巷子里滴滴答答的不绝的细雨,唯有落在江南,打在青石板上,敲在深青色的瓦片上才显朦胧,唯有江南婀娜精致的女子撑着油纸伞蓦然回首,方显幽柔之美。

曾经这样的小镇在江南比比皆是,房屋依河而建,人们傍水而居。清晨,第一缕晨光透过浓密的枝叶洒在小镇上,浣衣声便已此起彼伏,掀开小镇一天的喧闹;暮时,如血的残阳便撕碎了自己的身影揉在荡漾的碧水中,或是渔船悠然而归,或是农夫踩着碎步,伴着耕牛悠长的鸣声,踏着青石板的小巷归来。自家的烟囱冒出一缕细长的青烟,在晚风的轻抚下醉了身影。

如此绝美的图案渐渐消失在历史的长河里,拔地而起的高楼,机器隆隆的厂房,肤浅短见的规划,把一座座祖辈留给我们的遗产扼杀在现代文明的坟墓里。

万幸的是,如今的江南,还是有几座古镇在叵测的命运里残存下来。名气最大的便是江南六大古镇——周庄、同里、甪直、西塘、乌镇、南浔。前后几年,倒也陆陆续续去过一半的地方。

这些古镇,无一不是普遍家境殷实而整体布局良好,都曾在历史上多少留下点显赫的声音,让古镇的保存有了更为有力的依据。

南浔是我最早接触的古镇,也许忙于开会无暇细游,也许那时对于古镇的保护尚显简单,虽然南浔出过赫赫有名的"四象""八牛",但几乎没给我留下任何古镇的印象,也许,只是做了景区的古镇，没了生活气息的古镇，失去了古镇的灵魂，勾不起我一丝的兴趣；或许印象太过于模糊，误解了南浔的美好。

我对古镇的全部印象，来自于西塘和乌镇，一对来自于嘉兴的古镇，虽然中间相隔了12年。

西塘，抹不去的记忆

12年前的西塘，于我的印象里其实已渐渐淡去，依稀记得的是河道两岸的房屋密布，而且颇有特色地连成了廊棚，无论刮风下雨，西塘的百姓都可以站在廊下，一杯清茶，静听檐雨，坐看风云，路人也不必急匆匆往家里赶，放慢脚步，随意望望廊外，看看点点雨丝轻触河面拨开一圈圈水纹，也是一种享受，丝毫不影响日常的生活。其余，似乎和江南其他的小镇大同小异。

但西塘，却是我记忆里的第一座古镇。彼时，恰逢新婚，度蜜月在普通百姓的生活里开始普及起来。年轻人喜欢赶时髦，何况人生一大喜事，自然愿意为这段婚姻添加点美好的回忆。然而，物质条件还不够宽裕，办好喜事，还了借款，手头便有些紧张了，蜜月的天堂海南自然不敢再考虑，加上假期的调整，只给了3天的时间。妻子不想为难我，本想打消我的念头，但是我更不愿让我们的婚姻刚开始便有太多的灰色，盘算了半天，决定去上海看看，正好，西塘就在去上海的路上。

那时的交通尚不发达，从家乡去往西塘并没有直达车，记得长途汽车开开停停、摇摇晃晃地先到嘉兴，再由嘉兴转车到达西塘。

西塘的开发也才起步不久,里面并没有如今多如牛毛的各色客栈,我们找了一个紧靠古镇景区的类似招待所的地方,条件自然算不上好,带着些许霉味的被褥,略有残破的墙壁,放在当下,我们绝对不会考虑这样的旅馆。然而当时,身外的一切尴尬与简陋却都难掩新婚的甜蜜。

偶尔翻起曾经的照片,一张张在古镇里随意的摆拍,尽显青涩,却都透着笑容,无论是狭窄的石皮弄,还是长长的廊棚,抑或那一拱石桥边翠柳拂面,还是一座作坊外精美制品的惊叹,都留下了曾经我们新鲜的触角。

据说夜游西塘是件美事,华灯初上,泛舟湖上,如梦如幻,白日里的景色在夜色里渐渐地淡去,留下或近或远的痕,听着如拨琴弦的桨声,不啻是种享受。只是当初的我们不舍并不便宜的船钱,并未上船,但是牵手相依在岸边,嗅着柳条朦胧的清香,月色正浓,踩着两人河边忽长忽短的身影,听着艄公打碎水面宁静的桨声,看着影影绰绰在灯影里的房屋,幸福的味道并没有因不能登船而略有缺憾。

如今,夜游的机会越来越多,也不再吝惜船票的昂贵,但无论是在华灯下秦淮河的画舫里,还是夜游桂林两江四湖时的游船上,再也不会为夜游而兴奋不已,也不见得就比当初岸边的夜游来得印象深刻。

幸福,太多的时候,其实就那么简单。

西塘,是我们自由行的开始,然而十年里我们却再也没去过其他的古镇。西塘的印象,也并不常常浮现脑海,甚至会忘却曾经在那里留下过美好的足迹。直到汤姆・克鲁斯的《碟中谍2》在西塘选景,男主角穿梭在廊棚里,打破了这座古镇曾经留给我们的安宁,这才又唤起了曾经的记忆。

　　或是电影拍摄的原因,西塘一夜之间又火了起来,如今的西塘,最有名的已经是酒吧一条街,各种小资的、个性的酒吧装点了西塘的夜,曾经的祥和静谧早已被喧嚣热闹的各种音乐所替代,商业的气息弥漫在整个古镇的上空,犹如曾经的小家碧玉浓妆艳抹了一番,实在是换了新颜。这算是古老的小镇重新焕发了新春?我不知道答案,但我的心底,每每提及西塘,抹不去的依然是那个12年前悠闲而又安静的江南小镇。

2016-03-02

枕水而栖的乌镇

(一)

　　乌镇的印象,来自于一部《林家铺子》电影,连绵的店铺挤在青石板路的两侧,淅淅沥沥的秋雨装点了乌镇的阴晦、萧瑟,青石板被洗得光亮亮的,看着就觉江南的寒意阵阵袭人。

　　那时的乌镇,觉得遥远而不真实,在咨询尚不发达、旅游仍在起步的年代里,去北京上海这些大都市是时髦,看着高耸的层楼,望着辉煌的故宫,寻找前世今生的繁华,是国民乐此不疲的向往。而这些江南的小镇,还留不住游客们匆匆的脚步,似乎大同小异的布局,平凡而悠闲的生活,千年传承的草根文化,并不是我们故步自封的年代里最想看到的外面的世界。

江南水乡——乌镇

时过境迁,遥不可及的高楼大厦在小县城里也早已不是稀罕物,风光多年的传统景点也已带来审美疲劳,厌烦了都市的压抑与浮躁,看够了钢筋水泥的堆砌,国人的目光,开始移向城市之外,或是绝美的自然风光,或是简单而古朴的生活过往,去寻找泱泱中华的另一维度的文明。

古镇,就这么晃悠悠地划着小舟出现在我们的面前。江南六大古镇,都处于一马平川的冲积平原上,没有了大山的庇护,一条条蜿蜒的小河承载了傍水而居者全部的梦想。

这其中,乌镇的人文气息是最浓的,盖因一个文学的灵魂就是在这片充满灵性的水土里滋养生发。

然而或许是西塘的先入为主,或许是一个"乌"字掩盖了所有美好的遐想,对于如雷贯耳的乌镇我却始终提不起太大的兴趣,屡次从高速上驶过乌镇的出口,也没舍得停下匆匆的步伐一睹尊荣。

乌镇也同样没有停下变化的步伐,不过乌镇却在同为江南古镇的同质资源中寻找到了别样的道路。当戏剧节永久在乌镇"定居"时，我暗自为之喝彩，一个人文底蕴本就不薄的小镇，添加上更纯粹的文化的亮色，这才是走过千年的小镇应具有的风采。谁知2015年的岁末，乌镇又让人瞠目结舌——世界互联网大会居然也选择了在乌镇落脚。古镇与互联网，这两样看似风马牛不相及的元素，居然在乌镇有了交集。

想想却也释然，传统与流行，现实与虚拟，恰恰是这种迥异的风格的混搭才能擦出最亮的火花，才能绽放出各自生命中最为璀璨的花朵。于是，各路互联网大腕凑在乌镇随意一张饭桌前谈笑风生，于是，最前沿的科技智慧在乌镇一艘艘悠闲的乌篷船上碰撞，飘荡在那条古老又静谧的老河里。

让文化叠加文化，让历史赶超潮流，漂亮的手笔让我再次审视乌镇这座古镇。

2016年的元旦，按捺不住的我终于驱车前往。

（二）

乌镇有东栅西栅两片景区，虽各有特点，但也都是在展示着过往乌镇平凡的生活。

东栅开发得晚，保存得更为原汁原味。一条碧带缠绕在东栅，河水似乎沉淀了千年的绿色，显得深而稠，几只小舟荡漾在水中，一圈圈的涟漪随着船桨的脚步揉皱了舟影。

河的左边是一条风雨廊棚，和西塘的廊棚连着民房不同，这边的廊棚似乎只用来行走、歇息，古朴的木材做工算不得很精细，一排看似柔弱的木柱承载着廊棚全部的重量，宛如江南的女子，温婉却不乏刚烈。顶上却是各种大小粗细的木料错落有致地堆叠在一起，繁而不杂。外面便铺就一层青瓦，整个廊棚斜着身子向河倾着,另一边便是一堵长墙。时光荏苒,似乎廊棚也在岁月中渐渐老去,那泛着青苔的瓦,那斑驳的墙,那一根根苍木,那一块块磨得光亮的青石板,还有那费力地透过廊顶的间隙洒落的零碎的光影,无不点滴记载着乌镇的过往。漫步廊棚,宛如碾过时空的隔阂,或是斜风细雨中赤着脚板伴着牛踱步而归的老农,或是浓夏酷暑里闲来追蝶临河纳凉的稚儿,或是清风明月下窃窃私语情意绵绵的情侣,无不消散在这条长长的廊棚里。

　　河的右边则是枕水而居的民房、商铺,大片民房规划得齐整,最吸引人的当是临河的水阁。所谓水阁,其实也是古代的"违章建筑",沿河的民居在略显拥挤的空间努力开拓,把自家房子一部分延伸到了河面上,下面是根根木桩打在河床里,上面架着横梁,搁上木板,变成了"水阁",踩在上面吱吱作响。茅盾先生曾在《大地山河》中这样描述故乡的水阁:"……人家的后门外就是河,站在后门口(那就是水阁的门),可以用吊桶打水,午夜梦回,可以听得橹声欸乃,飘然而过……"如今的水阁里,基本上还住着本地的居民,乌镇,被打上了浓浓的水阁烙印。美中不足的,是原本木制的挑窗有的人家已经换成了铝合窗,加上一些空调的摆放,现代金属的色彩打破了一色木屋的古典美。

枕水而居的乌镇

几座石拱桥连接了两岸,吴冠中先生对乌镇的石桥颇为推崇,在两岸过密的建筑里,往往会让人压抑,一座石桥的出现,便及时打破了这种单调,也给人以喘息的机会。而建筑本身多是单纯的直线,石桥的一条强劲的大弧线,也便增添了乌镇的画面美。

除却水阁,乌镇依然是传统的典型江南小镇,一色的黛瓦白墙,或因岁月的洗礼,黛色的瓦颜色渐深,偶尔挣扎出一根墙头小草,在沧桑中点缀了一抹亮色,白墙也失去了原本的色彩,斑驳的墙体上处处是灰黑的印记,仿佛树的年轮在身上刻下岁月的痕迹。只有马头墙仍是高昂着头,或高或低里窥探着大墙背后的奥秘。

大墙的后面,或是民居,或是各色的展馆。有的是原本就存在的染坊,铺天盖地的蓝印花布挂满了坊间;有的是加高了外墙,戒备森严的当铺;也有借用民房,做起了主题的展馆,百床馆、木雕馆、民俗馆,等等。处处都是几百年来百姓的生活,或富贵或贫贱,各有各的味道,各有各的精彩。

我们便在狭窄的小巷里穿行,宛如穿行在乌镇几百年的生活里。足音在青石板上的敲击泛起阵阵空响,不时迎面扑来浓香,却是乌镇的特色——红烧湖羊肉,大大的铁锅就放在街沿,腾腾的热气在眼前翻滚萦绕,直让人垂涎欲滴。

东栅的尽头是一个小广场,广场边有一个古戏台,雕梁画栋,甚为精细,和别的地方戏台三面皆空不同,这里只有面朝观众的一面敞开,就像一大屋子拆了前排的门,台下望去,也就显得阴晦一些。台上有个戏班在唱桐乡花鼓戏,琴鼓和鸣,一个老人穿着长袍,神采奕奕,咿咿呀呀地唱着什么,调子固然不会欣赏,内容也浑然不清,台下的游客只是饱个眼福,唯有本地的几个老人浴着暖阳坐在亭边合着拍子陶醉其中。

出了东栅，重新驱车才至西栅，西栅名气虽大，景点并不多，有印象的也无非是后梁一个昭明太子读过书的地方，这个短命的太子无福活到当皇帝那一天，却因好读书在江浙处处留下了读书之处。他到乌镇的时候，刚刚 2 岁，天晓得读了什么书。不过，带他来的老师也许名头更大一些——《宋书》的作者沈约。其余也不过是沿着小街两侧改成商铺和民宿的民居，密密麻麻的招牌让人更多感到商业气息的浓郁。倒是那河水里的几只小舟，迎着残阳夕照，晃晃悠悠里过了座座石桥，算是偷得浮生半日闲。

（三）

乌镇的魅力，自然不仅仅在于江南小镇独特的建筑风格。河的右岸，在那鳞次栉比的建筑里，在那青瓦白墙的民房中，走出过一位值得一书的名人——茅盾。

正是乌镇这一方水土养育了茅盾，如今的廊棚下、石桥上、小舟中，都应留下过茅盾奔跑嬉戏的身影，乌镇浓郁的人文积淀了茅盾最初的底蕴，而四通八达的水路、平阔的土地也打开了茅盾的视野，从这里划着小船，不多远就是繁华的都市上海，风起云涌的时代离这个小镇并不遥远。乌镇，不再如初宁静，小小的苍老的乌镇便也束缚不了这颗热血沸腾的心。从此，文坛多了一员闯将。

茅盾作品的巅峰，似乎都留给了 20 世纪 30 年代，硝烟四起的中国给了这位左翼的作家无尽的灵感，《林家铺子》《子夜》《春蚕》等均创作于此时。热衷于运动的茅盾后来迎来了政治的巅峰——成为新中国第一任文化部长，但此后似乎也再次印证了文人从政的宿命——政治得意时往往是创作灵感最为枯竭之时,他在中华人民共和国成立以后鲜有佳作。自古以来,苏东坡困于黄州而作《前后赤壁赋》,柳宗元贬永州创《永州八记》,范仲淹谪邓州而成《岳阳楼记》,莫不如此。

不过茅盾给我的最深印象,并不是他的作品,也不是官居部长的头衔,自己掏钱设立"茅盾文学奖",是他对新中国文学的最大贡献,也是为官最后最大的政绩,起码,给如今仍在迷茫中挣扎、徘徊中前行的中国文学点燃了一盏明灯。

不知为何,我总会不自觉地想到另外一位文学名家——沈从文,这两位同姓的文人有着很多相似的经历:都来自南方的小镇,小镇都依水而建,凤凰的吊脚楼和乌镇的水阁也有着异曲同工之妙,相近的年龄,重合的年代,甚至两人先后都在北大学习过(只不过,沈从文是旁听生)。

可是最终却孕育了截然不同的风格。或许是湘西的凤凰更为封闭,深山之中的古镇更多了一丝自然的灵气与山林的野性,沈从文的性格里便多分随性与自由;江南的乌镇一边更为传统地保留着文化的约束,一边更为迅速地卷入变迁的潮流中去,茅盾也人如其名,一边是在循规蹈矩的求学路上打下扎实的文字功底,一边是在内心深处涌动着变革的壮心。两个人,一个走向自由主义,一个走向现实主义,成就了中国文坛的"双沈"。

但是茅盾就和乌镇一样,少了些个性的张扬,本真的流露,带着过多的头衔起舞,越到后来越显得沉重、滞笨,一如他的笔名。没有"茅盾文学奖",茅盾这个名字也许会在滔滔历史的长河里渐渐淡去,回归原本属于自己的历史定位。

镇因人红的乌镇,原也避免不了如此的命运,但是华丽的转身,让"戏剧节"和互联网大会适时植入,乌镇,便不再属于茅盾,由此,又得新生。

2016-03-04

且听徽州遗音

徽州，似乎总是在隐约中忽近忽远，拨开层层浓雾却仍不真切。徽州是什么？是那一方馨香沁脾，化作文人骚客佳作的徽墨，还是那一群背井离乡，翻山越岭，从困苦中挣扎而出，换得声名鹊起的徽商，抑或是 200 多年前受诏入京，一个华丽转身，成为中华国粹的徽班？

200 年的时间对于文化底蕴深厚的徽州来说并不算长，但是 200 年的风云变幻扫荡得徽州文化斑驳落离。时过境迁，一次次文化的割裂，一场场时代的变革，曾经轻放手中，拿捏把玩的徽墨散了形，成为一滴滴的墨汁直接装进了瓶里，挥毫时再也不会在墨与水的如胶似漆里勾勒出渐渐明晰的图案，再也不用在墨与砚的肌肤相亲里慢了时光，息了心境；曾经叱咤风云的徽商也早就消散在风起云涌的市场大潮里，徽商，早已成为一个历史的名词，盖上了厚厚的尘土，消失在远去的农耕时代的辉煌里；更不用提徽班，顶着进京的光环，却也入乡随俗顺应了北方的唱腔，满身的京都皇气抹去了南方的痕迹。

安徽之名，便是来自于安庆与徽州，徽州于安徽之地位，可见一斑。如今，安庆依旧临江而兴，而徽州这个地名却已经被黄山取而代之,不得不说是种悲哀。徽州二字,承载着一方厚重的独特文化,那是几百年沉浮里触摸着中华文化主脉的声音,是曾经文人憧憬的诗化的理想。谁曾想到,被自己的后人,用一座"归来不看岳"的名川抹去徽州最后的光影,失去了名字,也便完成了对历史彻底的背叛,割裂了文化最后的传承。徽州人,用自己的双手葬送了自己的根,用自己的双眼目送曾属于自己的辉煌远去。

文明的进步,并不代表对历史简单的舍弃,一个地名,就是一段历史,是一个地方延绵不息的根。根拔了,人能往哪里去?

古徽州,已然消散在历史的时空里,如今,只是散落在江南田间野外,星星点点间费力地拼凑,偶尔才能捕捉到徽州文化隐隐约约的痕迹。

我的家乡便保留着一个叫"徽州庄"的村落,农村里造房子有的也开口闭口"徽派风格",殊不知,都只留下了黛瓦白墙加上马头墙的外形,屋里的院落设计和徽派建筑天壤之别,毫无徽派之神。

或许真正把徽州文化保留下来的,还是美食,口口相传的秘方绝对不是更弦改辙便能彻底抹去痕迹的,那一条条似臭实香的臭鳜鱼里,那一块块白毛横生的毛豆腐中,藏着徽州残留的故事,飘着属于徽州人的味道。

500年前的汤显祖发出了"一生痴绝处,无梦到徽州"的感叹,终生未入徽州。而我,却有幸在2016年伊始的时候,踏上这段旅程,只为拨开厚厚的尘土,且听徽州遗音。

绩溪，难以抹去的过往

古徽州辖六县——歙县、黟县、绩溪、婺源、祁门、休宁，沿着天目山余脉向黄山周围相拥，群山连绵间，扯开几块空地，聚集而居，便成了徽州的雏形。

绩溪，是其中最靠近浙江的地方，也是徽杭古道的起点。据绩溪县志记载："县北有乳溪与徽溪相去一里并流，离而复合，有如绩焉，故名绩溪。"

绩溪是典型的山区，四面环山，于江南而言，已属险峻，县城依着绩溪就着坡势排开，推开窗无须抬头，便是近处的高山相望，似乎生怕打扰满城的清修，绩溪的水缓而浅，绕着小县城稳稳而过，小城，也便愈发安静。

似乎这份安静与生俱来就属于绩溪，并在岁月的消逝里融入了绩溪人的血液，重重的险峰隔断了世间的喧嚣与纷争，自古便文风昌盛的绩溪，也就静下心来汲取着绿水青山的灵气，一心耕读传家，厚厚的积淀只为某一天的爆发。于是，绩溪的生活便显得简单了许多。袅袅炊烟下伴着村妇的吆喝，一两牧童骑在牛背上挂角而归；熹微的阳光里，琅琅书声透过私塾的雕窗消散在绩溪的空气里；明朗的夜色下，伴着昏黄的油灯，或挥毫泼墨，或挑灯夜读的身影摇曳在窗前，时间便在书声里静了下来。

（一）龙川，走进雕刻的殿堂

似乎是对绩溪千年寂寞的回报，或是对这份底蕴沉淀的褒奖，500 年前绩溪龙川的一个孩子破涕而出，撕开了绩溪静寂的夜空。绩溪，登上了历史的舞台，而这，还仅仅是开始。

这个孩子叫胡宗宪,如果曾经的辉煌都被如水的流年冲淡,这个人,也不应该被忘却。这之前,从这片深受朱子理学影响的山区走出来的人并不多,但胡宗宪并不是第一个。60年前,他的曾叔祖胡富,后官居户部尚书,才是第一个光宗耀祖之人,只不过胡宗宪名声太盛,所有的荣光都被他所遮掩。

大明朝起,倭寇这个词便出现在了中国的字典里。日本浪人累世犯边,搅得东南海岸鸡犬不宁,可是穷凶极恶的倭寇战斗力极强,流动性又极快,对于长期驻守东南的明军来说,浩瀚的大海从来不是战争的温床,也从来不把海防做边防。海防的军队,自然是纪律最松弛,战力最弱的。这种碰撞,几乎让明军成了以卵击石。

奉召而来的胡宗宪不啻是个能臣,一介文官,却把军队治理得井井有条。他的手下,有3个人后世的名声都远超胡宗宪。一个是大名鼎鼎的戚继光,一个是指挥有方的俞大猷,还有一个,则是出谋划策的师爷——徐渭,大明朝不世出的天才文人徐文长。用人的眼光,胡宗宪堪称一流。

这场倭乱,以大明的全胜换得了海防的安宁而告终,胡宗宪居功至伟。这或许是中日宿怨的开始,370年以后,倭寇再次入侵,这一次,举国之力,多年苦战,千万人的生命,方才换得最后的胜果。

说来讽刺的是倭寇的首脑,居然是中国人,这个人叫汪直,安徽歙县人,同样来自徽州的大海盗。明朝的倭乱,成了从大山走出的两个徽州人的海战。

胡宗宪的结局并不好,大明的政治风云里原本就剪不清、理还乱,搭上了严嵩线的胡宗宪最后成也萧何,败也萧何,待到严嵩倒台,便也成了清算的对象。51岁那年,失去了后台的胡宗宪落寞中回到绩溪,想把生命最后的时光留给这片故土。然而,天不遂人愿,两年后,秋后算账,胡宗宪被押回北京下狱。我们不知道在生命的最后时刻里,胡宗宪想了些什么。是风云激荡的抗倭,是蝇营狗苟的争权,还是一枕青山下魂牵梦绕的故乡?我们不得而知,但是最终,他选择了自尽,留下了"宝剑埋冤狱,忠魂绕白云"的遗音。

我们也无从得知当龙川的村民看着他们心中巍然屹立的传奇轰然倒下,在潇潇的秋雨里黯然北归,最后一次送别时是何等心情,胡宗宪的时代,却是结束了。

远山留白

我很想知道,这个叫龙川的小村,如何能出两代尚书。

一条公路从群山中撕开口子,逶迤蛇形。群山错落有致,近的矮小却葱郁,中间的努力探出山头,一色的深黛色,远处的高山原本沟壑分明,不料新年的第一场雪,给远山留下了一片残白,极似粉黛略施,心境不由得朗润起来。

龙川的地形颇为奇特,呈一只小舟的形状,左凤须山,右龙须山,登源河沿龙须山蜿蜒而下,和左侧的路围成船体,船两头是良田,龙川就在船的中央,中央还有一条玉带水穿村而过,流入登源河。站在村头,整个村形一览无遗。

因整个村落依玉带水沿岸而建,窄窄的青石板铺就的村路便被称为"水街"。踏入水街,也便恍如重回龙川曾经的辉煌。

一带碧水浅浅缓流,一座爬满岁月沧桑的石拱桥安然而卧,边上还有一座木制的便桥,4根木柱顶着几块木板,卯榫相连,便成了桥,爬满了深绿的苔痕。河堤是石块堆砌而成,多年溪水的浸泡让石堤渐渐失去了本色。也没有河岸,青石板直接铺到岸边。两岸的民房密布,高昂的马头墙分开了一户户人家。抬头,眼前便是苍山相依,白雪微露,几棵秃枝扭着残损的身躯横入画面,春暖花开时节,定又会柔了人眼。

这是典型的江南小村落,青山碧水,原本就是钟灵毓秀之所,世外修学之地,何况向来崇儒重文的小村。

然而与一般的村落并不相同,毕竟,这里有些足够深的底蕴。

绩溪龙川"奕世尚书"牌坊

村子的正南方,有一个大牌坊,400多年的岁月在这牌坊上留下了深深浅浅斑斑点点的痕迹。四柱三门五楼,10米高的抬梁式建筑,通体的花岗石与茶园石,甚是雄伟。柱子的两面,各有抱鼓石守候。屋顶流檐飞脊,造型似鳄鱼尾,坊身斗拱花翅,错落其间,兼以龙狮鹤鹿等各色镂空的浮雕,图案个个精巧,工夫处处精细。正中圣旨牌,镌刻"恩荣"两字,上额坊书四个大字"奕世尚书",取自《国语·周语》中的"奕世载德,不忝前人",意思是代代有光宗耀祖之人,世世有不辱先人子弟(龙川胡氏,倒的确名副其实)。下方刻着"成化戊戌科进士户部尚书胡富""嘉靖戊戌科进士兵部尚书胡宗宪",以及"大司徒""大司马",等等,不一一叙述,据说是大明才子文徵明的手笔,稳重儒雅。

我对牌坊知之不多,见之更少,但是做工如此精巧应属罕见。中国的牌坊是一种官方的主流文化,是对先人的褒奖,也是对后人的期许。多少龙川的孩子,从睡梦中醒来,走在水街的青石板上,一眼瞥见祖先高大的牌坊,顿生敬仰之情,专心求学,以期与先祖一样从大山中走出,牌坊成了道德的约束,有形的鞭策。

这种牌坊曾经遍布中国大江南北,徽州尤胜,但是一场10年的浩劫,所有曾经的记忆都变得支离破碎,直到彻底被抹去。对于传统道德中畸形发展的诸如贞节牌坊之类,倒了也就倒了,倒去无异于卸去妇女脖上的枷锁,无异于释放精神中最后的扭曲。然而更多的牌坊,虽是标榜功德,却也是一方宗族精神的慰藉与寄托,新建固然不必,彻底的毁灭更是荒诞而疯狂。

龙川据说原有牌坊14座,如今只剩2座,还有1座,就和这座牌坊隔河相望,结构类似,规模似乎略小。不知道当初是哪种力量保存了这座龙川最有象征意义的牌坊,也许恰恰是身居深山,多了这份阻隔与闭塞,让龙川在人祸中幸免于难,先祖的瑰宝得以留存;也许恰恰是多读了些圣贤书,让龙川人更懂得这座牌坊背后的意义,不忍对自己灵魂深处的家园进行摧残。这座牌坊,奇迹般地完整保存了下来。

同样幸免于难的还有胡氏祠堂。牌坊的石雕已是佳作，祠堂的木雕更胜一筹。龙川的祠堂紧依水街，大门气势颇为雄伟，屋顶四对戗角如四对鸟翼展翅，直刺苍穹，屋内三进功能分明，结构匀称。初入只觉顿生肃然，细一看，不由赞叹，那名目繁多的额枋、斗拱、雀替、柱础、扇门等，均是精雕细刻，或深或浅，或空或浮，凡雕刻之名目，无一不具。所雕之形，或人物，或植物，各具情态，无不藏着家族传承的故事与训导。就连屋檐的瓦当，墙角的砖块，也是匠心独具，每一片都雕刻着图案花纹，无处不透着大家族的底气与韵味。特别是那一组以"和"为主题的木雕，颇吸引眼球，原来当世的主张并非是一时的创新，只是把曾经宗族里已然保存的美德拭去迷离的尘埃，重生应有的价值。这样的雕刻，在胡氏祠堂里，比比皆是。

更别说处处可见的族规祖训，句句正人形、清人心，传递着家庭 400 多年积淀的人生阅历与追求。祠堂，是一个宗族的根，是宗族的精神家园，无论身在何方，根永远不变，就如手里拽着一根线，线的那头，是闯荡在天涯的族人，线的这头，便是这一方祠堂；祠堂，也是一座宗族的学堂，在教育缺失的几千年中华文明的进程里，维系着最质朴的道德标准的是祠堂，所有族人的启蒙便是在这庄严的堂前，听着族长的谆谆教诲完成第一课；祠堂，也是一种束缚，漫漫封建历程里维系宗族生存的纽带，族人总对祠堂抱有敬畏之心，对族人的奖惩大多便在这里完成，特别是那一声声鞭挞，绽开的是受罚者的皮肉，敲打的是所有人内心的"恶"，多少法律底线之上的道德约束，便是靠着这有形的祠堂的威慑。

龙川所见，应该是绩溪的一个缩影，那逐渐朦胧的徽州文化，在龙川又清晰起来。

2016-03-21

（二）徽杭古道

绩溪毗邻浙江，可是重重天目群峰割断了绩溪东北望临安的最后念想。

不是每一个绩溪人都安于贫乏，在与世隔绝的崇山中静度余生；也不是每一个绩溪人都愿意苦读圣贤书，只为了修身养性。

更多的人，在深山的苦读只是为了有朝一日能凤凰涅槃，科举致仕，改变家族的命运，彰显先祖的荣光，一如曾经的胡宗宪。

然而，也并不是每一个人都能成为胡宗宪。读了书，却依旧没有功名。要么选择在故乡沉默，在这地薄人密的山区苦苦挣扎，要么放手一搏，闯出大山。

面对着这片茫茫群峰，听着偶尔从山的那边辗转而回的故人口若悬河讲着京城的如梦繁华，看着一身光鲜亮丽的衣服，绩溪人踏出了第一步——越过高耸的群山去寻找改变命运的机会。

于是，带着自家的茶叶，挑着山里的特产，手攀脚蹬，越过浙皖天然的屏障，绩溪，终于第一次把触角伸向了平原；杭州，这座江南大城便如梦一般出现在绩溪人面前。于诗人而言，杭州是"山外青山楼外楼"的江南绝美，于绩溪人而言，杭州商贾遍地、满城繁华，背后是无尽的商机。本性的质朴，山民的耐苦，理学的熏陶，绩溪人似乎与生俱来是商界的宠儿，农耕文明在商品经济的萌芽里逐渐土崩瓦解，绩溪人牢牢抓住了这份机遇。

从此，一个个绩溪人，一代代家族，从天目的余脉里历经艰险而出，从宋朝的杭州直到明清的扬州，从自产的茶叶山货到壁垒层层的盐业，绩溪人也完成了从山里小贩到一方商贾的积累与转变。

走的人多了，原本杂树丛生的天目山也自然有了路，一代代成功的徽商，也自然不忘为后人留一条便捷的路，一块块青石板沿着先人的足迹不断延长，后人不再过于忌惮湿滑的山路侵蚀自己的身躯；一座座凉亭不时地出现，后人再也不用在暴雨骤降时于弥漫的雾水里踯躅前行。徽杭古道，便在一代代徽商的脚下绵延开去。

这条窄窄的古道，一头连着黑白徽州，一头连着烟雨杭州，看惯了碌碌行人，听倦了芸芸众生，不料在几千年王朝分崩离析的前夜，见证了徽商最后的辉煌。

在一个个远去的背影里，无不承载着家族的希望，充满对都市的憧憬，绩溪再次声名鹊起，隐约就在这些背影之中。

约莫鸦片战争之前的两三年里，这条古道上多了一个瘦小的少年，衣衫褴褛的孩子不时回望自己掩映在绿荫深处的故乡，看着斑驳的泥墙，贫瘠的土地，母亲渐淡的身影，不禁潸然泪下。这一别，少年终生未回绩溪，而中国一个新的商界传奇，自此拉开序幕。

这位少年，名叫胡雪岩，清末富可敌国的巨贾，官居二品的"红顶商人"。

不知道他第一次也是最后一次穿行在徽杭古道中，走在崎岖的山路上，踏着青石板上先人留下的磨痕，拖着疲惫的脚步，忍受劳累的销蚀，看着嵯峨的群山、缭绕的烟雾，耳边或鸟清鸣，或涧低吟，会做何感想；也不知道半个世纪以后，这位尝尽宦海沉浮，洗净铅华的垂暮老人在寂静而凄冷的夜里脑海中会不会浮现那条徽杭古道。

生于乱世的胡雪岩，抓住了每一个脱胎换骨的机会，利用了每一位逢凶化吉的贵人，创造了普通徽商遥不可及的成就，奠定了"红顶商人"亦官亦商的地位。

冥冥之中,胡雪岩和他 300 年前的同乡胡宗宪的命运惊人的相似。他们的崛起,都离不开那片学养深厚的徽州故土,更离不开造化弄人的时局。没有倭寇的入侵,成就不了胡宗宪的功绩;没有晚清的风起云涌,也就没有胡雪岩和政治的联姻,在镇压太平天国运动和洋务运动里左右逢源,长袖善舞,一时风光无限。两人的辉煌,都留在了浙江,残存在杭州歌舞升平的睡梦里。

他们的没落,都应了那句老话:"成也萧何,败也萧何。"胡宗宪毁于严嵩,而胡雪岩毁于左宗棠。左宗棠晚清彪炳史册的功绩里,总能依稀捕捉到胡雪岩的影子,可是政治斗争从来不以功劳大小为准绳,商人在官场里陷得太深,站队太明显,只能招来更多的敌视与嫉妒。不幸的是,这种敌视来自于比左宗棠更强大的李鸿章,李鸿章的身边,还有一个同样是风云晚清里的"红顶商人"盛宣怀。胡雪岩的对面,还有着更为强势的外来资本势力,内外夹击,失败是必然的命运。

只不过这种失败来得太急太猛,胡雪岩没有丝毫还手之力,一败涂地。外资的鲸吞,内敌的打压,各色官僚的蚕食,路人的落井下石,最后慈禧太后的革职抄家成为最后一根稻草,胡雪岩,彻底破产。

1885 年 12 月,一代巨贾、徽商领袖胡雪岩在杭州城凛冽的寒风里郁郁而终,死后葬于杭州西郊鸬鹚岭下的乱石堆中。不知道胡雪岩最后的留恋是什么。是繁华无尽的杭州,是安居群山的绩溪,还是那条改变了多少徽州人命运的古道?

如今的杭州城里,有一座闻名全国的"胡庆余堂",和北京的"同仁堂"南北相应。创始人便是胡雪岩,这也是他留给后世最重的遗物。

胡雪岩像流星般划过清末混沌的夜空,为中国传统商人留下最后的淡痕。那曾是无数绩溪人毕生膜拜的典范。胡雪岩之后,徽商便渐渐退出了历史的舞台。那是农耕文明的传统商人在新兴现代商人面前的溃退,是民族资本在浩浩外国资本前的灭亡。

胡雪岩之后,再无徽商。

徽杭古道,重归寂寞,唯有空谷的呜咽,石板的青苔,仍述说着那段徽商的历史,聊以慰藉。

2016-03-23

(三)好人胡适

胡雪岩之后,绩溪重归平静,平静中似乎在探索读书的真谛。读书为什么?是为像胡宗宪为政一方造福百姓,还是像胡雪岩物质丰盈救济四方?但是二者在历史的恒流里却都没有获得善终,谁之过?

似乎为了弥补这份缺憾,在胡雪岩于凄冷寂寞中去世 6 年后,绩溪的又一个孩子来到人世,这个孩子最终将告诉世人:读书,是为了做学问。

自此,绩溪 500 年,三朝出了三位天才,在明为官,在清为商,到了民国,为学。

这个以学闻名的孩子,叫胡适,在绩溪度过了生命中最初的 9 年。或许是绩溪这么个小山城过于人才辈出,后来者自然多了一分约束与压力,幼时的胡适失去了原本属于孩子天性的顽皮与野性,柔柔弱弱、温温顺顺,从小便被打造成了儒雅文气的孩子。

胡适的家族中道败落,父亲过早去世,年轻的母亲担起了这个家族的大任。可偏偏这位母亲是填房,胡适同父异母的两位兄长和他母亲年龄也相当,这种家庭的当家人是颇为难做的。初中课本里有一篇《我的母亲》,道尽了家人的冷言碎语,胡适母亲的忍辱负重,也让胡适学会了隐忍与宽容。

胡适的童年,便显得单调而沉重,一如徽州日益沉重的步伐。徽州的文化渐渐在衰弱的国运里老去,厚厚的历史积淀停滞了徽州在风云聚变的年代里前进的欲望,徽州与世外,不再是数重山的差别,而是农耕文明渐渐陨落的缩影。

胡适是幸运的,带着熟读的诗书,渗着程朱的理学,离开了故乡,在上海读书,最终成为庚子赔款的获益者,去了美国留学,他的导师,是赫赫有名的杜威。

从此,胡适的身上,东方的传统与西方的自由都打下了深深的烙印。似乎儿时的众望所归成了胡适求学的自然驱力,他在学问的路上一发不可收,毕生收罗了 36 个博士学位(虽然大部分是美国大学的荣誉学位,但我们却不能漠视他的影响)。26 岁,胡适成了北大教授,后来还做过北大校长。国内外对其认可,可见一斑。

他也脱不了学而优则仕的传统思想,做过驻美大使,后来去了台湾,也曾涉政颇深。

单看这一履历,胡适已不枉此生。

然而我对胡适的认识,来自于另外两件事情。

第一件自然是新文化运动,这场改变中国命运的运动的巨擘便是陈独秀、胡适。彼时,他们是精神的领袖,举国的高瞻,让几千年来专制之下受奴役的自由思想喷涌而出,胡适是第一人。是他,为在黑暗中摸索前行的国人打开了一扇通向光明的窗。

然而推崇自由的胡适却又心存宽容,后来陈胡两人分道扬镳,只因陈独秀更推崇暴力革命,而胡适寄希望于温和改良。因新文化运动而滋生的五四运动,掀起了民族主义的高潮。胡适认为:"新文化运动是那害了两千年瘫痪病的中国固有文明的对症良药,是当前救国救民的唯一道路。"他的理想是再造"中国式文艺复兴",而非被政治绑架下的淡化文化。

陈胡的分歧,在对白话文的态度上也是如此。众口一词,都觉得白话为上,尤其是陈独秀曾经言之凿凿,提文言必反。唯独胡适,觉得容忍着文言,推广着白话是个平稳的选择。如今来看,不仅文言文几近消亡,白话文也在网络语言的冲击下苦苦挣扎,国家回头大力提倡学古文,复国学,犹如把已摔碎的瓷器重新修补,实在困难,此一时彼一时,更显胡适之睿智。

曾经同为新文化运动呐喊的胡适与鲁迅也最终走向了相反的道路,鲁迅一向以斗士的形象激昂陈词,到末了,把胡适批得遍体鳞伤。然而胡适,并不人身攻击,或只谈思想差异,或三缄其口,最终只谈鲁迅好处,未曾发一言批判。

第二件是他的婚姻。按照胡适的地位与所受的教育,在民国那个渐开西化大门的时代,妻妾成群自然不被接纳,但是自由恋爱、离婚结婚应该是司空见惯的事,风流才子更是乐此不疲。

但是胡适却是个异类,他终生唯有一妻,这位妻子,还是母亲在他离开绩溪方 13 岁时的包办婚姻,是个典型的农村望族。而胡适,在中国的大都市上海苦读 4 年,在美国一待 10 年,母亲的一纸书信,居然就让他回国选择和素未谋面的江冬秀结发。一位擎着新文化运动大旗,倡导自由解放的领袖,居然选择了最传统的中国式婚姻,取了一个裹着小脚的山区女子。据说当时举国瞠目。也许,这就是根深蒂固的传统文化与引领潮流的自由文明在胡适身上的重合。

胡适不乏红颜知己，但是最终也没有迈过那最后的一步，却和妻子其乐融融，共度终生。其心态，其人格，值得世人尊重。

徽州文化的最后辉煌，归于胡适一身。胡适之学问人品，都该在浩瀚历史长河里留下浓墨重彩的一笔。

我们绕不过胡适的诸多观点。譬如"大胆地假设，小心地求证"，就是既要仰望星空，又要脚踏实地，对于如今的年轻人是很好的训导。譬如"做学问要在不疑处有疑，待人要在有疑处不疑"，句句是金玉良言，求学做人都讲了齐全。

1962年，胡适在台湾去世，这位从绩溪的水墨徽州里走出的一代学者，终于走完了自己的旅程。台湾与胡适也是宿缘，在襁褓里未知世事时，他就跟随着自己的母亲来过台湾，看望自己的父亲胡传。70年后，台湾居然成为自己的终点，胡适再也回不了自己的故乡。

蒋介石亲自写了副挽联："新文化中旧道德之楷模，旧伦理中新思想之师表。"鞭辟入里。

据说公祭典礼当日，来自全台湾的30万人自发向胡适先生告别。面对如此感人的送殡和路祭场面，江冬秀向长子胡祖望一声长叹："祖望，做人做到你爸爸这样，不容易啊！"

做人如此，夫复何求。

徽州，便在渐渐远去的先行者的背影里黯淡下去，杳无声息，厚厚的尘埃掩去徽州的过往荣光，烟云散尽，都付绩溪中。

2016-03-24

泾县，遗忘的一角

从绩溪穿过群山往北 100 千米不到，便是泾县，古称猷州，同属皖南，却并不在古徽州的地界里，虽也受徽州文化的熏陶，却向来隶属宣州。泾县背靠群山，却已有了成片的平地，县城里也不会抬头望山，腾挪的空间自是比绩溪来得大，穿城而过的青弋江，比绩溪要宽阔得多。

对于泾县，我全无印象，皖南的山区里，这样的小县城比比皆是，似乎也没有什么名人的典故。去过绩溪，自觉徽州精华于斯，其他的县城，无非鸡肋罢了。

细细一品，方才大悟，小小的泾县也着实有些说头。

（一）

755 年，对于泾县来说是个值得一书的年份。那一年，盛唐的辉煌随着安禄山的起兵拉开了渐行渐远的序幕。这一年，偏居皖南，远离喧嚣战火的泾县邂逅了一位名人，他，曾经"酒入豪肠，啸成剑气"；他，曾经"绣口一吐，成就半个盛唐"；他，敢让杨贵妃研墨，高力士脱靴。如今，却已过天命之年，两鬓斑白，风尘仆仆。他，便是大唐的诗仙——李白，南下投奔，恰路经泾县，受到当地名士的邀请，欣然奔赴桃花潭一聚，阅遍山光水色，尝尽美酒佳肴，也许，也在感慨世事冷暖。临别登船之际，名士依依不舍踏歌而来，这一别，让李白情由心生，一吟《赠汪伦》流传千古。

原本名不见经传的汪伦由此载入了史册，伴着那桃花潭水和李白扯上了细若游丝的联系，而桃花潭，见证了一段偶遇的友情，声名鹊起。泾县的历史，毕竟有了些许亮色。

那汪碧潭烟波,于李白而言,无非是过眼云烟,而汪伦,或许也只是他走遍大江南北,多如牛毛的追随者中的一位。不知在当涂病榻前,回首跌宕起伏的如梦人生时,李白的脑海里会不会残存着汪伦的影子。

1000 年的漫漫时空足够荡涤太多的记忆与沉浮,厚厚的尘埃掩去了曾经相知的身影,凋落的蛛网在岁月的消逝里抹去了觥筹交错的声音,李白的背影,在青弋江上终是渐行渐远。然而桃花潭和汪伦,却躲在大诗仙的千古佳作里幸存了下来,化作妇孺皆知的名诗,时时吟诵,直至如今,却又很难激起世人亲赴泾川,一睹芳容的兴致。或许是那首诗里,我们只看到汪伦的一片至诚,却难觅桃花潭的倩影。

桃花潭,终是被人忘却了的风景,化作了文字,静静安处皖南一隅。

(二)

文字终要从诗人的吟诵里落到纸上,未曾料想,这张纸,也和泾县脱不了干系。

中国的文化绵延千年,浓稠之至,然而无论是李白的"对影成三人",还是苏轼的"月有阴晴圆缺",抑或曹雪芹的红楼遗梦,颜真卿的雄浑遒劲,黄公望的一水富春,最终都离不开"文房四宝"的承载。想要让这些珍迹墨宝穿过厚厚的历史长空仍然保存着曾经落笔时的灵动,让那深浅浓淡墨韵依旧,让那金钩银划苍遒有劲力透薄纸,或是让那色泽分明纹理清晰,宣纸便成为不二的选择。而那名闻天下的宣纸,居然是泾县的特产。

不禁对泾县刮目相看。不敢想象,汴京城中,张择端闭目冥思,胸中丘壑渐成,睁眼,便是一大幅的宣纸;赤壁滩头,苏东坡豪气顿发,遥想公瑾当年,低头,还是那张韧而能润的泾县造纸;伶仃洋里,文天祥独立舟头,相望故国渐远,最后的豪情化作"人生自古谁无死,留取丹心照汗青"的千古绝句,笔下仍是一尺宣纸。

而这一张张宣纸,便是从遥远的皖南山区里散入帝都王城。在泾县,青檀木随处可见,树皮的坚韧细密延长了宣纸的寿命,沙质的田地里生长的稻草纤维增强了绵软,即便是山涧泉水也似乎为造纸而生,淡酸淡碱都是精细造纸上佳的材料。在这里,树和田、水和木成了绝佳的搭配。

这些材料在一家家造纸作坊里,在化学的作用下融在了一起,经过浸泡、漂白、打浆、抄纸、烘焙等一系列程序(据说有18道),原本看似普通的树皮稻草变成了世间最为精致的纸张,于是,中华几千年的兴衰荣辱,腥风血雨,花前月下,儿女情长,莺歌燕舞,醉生梦死,一股脑儿化作了宣纸上的黑白历史,凝成了各色文人的情长恨短。

不知道李白当初宣州别李云,泾县离汪伦之时,潇洒间抖落的美词佳句,是否恰好便滴落在宣纸之上,也不知道李白数下皖南,浑厚的徽州文化是否吸引了诗仙驻足。

然而200年后,一位偏居南京的帝王对宣纸萌生了更浓的兴趣,并专门设局监制上等宣纸,这种极品,被称为"澄心堂纸",有史记载这种纸为:"肤如软膜,坚洁如玉,细薄光滑,冠于一时。"这位帝王,便是南唐后主李煜,文学上的地位要远胜于政治上的作为。

澄心堂纸便和南唐的命运相依相生。李煜的才情文思,被小小的宫廷所束缚,无病呻吟,闲愁种种,艳色后宫,奢华盛宴都付此纸中。

不知道多年以后亡了国,荣华散尽,痛心彻骨,尝尽人世冷暖的李煜,在汴梁城里,西楼院中,"梦里不知身是客"的他,回首故国不堪往事,垂泪下笔,眼前是否仍是那张"澄心堂纸"?

宣纸的巅峰时代,却是过去了。

如今的宣纸制作工艺,在工业化的浪潮里苟延残喘,宣纸的根是传统的千年文化,也许我们还有着传统文化的"形",然而古典文化的精髓,却已在现代的浮躁里痕迹渐淡。

文化淡了,宣纸又哪里能来生命?

2016-04-22

衢州，隐身浙南的圣地

衢州城下

《说文解字》有云：四达谓之衢。衢字字形也直观，大路中间双眼能看到鸟的地方就是衢，在通达之外还多了一份美丽。

从杭州向西南而去，群山连绵，中间唯有一条平路相通，分成三支相连赣闽皖三省，这地方，自然成了四达之地，这个城市便是衢州。如今，铁路公路无论在浙江省内如何发达，最终都汇聚在衢州向南出省而去，交通地位可见一斑。

得天独厚的地理位置也孕育了衢州独特的文化。乱世里，南征北伐，攻城伐寨，衢州自然成了绕不过去的坎。古来衢州的战事也就没有消停过，无论是搅动大唐半壁江山的黄巢起义，还是震慑北宋东南根基的方腊起义，都在要冲衢州留下了或深或浅的印迹。当然，最壮烈的，莫过于抗战时的衢州保卫战，数万儿女前赴后继死守衢州城，弹尽粮绝，最后 1000 多名战士从水亭门城墙上跳江自尽，如今衢州斑驳的古城墙上依稀残存着血雨腥风的过往。

硝烟里铸就的血性也便融入了衢州人的脉络里，衢州不绝的群山又赋予衢州人硬气，加上山里浓烈的湿气，衢州人吃辣的本事就特别有名。"三头一掌"就是衢州的特色,鱼头特点倒不鲜明,鸭头鸭掌如今也早已传遍全国,唯独兔头仍然是衢州一地独有的美食,别处难觅踪迹,外人见了兔头难免瞠目,不敢下嘴。初尝衢州美食,往往享受不了口味极重的辣,面红耳赤,长吁短叹,火烧喉咙,心中也便只能暗暗佩服衢州人的勇气与胆略。在和平的年代里,衢州人的个性便在美食里一览无遗。

盛世里,免去了战火的衢州就显得宁静了许多。这里,更多地成了行人商贾来去匆匆的驿站,清丽的山水,又颇能吸引骚客的眼球。古往今来,吟诵衢州的诗不少。最负盛名的却是不太出名的曾几留下的《三衢道中》:"梅子黄时日日晴,小溪泛尽却山行。绿阴不减来时路,添得黄鹂四五声。"道尽了江南山地初夏时节里的秀丽。诗如衢州,似清秀江南女子般恬静,丝毫无粉饰喧嚣之意。

曾几有一位学生名声却大得多,一生笔耕不辍的陆游也曾打衢州走过,不过衢州的山水风光难以安抚他那颗忧国虑难之心,一首《衢州道中作》便不见曾几的悠闲,字字沉重得让人难以喘息。

衢州于宋见诸诗文最盛,只因大宋的半壁江山里江南的通衢所剩不多,南下西进总绕不过衢州道。

南宋尤胜。南宋一朝,出过著名的"东南三贤"——朱熹、吕祖谦、张栻,都是名噪一时的理学大家,奠定了后世影响深远的理学基础。"鹅湖之会"是朱熹和陆九渊的理学正统之争。而这三人在衢州的相会却少了针锋相对的硝烟,坐以论道,讲学听经,诗文会友,氛围宽松。这一聚,也让南宋理学的光芒愈加耀眼,这就是著名的"三衢之会"。

有了这次相会,衢州的文化底蕴便厚实颇多。残留的点点书院遗址、处处非遗痕迹,都是对这段历史最好的传承。衢州人的性格里,也更增添了几分稳重与内蕴,加以清澈如昔的衢江和乌溪江,衢州的硬气里又有了几丝韧性。衢州,也就显得硬气却不呆板,豪放而不失细腻。

中西合璧的衢州老城区

如今的衢州,偏居浙西南一隅,背靠连山,多少有些落寞;远离长三角,相连赣东闽西,都是经济尚不发达的连接带,衢州成了经济大潮里容易被遗忘的一角。

也许正是这份遗忘,让衢州在经济的大潮里得以喘息,少了一份浮躁,多了些传承。

古老的城墙终是在风起云涌的拆迁里存活了下来。衢州至今保留着水亭门和大南门两段古城墙,沧桑的泛着青绿的城墙根记载着衢州城千年的沉浮,古城的框架也隐约捕捉得到影子。城墙边,是恢复的衢州老街区,青石板的路面,白墙黛瓦的建筑,兼以黄色墙面的西式小楼,墙红佛黄的庙宇,衢州的老城显得静谧而多姿。遥想当年的晨钟暮鼓,江水泛波,好不羡慕浙南古城,多少文人雅士在这里停下匆匆的步伐,心神俱宁,佳句连连,说衢州宜居,并不虚传。

衢州是幸运的。就连新建的商业区也努力保存了复古的风格,让衢州的古韵在现代的脚步里显得并不突兀。和高楼如雨后春笋般拔地而起,疯狂拆造的很多城市相比,衢州无疑是睿智的。

跌落在浙南的孔儒

2000 年的封建王朝总是上演着你方唱罢我登场的更替大戏。辉煌如刘汉李唐,仓促如南朝五代,城头始终变幻着大王的旗帜。

然而有一个家族,横亘 2000 年,无论王朝兴衰沉浮,总是尊贵有加,荣华不尽。这个家族便是曲阜孔家,孔子的历代后人享受着祖先给他们留下的荫庇。

孔夫子生前游历列国,奔波疲敝,处处碰壁,和诸子争鸣也常常理屈词穷。忙于战乱的诸侯愿意一听孔子高论却从不肯虚心接纳,盖因满嘴的仁义道德扑灭不了诸侯争鼎天下的雄心,一地的善恶礼数驱除不了铁甲雄师手上的尖兵利器。

困顿不堪的孔子在悲天悯人里怅然而逝,却未曾料到身后 400 年,曾经在百家学说中苦苦挣扎的儒家,离开群雄逐鹿的乱世,崇尚的纲常伦理竟然成了皇家统治的利器,顺势一跃,成了诸子的首领。到末了,一家独大,独统思想,成了高处不胜寒的儒教,筑就几千年士人的精神家园。

历代帝王和儒教的关系便微妙起来。大凡一个王朝兴起,总要粉饰太平,给自己披上上承天意的外衣,然而建立新的帝国,执行新的制度,只是实现了"治统";功成骨枯金戈铁马间夺得的天下总要用文化去洗刷斑斑的血迹,为了让新王朝崛起顺理成章、水到渠成，也要寻求士族的支持，而如宗教般存在的儒教便是士族精神的家园，得到儒教的支持，才是实现了"道统"。"治""道"相合，才是一个王朝安身立命的根本。

儒教的精神领袖，自然是孔子，然而孔子早已驾鹤西去，最理想而又最实在的代理人，当然是孔子的后裔。于是，曲阜的孔氏俨然成了虚幻的儒教的首领，一代代帝王登基，总不会忘记给孔氏以封号爵位，到了后来，"衍圣公"成为孔氏的世袭称号，代代相传，甚至曾经闹出过宋元金三足鼎立时各立孔裔来彰显正宗。而孔氏家族却也深知轻重，少谈国事多参儒说，改朝换代似乎并不关孔家的事，依然享着孔氏家族独有的荣耀。

1128 年，注定是孔氏家族史上的水分岭，金兵的铁蹄征服了宋朝的首都汴梁，徽钦二宗耻辱地被异邦俘虏做了阶下囚，半壁江山分崩离析，仓促继位的赵构仓皇南逃，在扬州宣布登基。苟延残喘的南宋朝廷却并没有忘记祀典的礼数，急招尚在曲阜的第四十八代衍圣公孔端友。深知此次南下归期无定的孔氏后人，毅然率本支来投，随行的，是孔氏家族的圣物——孔子和亓夫人楷木像。对于赵构而言，孔端友带来的是儒教对大宋王朝的忠诚，以及南宋王朝正统地位的确认。

不料宋高宗狼狈南逃，辗转不定。孔氏一族无奈地放弃了北归的梦想，跟着宋高宗一路向南。我很好奇，在这长长的随行的逃窜队伍里，孔圣人的后人是否会见到山东的老乡，一代奇女子李清照。但是他们都选择了浙南作为最后的归宿，李清照留在了金华，而孔端友选择了衢州。

颠沛流离的生活终于在衢州结束，吃惯了大饼卷大葱的孔氏不得不接受衢州的辛辣之味，曾经一马平川的齐鲁平原也换作了推窗见山的江南山地。然而生活的适应并不是最为艰难的，离开曲阜，孔氏的身份便显尴尬，往常逢年过节的祭祀都在家庙里举行，尤其是孔家，纲常伦理原本就是孔夫子的思想，乱了纲常，失了礼数，便是对祖先的叛逆。可偏偏孔家的家庙，不是随意可以立的。中华之大，凡有爵位均可立家庙，可是赵宋的家庙却不能轻易在杭州重立，重立意味着对先祖基业彻底的放弃，意味着临安不再是临时的停靠点，这对梦回故乡的士族来说是不能接受的现实。而儒家的精神家园自然不能离开曲阜重建，一切宗室的轻举妄动都会演变成政治上的你死我活、腥风血雨。孔庙过于强大的象征意义让赵构也不敢轻开御口，南孔一族便在这份煎熬中苦苦等待。

这一煎熬就是 120 年。1255 年，孔庙终于在衢州落成，这也意味着，南宋用了 120 年才终于让满朝文武、举国士族默认了北方的家再也回不去的事实。作为儒家精神寄托的家庙终于填补了孔氏的缺憾。衢州孔庙的落成，标志着孔氏南宗的确立，这时，孔氏在衢州已经繁衍了 6 代。

然而孔庙挽救不了南宋的命运。彼时，强悍的蒙古铁骑已经统一了北方，虎视眈眈地盯着风雨飘摇的南宋政权。孔庙建成 24 年后，南宋灭亡。

南孔的故事却依然没有结束，生于草原的蒙古政权虽然不屑于南人的繁缛礼节，却也不敢小觑儒教对汉人的精神影响。原本混乱的金元两国各立了留守曲阜的孔氏"衍圣公"。灭了金后，由于两位北方的"衍圣公"互相倾轧，争宠新主，结果双双丢了爵位，让曾经立于圣坛之上的孔氏后人斯文扫地，也让汉族士人脸面无光。

然而国家仍然需要"衍圣公"。南宋灭亡 3 年后，元世祖想到了仍在衢州的前宋遗民，孔子的第 52 代传人——南宋"衍圣公"孔洙。

孔洙奉诏北上，圆了几代孔氏传人的梦想，再次拜谒了曲阜孔庙。只身入京，朝见元世祖忽必烈，背后，是千万汉族士人复杂的眼神，道统领袖的作为将左右南方士人赖以支撑的精神。继承，宣告着孔氏率先抛弃了对南宋的忠诚，背叛了汉族的历史，这种背叛，影响之大远超汉族王朝的更替；不继承，激怒盛气凌人的蒙古新主，对本就岌岌可危身处水深火热之中的南方士族也许是致命的镇压。

孔洙，以其儒家的中庸智慧巧妙地处理了这一棘手问题。元朝封的官职，接受；元朝赐予的护持林庙玺书，笑纳；但却拒绝了北归奉祀的要求。引经据典，从容陈情，并交出了前宋皇室颁发的袭封铜印，自愿放弃爵位。

中华历史的尊严，往往是手无缚鸡之力的士族挽回的。改朝换代大难将临之时，手握重兵戎马倥偬的将帅总有人倒戈一击，自甘沉沦；这时，或力挽狂澜于旦夕或以卵击石明知不可为而依然以身殉国者，恰恰是这些看似柔弱的书生。因为他们心中依然持有道义的底线，因为他们早已把生死置之度外，南宋的文天祥、陆秀夫，后世的方孝孺、于谦无不如此。而这，往往能够融化钢铁般强硬的君王。

面对孔洙，东征西战所向披靡，建下旷古伟业的忽必烈不得不赞："宁违荣而不违道，真圣人后也！"自此，放弃了南孔北归，孔洙有生之年，没有再封衍圣公，主持曲阜祀典。

在等级森严的元朝，那一刻，汉族士人的内心应该是澎湃的，几千年儒家文明的脸面终是在孔洙的一己之力下保全了下来。

　　从此，大一统的中华大地上孔氏南北宗同列，但失了爵位的南宗再也没有南宋时期的振臂一呼，举国相望，南宗的影响力渐渐消失在历史的长河里。

　　对于衢州而言，未尝不是好事。以衢州这么一座清丽的江南山城，背着世袭的王公头衔总显得步履蹒跚。飘然世外，静安修身，是属于衢州的特质，没有了爵位，回归平民的南孔，才能把儒家的精髓沉淀到衢州的土地上去。

　　如今，我就站在孔庙前。孔庙孔府相依，前厅堂庙阁，后亭台轩榭，进第分明，处处精致。红墙黛瓦，碧草翠叶，瘦石肥潭，藤蔓相垂，游鱼互嬉，庭院深深，暗香阵阵。典型的江南建筑风格，虽然以曲阜孔庙为基，却不以恢宏取胜，不失小巧素雅。

南孔思鲁阁

　　天下的孔庙结构大致相似。只不过这里多了功祠（历代有功于南孔的名士）、六代公爵祠（南孔的六位"衍圣公"）、思鲁阁，这些成了衢州南孔的特色。

　　穿过一间间庙堂庭院，寂静无声，似乎空气里依然飘荡着琅琅吟诵声，一根根墙头草穿过斑驳的瓦当，历经沧桑依然如旧，这里就是曾经支撑半壁江山的儒家精神的家园。

历史似乎总在不经意间和世人开着玩笑，时间可以抹去太多的痕迹与记忆。曾经嚼着大饼，满嘴山东口音声如洪雷的孔氏，在这里已经褪去北方的外衣，即便正襟危坐，嘴里也是啃着衢州的三头一掌，操着吴地方言低声细语，谁还记得这一改变背后曾经沉重的过往。

不禁哂然。

碧玉药王山

大凡大江南北的风景，要么如大漠孤烟、浪涛沃日，以其气势令人心潮澎湃，激得自己雄心乍起；要么如烟柳拂水、山谷空鸣，以其温婉令人心旷神怡，换得内心一分宁静。

江南的山水往往属于后者，衢州尤胜。衢州多山，山自然不像西北的磅礴雄浑，座座清丽如小家碧玉，都在江南小有名气。江郎山以其形独特闻名，烂柯山因围棋结缘而传世，天脊龙门凭其险峻而夺人眼球，任何一处景色都值得驻足悠游。

衢州的山水我其实在两年前就曾接触。我们从广西自驾归来进浙江的第一站便是开化，这座山城以其空气清新、水纯木秀让人顿时神清气爽，一扫疲惫。可惜半个月的阅景无数，失去了审美的兴致，归心似箭，对衢州的小山水并未细品。

此次我们去药王山一观。正值降雨，路边便是乌溪江，江面不宽，流水却急，碧波见底，素浪激石。顺着乌溪江溯流而上，便到了药王山。

大凡名山大川总要和文化沾染点牵连方显底蕴。药王山自然脱不了这个俗。传说药王孙思邈曾在此山中采药炼药，其他有名的医界名人如扁鹊、华佗、李时珍都在此留下足迹，方得此名。

初听着实一惊，小小的药王山竟然囊括了中国几千年医学史的全部精华，细一想，无非是一个旅游宣传的把戏罢了。反正医者的地位并不足以载入正史，也便无从寻经据典，既然死无对证，也就大胆喧嚣了。

据说中国名为药王山者比比皆是，不过因孙思邈得名的药王山，衢州这座并不是最有名的，药王的故乡陕西那座似乎更能让人信服。

宣传得如此草率，文化挖掘也便成了空中楼阁。药王山号称中草药的宝库，一走进去，其实无非就是路旁的树上挂上个铭牌，一路到底，也并没有见到中草药文化的呈现。

里面也的确没有什么吸引人的景致，糊弄游客搞的几十只猴子号称是野猴，即便放养也都乖乖地依着"猴屋"活动开来，景区宣传的"野猴出没"毫无踪影。

辛苦爬上山顶，也不似其他各处有着登顶的标志、显著的建筑。无处驻足欣赏一下顶峰的风景，似乎到了山顶便偃旗息鼓，于是便灰溜溜下了山。

开发不到位，人气零散，让景区的管理也松散起来。忽悠着给游客看个相，进药王庙烧个高香等早已过了时的伎俩，还处处可见；更有甚者，爬山的木质栈道已经随处可见腐烂与松弛，踏在上面有点胆战心惊，管理之乱，可见一斑。

唯一庆幸的，是山还有一些本色的风景。偏居深山一隅，人迹罕至，各色藤萝翠蔓层层相覆，铺天盖地而来，恣意地相互纠缠，绿意浓郁却不单调。时阴时雨时节，山谷湿气弥漫，山腰云雾缭绕，仿佛满山的翠色都化作滴滴雨丝，轻润开来。不时传来泉水激石的潺潺水声，若隐若现，如窃窃私语；偶尔伴着山风呼啸，勉强添了一丝气势，一转弯，留下回旋的倩影，依依不舍地顾盼而去。

马尾瀑也许是这座山中最能让人留下印象的景色。一股清泉如白练般从山顶飞泻而下，高约百米，下有清潭。在斑驳而坚硬的石壁映衬之下，更显其娇小玲珑，纤柔瘦弱，似藏在深闺的少女，静默无声。颇似袁枚笔下的温州雁荡的大龙湫，高处尚为瀑布，及至山腰，已经在阵阵山风里松弛下来，摇摆起来，疏散开去，化为烟雾、玉尘，似婀娜起舞，又似醉步娇媚。水雾随风而动，时而拂脸，时而沾发，时而飘向石壁，染湿了一地野草，瀑布边上便也更显得生意盎然，绿得水灵。药王山的清丽秀气，尽在马尾一瀑。

雨势渐急，栈道湿滑，我们不敢再驻足四望，只在水汽氤氲里谨小慎微地探寻脚下的去路。

或许，放下杂念，闲庭信步，才是此行的真谛所在。

衢州，也便渐行渐远。

2016-05-03

跋山涉海闽地行

游离的东南

福建,因其境内古有"福州""建州"而得名。福州如今仍是福建的省会,而曾经风光无限的建州,却在漫漫历史长河里停滞了前行的脚步,渐渐沉默下来,如今改了"建瓯"的名字,依附在南平市下成了县级市。抖落了满身的历史尘埃,建州也便消失在人们的视野里。

福建简称"闽",古人所谓的"虫"意义涵盖极广,大虫便是老虎,长虫便是蛇类,许慎在《说文解字》中曾经解释过:"闽者,东南越,蛇种。""虫"的叫法也是北方才有的习俗。也许在当时北方的中原人眼里,山陬海澨的福建颇有几分神秘的色彩,闽人是崇蛇的族群,福建是个家里都会有蛇的地方吧。

福建由是变得朦胧而隐约,我曾经也不解为何我们的近邻总会让人有遥不可及、偏居一方的感觉。直到我准备前往时细细品味地图,直到我花费半日时光穿越重重山峦终于身临其境时,方才恍然大悟。

福建多山,据说山地占了九成的面积,地图上除了狭长的海岸线旁出现了代表平缓地带的绿色,其余的地方全部是由浅入深的黄褐色。连绵不绝的群山前赴后继般涌向海边,稍有不慎的,便跌落在东海中成了一座岛。

此次南下福建,感受颇深,我们从衢州出省,向西擦过江西上饶,便直接南下抵达武夷山。过了衢州界,连绵起伏的群山迎面扑来,重重复重重,望不见尽头,高速公路似乎是硬生生在群山里撕开的一条口子,真如一条细蛇蜿蜒辗转在山中。

此后大部分的时间,我们从武夷山南下到龙岩南靖,无不是如此,而那一条条或短或长的穿山隧道似乎永远走不完,总是无时无刻不在眼前忽隐忽现。

我们曾纵穿广西,广西山多,却不似福建如此密集,公路也总能沿着山脚造就,无须处处洞穿隧道;我们曾横越江西,赣东北的山势如福建一般,也是隧道连连,但毕竟只是偏聚一方,过了景德镇也便一马平川;唯独在福建,不尽的峰峦,不计其数的隧道,漫山遍野浓郁的植被,或万竹朝宗,或群松轻啸,满眼的浓绿,时间久了,就显得单调,带来阵阵审美的疲劳。

在这份疲劳里,我却渐渐领悟了为何这片毗邻而居的土地却总让我感觉遥不可及:群山无数,消磨了西北望长安的豪情;天高地远,堵塞了风谲云诡的信息;通途难觅,滞缓了中原文明南袭的步伐。

于是,福建的似近实远便不再难理解。中原向来是中华文明的核心,群雄逐鹿的岁月里无暇顾及福建这片几近天涯的蛮荒之地;自古农耕文化才是中华赖以生存的主流,福建的依海傍山恰恰缺少农耕文明扎根的沃土。

福建,便被遗忘在东南一隅,静默地依偎在历史的角落里,拥着不绝的群翠,吹着东海的暖风,远离中原城头变换的王朝纷争。

这份孤独与游离,随着中原士族几次逃避战乱的南迁,最终冲破了大山的层层阻隔,在时间的蚕食里渐渐瓦解。沉默的福建,带着浓重的闽语口音,发出了属于自己的声音。

时间已是大宋。

对于南方来说,真正走上历史的舞台,不再是中原的附属品,应该是在宋朝。大宋之前,强者如汉唐,强盛的中原足以支撑整个王朝,福建的存在有如鸡肋,只是炫耀版图的薄地;弱者如两晋南北朝,南方的政权苟延残喘,自顾不暇,福建已是鞭长莫及。

而在大宋帝国,福建迎来了天赐良机。说是帝国,南北宋却是军事羸弱、经济文化发达的畸形儿。到了南宋,守着长江一线,能够支撑帝国的也只剩下了南方诸地,曾经的中原如今早已成为北方各族的盘中佳肴,一个个耳熟能详的地名只能存活在文学的世界里成了文人的故国。

远离战火的福建,没有硝烟的侵扰,自然成了南下的中原文化极好的庇佑,饱受沧桑的中华文明便在福建的大山里潜滋暗长,浓厚的文化气息渗透到大山的每一根血管里。饱读圣贤书的闽人便在流逝的岁月里打开了封闭的大门,一个个不世出的天才将从这片土地上鱼贯而出,支撑福建士族最初的荣光。

但是这份荣光却总带着些许苦涩,大宋一朝,原本人才辈出的北方沦为夷狄,给了南方的新兴士族更多觊觎权柄的机会。然而南北士族的明争暗斗,都在维护着自己阶层或自己地域的权益与优势。福建的士族虽然抓住了权力的机遇,甚至曾经触摸到权力的核心,但是想要被传统势力认同与接纳,却依然遥不可及。

据说福建人在北宋政坛上有个专用名词:福建子。此"子"并非"孔孟子"之类对人的尊称,恰恰相反,更近似"竖子"之"子",充满了蔑视。据说最早出自《宋史·吕惠卿传》:"始,惠卿逢合安石,骤致执政,安石去位,遂极力排之,至发其私书于上。安石退处金陵,往往写'福建子'三字,盖深悔为惠卿所误也。"

《宋史》是元末名相脱脱所编,距南宋灭亡已 60 多个春秋,距王安石隐居金陵更是长达 250 多年,时日既久,文化又有隔阂,是否掺杂了对前朝的扭曲,王安石是否对吕惠卿憎恶如此,我们暂且不论。但是以"子"来形容一省之士,毕竟鲜有所闻。

福建人所处的尴尬可窥一斑。

尴尬不仅如此。《宋史》传记中专设"奸臣传"的章节,罗列了 21 位大宋奸臣。虽然名单颇有争议,定性也不尽缜密,但被钉在奸臣的耻辱柱上,毕竟不齿。令人嗔目的是,福建人居然占据了三分之一!

吴处厚,福建邵武(今南平)人;

吕惠卿,福建泉州人;

章 惇,福建浦城(今南平浦城县)人;

蔡 京,福建兴化军仙游县(今莆田市仙游县)人;

蔡 卞,同上,王安石之婿,蔡京之弟;

蔡 攸,同上,蔡京之子;

蔡 确,福建泉州人。

与这 7 人相伴的,是臭名昭著的秦桧、万俟卨、韩侂胄、贾似道之流。

这份名单鱼龙混杂,是非曲直如雾里看花难辨真伪。福建的 7 人,固然有蔡京之流名正言顺的奸臣,却也有更多王安石变法之时的改革主流。

《宋史》的材料依然来自宋代的各种史册记载。这份名单的后面,我依稀可辨的是改革派和保守派之间的刀光剑影,是福建士族在传统势力前的栉风沐雨。历史固有后人评说,然而已经抹去真相的历史早已烙上笔者的烙印,沧海横流改变不了"奸臣传"已成的事实。

福建,依然游离。

可是游离的福建却有着包容的胸怀。中华 5000 年历史里,大一统王朝只有两度被北方的游牧民族征服:一为宋,一为明。大漠草原的蒙古族和白山黑水的满族以其彪悍和野蛮,征服了曾经炫耀星空的儒雅的汉族文明,溃败的帝王残余不约而同地选择了福建作为最后苟延残喘的依靠,盖因企盼着最后的群山能阻断势不可当的南下铁蹄。

残酷的现实浇灭了汉族士族最后的幻想。

1276 年,9 岁的宋端宗赵昰在福州登基。半年后,元军攻入福州,宋端宗仓皇出逃海上,在茫茫东海上受尽惊吓,两年后死于雷州。

370 年后,44 岁的唐王朱聿键在福建登基,是为隆武帝。不久,清军攻入福州,隆武帝被俘,绝食而死,挽救了汉族帝王最后的一点尊严。

2017-01-04

武夷三绝

闽浙赣交界处,曾经有一座小城,依偎群山,似安睡襁褓之中,啼笑声穿透不了厚重的群山,回音只能在耳畔缭绕。

这座小城便是崇安,在中国历史上寥无名声,深山里的边境小城,原本并无可述。

偏偏崇安的群山有个响亮的名字,崇安也最终因此山丢了自己的身份。

这座山便是武夷山。一如徽州的命运,一座黄山替代了所有的过往烟云。如今,我们只知武夷,未闻崇安。

却又难怪武夷,武夷的名声太盛,自古亘今收获的美誉不胜枚举。懵懂年少时便有了对福建依稀的印象:厦门看海,武夷看山。

如今,我们便有了一睹武夷真容的机会。

(一)烈日游武夷

我们抵达武夷山恰好是正午,原本为节约时间准备下午登山。入住宾馆的服务员听闻大惊失色,连连劝阻,说武夷山上缺少遮阴的大树,且和浙江的山区一样,8 月的福建酷热如火,昼热晚凉,下午上去,恐怕要成"人干"的。

多年的出行经验,让我们养成了顺势而为、宁信其有的好习惯,我们自然畏而却步,索性在宾馆休整,研究研究景区的路线,等待最佳的爬山时间。

第二天天明,我们起了个早,阳光固然尚不刺眼,但是群山环绕,湿度颇重,还未迈开步子,身上已然黏糊糊。

武夷山景区的管埋井然有序,几个风景点由景区内电动车相连，既环保又便捷。考虑到一天的时间有限，我们选择了天游峰、九曲溪、大红袍、武夷宫几个主要景点。

相传上古尧帝时期，彭祖率领族人移居到闽北一带。当时此地洪水泛滥，到处汪洋一片。彭祖的两个儿子彭武和彭夷带领族人堆山挖河，疏浚洪水。后人为了纪念武、夷两兄弟，就把堆成的山脉叫作"武夷"。

如今，我们就站在武夷山下，群山连绵，地势险峻，然而山并不算巍峨高耸。

我的故乡虽处江南，但除了"杏花烟雨"，却也常见山峦绵延，不过江南的山，总是腼腆而秀气，山势偶有峻峭，却也绿意盎然；我也领略过桂林"喀斯特"地貌的山，独峰座座，植被虽不挺拔，却是肆意狂野；我更惊诧过塞北的高山，满目枯黄，尽显沧桑与凄冷。

可是武夷山，别有味道。屹立东南，流水腐之，烈风蚀之，地震崩之。在大自然的手里，武夷成了绝好的玩具，任其玩弄，极尽蹂躏。武夷诸山，或削尖成峰，或拉扯呈岩，或刀劈成嶂，或扭曲成岭，千奇百怪，各具形态。造物主一不小心成就了独特的武夷，末了，还留给武夷一身赤壁丹岩。这就是大名鼎鼎的丹霞地貌。

据说丹霞地貌"色如渥丹，灿若明霞"，印象里甘肃张掖的丹霞色彩明显，最近此说。

然而张掖毕竟是塞外蛮荒之地，人迹罕至，少了中华文化里内敛克己的熏陶，多了塞外民族张扬泼辣的味道，连带着山水也染上了人的气息。

可东南的武夷却绝不如此，同是丹霞地貌，武夷山并没有大胆的色彩、张扬的线条，通体的灰黑色里隐约透着一点暗红，显得低调而内敛。丹霞，便给了我别样的感触。

景区的入口，到处修竹滴翠，苍松掩映，遮天蔽日。虽是酷夏，却顿觉凉意横生，颇似空山新雨后。

我们便拾阶而上，一头钻进了"绿海"。徜徉其中，翠色逼人，深吸一口，如薄荷糖融化在喉间，馨人心脾。路边的巨岩无不披上一层或深或浅的苔衣，遮掩了斑驳的岩体，拂去了人间沧海桑田的岁月痕迹，便如清癯老人，只知其老却瞧不出高寿几何。两旁的树或是星星点点露出点苔痕，或是藤萝垂蔓一股脑儿挂降下来，显出点古朴悠远的样子。就连行人如织的石阶上，也总有几根小草顽强地钻出来，绿了阶，柔了石。

如此阴凉之地，自然也是虫鸟的乐园。武夷素有"研究两栖爬行动物钥匙"的美称，此次经往，果然名不虚传。一路行来，悦耳的各色鸟声不绝于耳，无不是避暑纳凉的惬意悠闲，听着听着，便觉得鸟儿的声音也是绿色的。随处可见色彩艳丽的蝴蝶或轻倚枝头，或弄翅起舞，在漫天浓荫里格外醒目。地上的变色龙便狡猾得多，披着保护色大摇大摆地从脚边踱过，稍不留神便错失了欣赏异类的良机。武夷山的蜥蜴也是别处少有。只是我们一行人生物知识匮乏，看在眼里只知道是会变色的蜥蜴。

山路并不陡峭，沿着石阶而上，并未气喘吁吁，虽是盛夏，也未挥汗如雨，我便对武夷山有些小觑。但凡名山大川，之所以名震天下，除了风景自然绝佳，人文底蕴也必深厚，而山势也需陡峭，所谓"无限风光在险峰"就是这个道理。一路坦途，也就剥下了山川"欲抱琵琶半遮面"的面纱，泯灭了文人墨客才情横溢的灵感。

正自为武夷遗憾，眼前突然一亮，不知不觉我们已经走出了"绿海"。

随即为之一震。

武夷山下九曲溪

一块偌大的岩石突兀而现,似从天而降的硕大屏风,大自然的鬼斧神工凿得"屏风"千沟万壑,如一张苍老的脸庞被抓出了一道道印痕,又像嶙峋老人身上的根根肋骨,斑驳之间尽显沧桑。假若天降大雨,雨水从这些沟壑里激荡而下,必是一张气势磅礴的"天幕"。岩石通体光秃,唯有岩顶岭上稀稀疏疏挣扎着矮矮的植被,几棵大树拔地而起,点缀其间,分外孤独。走近了看,岩石上有着一层或浓或淡的分布不均的青苔。游人如织,远远地只能看见一个个身影紧紧相连,如蜿蜒长龙不见首尾。

这便是天游峰,武夷群山里第一胜地,武夷的不尽风光,居然就被这座光秃秃的岩石占了大半。

我们绕到天游峰正面,找到了上山的正道:窄窄的台阶勉强可容两人交接而过。石阶因势而筑,不算平整,台阶颇高,抬头几乎碰到前人的屁股,连跨几阶便觉气喘。台阶边水泥浇筑的栏杆约莫半米高,倚着栏杆半个身子仍在空中,顿觉忐忑。

一行人小心翼翼随着长龙而上。由于"恐高",我更是不敢四处张望,紧随前人步伐,生怕踩了空。喘气声渐重,小腿微酸,彼时日头已高,毫无遮挡的岭上如烤"人干",身上也早已汗流浃背了。

两边略无所依，唯有阵阵山风掠过，晃得人心生余悸。幸好游人摩肩接踵，心里稍安。

约莫个把小时，这段总是走不完的山路终于在一股清泉处到了尽头。尝口微甜的泉水，我们便到了天游宫，也终于可以闲适地一览武夷风光了。

远处烟雾茫茫，身影绰绰；眼前群峰点点，叠翠层层。壁立万仞的天游峰下，群峰之间，一带碧水如绕指柔般逶迤而出，水里竹筏片片，倒影涟涟，清新而不失妩媚（这便是九曲溪，也是下午我们要漂流的地方）。

一行人登高望远，心旷神怡。孩子突然冒出一句："这些山真像小妖啊！"最初不解其意，一番解释，不觉哂然一笑。2016 年的电影《捉妖记》里，那个可爱的小妖王胡巴头顶一簇绿色，圆圆胖胖的。这里的山座座头顶郁郁葱葱，山腰却一身褐里透红，鲜有绿色，确实相似，更像历经沧桑、年近古稀的胡巴。

疲劳便在山清水秀、风轻云淡、欢声笑语里销声匿迹。

下了山，我们马不停蹄地走了大红袍、水帘洞几个景区，约莫 4 点多，重新回到九曲溪漂流。

下午 4 点的武夷，本该烈日依旧悬空，孰料天公作美，云层渐厚，暮日的余晖早早消失在湿热的空气里，酷夏的炭气也在重峦叠嶂间渐渐淡去。末了，居然时不时还洒下几滴雨。

我们便在残存的暑气里踏上了竹筏。

九曲溪的漂流，虽不像广西阳朔遇龙河漂流般静谧纯澈，顿觉时间为之凝固；也不似其他漂流讲究刺激惊险，直让人血脉贲张。九曲溪因势而流，便如一首清丽的古乐，忽而疾，忽而缓，忽而叮咚大作，忽而静默无声；更似深闺少女，时而含羞遮面，时而凝神静思,时而云袖轻舞,时而莺歌微吟。自有一番风味。

名为九曲溪,自然有九道湾,在群山万壑之中腾挪辗转,尽显灵动与柔美,也让漂流避免了因一成不变而显得单调。即是溪,水自然清浅,不过比寻常的溪涧要宽阔太多,和漓江一般宽阔,不过溪水更浅。水底卵石密布,水草不多,直视无碍。

溪水两岸芳草萋萋,修竹簇簇,虽是岩山,土质稀少,群树杂生,但都一股脑儿朝溪边挤过来,争先恐后地把自己或纤细或粗壮的身影扔到一带山水中,溪水也便化作或深或浅的碧色,平添了几分矜持与秀丽。

我曾对桂林漓江赞不绝口,盖因泱泱中华,名山大川虽多,江河湖瀑也多具韵味,然而山水共生,同入景观的毕竟稀缺。徜徉小家碧玉般的漓江之上,抬头便能欣赏多姿的奇峰,已属不易,却也总为只能远观而抱憾不已。到了武夷,方才知道山水相映之趣,原本就应该登峰观水、游筏望峰。武夷山名虽盛,九曲溪却也毫不逊色。

武夷漂流,欣赏的是两岸的群山状貌,少了筏工的天马行空的想象与介绍,也许游水的趣味便失之殆尽了。

所幸同行的筏工手脚极麻利,嘴皮也颇风趣,一座座石山便化作一个个传说、一块块实物,伴着徐来清风绵绵不断地倾袭而来。

这边是"汉堡包",那边是"大象",刚看过"鳄鱼出水",又来到"神龟探食",大自然亿万年的鬼斧神工,一一化作武夷人的神奇想象。

当然也不只有想象,悬崖峭壁之上不时或出现几口悬棺,完全靠打入山体的木板支撑着依附山边,或是山洞里探出小半段腐朽的棺木,筏工告诉我们,这便是"架壑船棺",是3000多年前古越人选择的墓葬形式,这让我们从传说回到现实,让我们惊诧于先人们何等伟力才能完成独特的悬棺之葬,也更能体会一方水土养育一方习俗的真谛,群山林立,潮湿闷热,敬畏生命,都让悬棺葬成了这里的必然。生死的方式,往往是大自然决定的,人与自然最好的相处方式,不是征服,而是顺势。

正自沉思,筏上一阵欢叫。原来已到六曲,原本高不可攀的天游峰再现眼前。浑然天成的一块巨岩,如刀劈斧削的石嶂,寸草不附的岩体,均匀分布的"肋骨",细如蚂蚁的游人,一一呈现。蓦地想起了卞之琳的《断章》:"你站在桥上看风景,看风景人在楼上看你。"上午我们还伫立峰顶,俯视九曲,下午便闲坐筏中,仰望天游。俯仰之间,恍如梦境。人生百年,不过是在"风景"里进进出出,进去不迷茫,出来不失落,这才是人生应有的境界。

过了八曲,溪面更阔,水流更缓,筏工们适时把竹篙交给了孩子们,孩子们兴奋得手舞足蹈,深一篙浅一篙地撑将起来,筏上顿时热闹。

我们左拐后便行将终点,风景为之一变,水面窄而平,两岸树林荫翳,纷纷倾倒了身子扑面而来,隐天蔽日,形成了一条"水上绿道";筏行其间,不由得慢了下来,偶有阳光透过浓密的树叶洒下几点斑驳的影子,恍若隔世,时间便仿佛静止在九曲溪里。

不知什么时候,我们都沉默下来,生怕打破这难得的静谧。

山水相依的武夷,既有山的硬朗,又有水的娇柔,刚柔相济,方铸就武夷别样的风情。

2017-02-17

（二）初识"大红袍"

武夷出名的,不仅仅是风景,武夷"大红袍"的名声同样冠绝天下。

可惜我不谙此道,区区8年的茶龄也难窥茶道一斑。犹记得8年前在深圳,拜访一位企业老总,岭南素喜工夫茶,该老总尤甚,兴致盎然地拿出几样珍藏的茶叶,依稀记得其中就有"大红袍",应该还有台湾的"冻顶乌龙"、福建的铁观音之类,分别泡好,希望我一一品过,略做评价。

素来只是解渴方饮的我如老牛饮水般三杯下肚,只觉淡淡甜味,却实在无从点评。老总见我喝茶的架势,便兴致索然,知道碰上了完全的外行,话不投机,自然浅交辄止。

事后总觉脸上无光,深为自己修养品位不够而颇以为意,"大红袍"这三个字便也扎进了脑海。但是无端的,总觉得满树长着红茶叶是件稀奇的事。

其实家乡盛产绿茶,著名的"茶圣"陆羽便是在家乡著书成名,然而我却未得半点熏陶,总以为此乃细节末枝之道,毫无时代气息,早该扔进故纸堆里。现在想想,不禁哂然。

或许随着年龄的增长,兴趣爱好也会因之变化,人到中年,便不愿再喝各色的饮料,就连咖啡也不再偏好,唯独口不离茶,醇厚馥郁。

由是才知道世间的茶分红绿乌龙几类。而无论何种分类,并不是茶树本身生长不同色的叶子,只是做工不同,发酵与否决定了不同的味道。

此去武夷,当看见武夷的茶多生长在岩石之上,又多山崖之下，便觉武夷茶的出名，并不意外。

《茶经》有云："其地，上者生烂石，中者生砾壤，下者生黄土。"又记载："野者上，园者次；阳崖阴林，紫者上，绿者次；笋者上，芽者次；叶卷上，叶舒次。"

武夷茶的生长环境极符合《茶经》中上等茶的描述，但外形却不尽相同，想必陆羽终身游历在江南，应该未曾涉足闽粤，究竟武夷茶是何特点，道听途说的可能并不小，远不及对绿茶如数家珍般熟悉。

似乎天地间灵性万物各有自己依附的那一片土地，尤其是自古以来文人雅士笔下的风骨花草。山茶喜疏松的黄泥，兰花爱阴林里的腐土，而茶树，却偏好烂石丛。烂石中的挣扎而生反而铸就了茶的灵气，也造就了文人偏好的傲骨。

武夷茶，因此得名"岩茶"，而岩茶中的极品，便是"大红袍"。

"大红袍"的传说颇多，本质相近，无非是不经意喝了这种茶，总是带来了很多好处，或是沁脾益目，或是祛除大病，或是否极泰来，甚至科举中第，衣锦还乡，末了总是为表感谢，将一条大红袍披于茶树之上。茶因此得名。

得名的"大红袍"母株只有区区 6 棵，如今依然在武夷山景区天心岩九龙窠的峭壁之上，离地面五六米高，远望只知枝繁叶茂，其余都看不太真切。

据说真正的"大红袍"就单指这几棵所产，况且如今也不再采摘新茶，遍布天下的所谓"大红袍"早已名不符实。

不过这却并不影响"大红袍"的名声远扬，既然母株上的茶叶可望不可求，芸芸众生自然退而求其次，只要是吸武夷之精华，纳九曲之灵气的茶树，依然有着"大红袍"的神韵，依然能满足各色茶客对"大红袍"的各类遐想。

"工夫茶"很好地用形式填补了内容上先天的欠缺,让饮茶成为仪式而备添对茶的尊重。关于这一点,乌龙茶要远胜绿茶。

我们下榻的客栈兼营着品茗馆。一位手法娴熟的经理会极耐心地展示工夫茶的流程,并为我们讲解"大红袍"的各种知识,却绝不火急火燎地推荐自家的"大红袍"如何正宗,不会几次三番地明里暗里怂恿我们买茶。

也许是武夷人大开大合的生意手笔里容不下几斤几两的小打小闹,不在乎游客的小散买卖;也许是武夷人骨子里的朴实并没有被金钱铜臭所泯灭,不愿用市井伎俩来埋汰武夷的名声;也许武夷人受着这方山水的滋养,已把传承茶文化当作了每个人的责任,不愿意去亵渎赖以生存的"大红袍"。

那个酷热的夏日,我们坐在茶馆里,静静地看着工夫茶的泡制,听着一番"大红袍"的历史、种类、区别的讲述,丝毫不觉乏味与烦躁,就连两个孩子也依偎在大人怀里,满脸的专注。

悠悠的茶香若即若离地萦绕鼻尖,红褐色的茶汤黏稠浓厚地吸引眼球,微抿一口,茶水柔顺地滑过舌尖,润泽口腔,并不浓郁的甘甜渐渐弥漫开来,久久不愿散去。

时间,在茶水氤氲的雾气里悄然而逝。

千百年来,武夷的茶文化便是在这种极有仪式感的茶道里沉淀,滋长,升华。

悠远的历史,似乎打破了时空的束缚,我们也凝滞在了不知何年何月的品茗清雅之中。

初识"大红袍",时间静好。

2017-03-03

（三）武夷人杰

去武夷前,我只知道武夷山和"大红袍"名噪天下,偏居深山的武夷似乎没什么值得一书的人才。

九曲溪漂流至武夷宫下筏,信步之间,不经意看到了"柳永纪念馆",正自诧异柳永何时游历于此,细细一品,顿然一惊,柳永居然是武夷人。

实在是武夷的名声太盛,抹去了残存的崇安的印象,无怪我每次看到福建崇安时丝毫想不起具体的地理位置,未曾想,便在武夷山中。

975年,南唐灭亡,3年后南唐后主李煜在抑郁中去世。一批南唐的文武降官纷纷入宋为臣,我相信这些南唐降官必然在惴惴不安中惶恐度日,必然会在无数个难眠之夜追忆自己的君王,为被软禁在汴梁城里的李煜默默流泪,这一首首穿过千年的时空依然震撼我们这些局外人心灵的布满国恨离愁的词,曾经对这些有同样经历的南唐遗老们必然会有锥心刺骨般的痛。

其中有一人担任了费县县令,他的名字叫柳宜。亡国10年之后,984年,他的又一个儿子呱呱落地,取名柳三变。我们不知道柳宜会不会在子女面前追忆故国亡君,但是柳宜不会想到,这个儿子最终将会打开一扇文学的大门,宋词将在这个儿子身上熠熠生辉。

作为官宦世家,流浪是永远的主题,故乡总是若即若离,他们的故乡,远在千里之外的崇安,一个群山环抱之中的小城。

柳三变就是柳永,宋词最早的代表人物。13岁那年,他终于暂时摆脱了跟随父亲宦海沉浮的步伐,回到了故乡——崇安。

柳永尽其一生,在故乡只待了4个年头。这也许是柳永潜心向学的 4 年,也许是初窥词创的 4 年,故乡的青山绿水,武夷的险峻,九曲的清丽,天地灵秀之气在不知不觉中潜入身体,化作魂魄,只等喷薄而出的那一天。

这一天来得很快。18 岁那年,柳永离别故乡,壮志踌躇奔赴京城的科举,这一走,便成永别,从此,再没回来。蹊跷的是,柳永居然没有到达京都汴梁,北上的步伐羁绊在草长莺飞的烟雨江南,一待就是 6 年。望尽江南桃红柳绿,看遍市井人群熙攘,徘徊青楼脂粉间不肯离去,20 岁便以一首《望海潮(东南形胜)》而声名鹊起。"异日图将好景,归去凤池夸"里,是视中举为探囊取物般的轻狂与桀骜。

这一天其实来得很晚。品足了江南的新鲜,1008 年,终于动身赴京的柳永未曾料到,汴京,一待就是 16 年。

中国的文人历来摆脱不了"学而优则仕"的千古追求,科举到了宋朝已经日趋成熟,而赵匡胤的"重文轻武"又开辟了一块特别适合文人生长的土壤,天下士人的心被牢牢掌控,功名,成了人生的不二追求。才华再横溢,也要用科举来检验成色。即便是超脱如苏轼,大度如欧阳修者概莫能外。

柳永,自然也不能脱俗。一面是屡试屡败,在残酷的现实面前撞得头破血流;一面是"忍把浮名,换了浅斟低唱",混迹于烟花巷柳间,纵酒欢歌沉醉放浪,却始终不愿离去。

历经 4 次科举而空手而归,一次次的希望换来一次次的失望,到末了,几成绝望。满腹的才情就是换不来半点功名。

1024 年,形销骨立、愁肠百转的柳永默然离京,那时已是人到不惑,一首《雨霖铃》伴着情人的别离、功名的放弃、人生的茫然,柳永拖着孤独的身影消失在汴梁城外,换来的则是绵绵不断绝美凄冷的词孕育而生。

在执着仕途与流连青楼间苦苦挣扎的柳永,却在不经意间用词打通了咫尺天涯的道路。曾经养在深宫、高居云端,从来只是贵族士人爱恨闲愁的词令,终于剥去了华丽的外衣,跌入人间,有了凡人的气息,以至"凡井水处,皆能歌柳词"。往大了讲,他是打开了文化传播的一扇大门。

10 年沉沦,四处漂泊,赋词无数,此时的柳永早已名满天下。

然而 10 年岁月,却并没有弥合柳永心底的痛,科举,成为他绕不过去的痴念,看似放浪形骸的外衣下,是伤痕累累倍受折磨的内心。多少夜深人静的时候,柳永辗转反侧不得入眠,哀叹天命多舛,时运不济。境由情生,"霜风凄冷,关河冷落,残照当楼"这样的句子不就是内心无尽凄凉的自然流露?

《蝶恋花(伫倚危楼风细细)》留下了千古名句:"衣带渐宽终不悔,为伊消得人憔悴。"我以为,让柳永牵肠挂肚的哪里只是红粉佳人,让他憔悴的恐怕还是求之不得的仕途。

或许是上天的怜悯,柳永迎来了难得的良机。1034 年,朝廷举行恩科,所谓恩科,是逢朝廷庆典,特别开科考试。这一次,是为了照顾多年科举不中的考生,据说,中举率极高,而可能获得的官位很低。

身在湖北的柳永听说了这一消息,欣喜若狂,日夜兼程赶回汴京,不出意料地中了举。

那一年,柳永 50 岁,正是"知天命"的年龄。50 岁中举,实在太晚。和柳永同一时期的北宋文坛风云人物,范仲淹 26 岁中举已不算早,欧阳修 23 岁中举,王安石 21 岁中举,苏轼 20 岁中举……少年成名,方有时间在仕途宦海里积淀沉浮。

作为同龄人,50岁的范仲淹早已宦海沉浮无数,声名响彻塞北;作为后来者,50岁的欧阳修已至人生巅峰,做着主考官录取了苏轼、苏辙、曾巩等人。

50岁中举的范进,喜极而疯,那是大半生穷困潦倒苦苦追求而最终梦想成真,自然比不得年少题名的春风得意;50岁的柳永,应该不会如范进般失态,但是凭栏恸哭长醉不归自然免不了,26年,足以让意气风发的少年换作老态龙钟的暮客,任何值得去等待追求26年的或功名或美人,必然是刻骨铭心的。这样的柳永,让人扼腕!

刚开始仕途的第一步,做的官是睦州团练推官。睦州,相当于现在的淳安、建德一带,团练推官,应该是如今的人武部的高级参谋,一个极清闲的职务。

柳永的仕途并不算顺利,15年的辗转,终于屯田员外郎,仍然是个七品的有名无实的官位。其中还拜访过先后两任苏州知州,只是为了赢得知州的举荐,一位是范仲淹,另一位是滕子京,两位知州后来因《岳阳楼记》而永载史册,如今两人的铜像双双坐落在岳阳楼供人瞻仰,人山人海。而武夷山下的柳永纪念馆,门可罗雀。

一个词坛上的天才领袖,在政坛上却卑微地做起了不入品的小官。一个为了明志悦上而改柳三变为柳永的文人,格局便似乎小了很多。

柳永没有林逋"梅妻鹤子"超然世外的洒脱,也没有陶渊明"不为五斗米折腰"的大彻大悟的解脱,功名美人,都舍不得放手,一生的羁绊太多,世俗的欲望过盛,内心的失落与惆怅自然不少,词风也就愁绪漫漫,柔情许许,少了些阳刚,多了些阴柔。

柳永最终没有再回武夷,混迹在青楼胭脂里消磨最后的岁月,不知他的梦里是否出现过故乡的山水。

1053年,孤独的柳永终在穷困潦倒中逝去。柳永的墓倒是有好几个,孰真孰假,众说纷纭。归根结底,词作再佳,难登大雅之堂,正史里罕有记录,没有功名来得实在。没有记载,后人便捕风捉影起来,以撑当地的门面。

也许,晚年的《戚氏》或是柳永最好的总结。

戚 氏

晚秋天,一霎微雨洒庭轩。槛菊萧疏,井梧零乱,惹残烟。凄然,望江关,飞云黯淡夕阳间。当时宋玉悲感,向此临水与登山。远道迢递,行人凄楚,倦听陇水潺湲。正蝉吟败叶,蛩响衰草,相应喧喧。

孤馆,度日如年。风露渐变,悄悄至更阑。长天净,绛河清浅,皓月婵娟。思绵绵。夜永对景,那堪屈指暗想从前。未名未禄,绮陌红楼,往往经岁迁延。

帝里风光好,当年少日,暮宴朝欢。况有狂朋怪侣,遇当歌对酒竞留连。别来迅景如梭,旧游似梦,烟水程何限。念名利,憔悴长萦绊。追往事、空惨愁颜。漏箭移,稍觉轻寒。渐呜咽,画角数声残。对闲窗畔,停灯向晓,抱影无眠。

"抱影无眠",道尽一生坎坷曲折。

然而我们不能否认,正是柳永,开辟了宋词一片新的天空,而词,才得以和"唐诗""元曲"共列中国5000年文化顶端的圣坛。

2017-03-15

对于民风淳朴的武夷人来说，放浪形骸半世挣扎的柳永实在难称大成者，4 年的故乡游学似乎也未让柳永留下多少崇安遗风的烙印。更何况，对于柳永而言，故乡早已作他乡，叶落归根成空想，流浪漂泊才是他的恒常。

崇安的名声，并没有因柳永而倍显光彩。

或许是上天对偏居一隅的武夷的怜悯，或许是对武夷这片钟灵毓秀之地的愧疚，抑或是武夷潜滋暗长的文脉不忍就此中断。柳永去世的那一年，离崇安 60 千米的武夷南麓建阳长坪村落里，一个叫游酢的孩子破涕而出；似乎是冥冥之中的约定，离崇安 200 千米的武夷东南麓南剑州将乐城里，一个叫杨时的孩子也如约降世。谁也未曾料到，这两个山水滋养的正宗武夷人，将会同时在历史上留下厚重的一笔。

中原的儒风虽然早已阵阵吹入遥远的闽地，然而南方毕竟不是学术的中心。那个岁月里，程颐、程颢的"中原洛学"正点燃沉寂许久的学术思想的光辉，普天之下无不以程门弟子为傲。

苦读圣贤的两位青年才俊从偏远的武夷山里走出，先后幸运地成为程颢的弟子，游酢时年 20 岁。当初，20 岁的柳永沉醉在江南的温柔乡里不能自拔，而游酢，选择了一心向学。从师 10 年，颇有造诣，和杨时毅然南归。从此，洛学越过重重险山峻岭，在南方扎根。游酢和杨时，成为闽学的鼻祖，也让崇山峻岭里的闽地没有被落后和闭塞桎梏，紧跟上了时代的步伐。

单就学术而言，游酢、杨时声名都不小，却也不算家喻户晓。然而，40 岁时，游酢和杨时的一个举动，却被载入了史册，为后人津津乐道。

1093 年，游酢和杨时一同来到洛阳。彼时，程颢已逝，洛学集大成者，是程颐，两人的师叔。

那天恰好天降大雪，程颐或是闭目冥思，或是小憩未醒。游、杨二人登门造访，见此状，伺立身旁，莫敢轻言，直到程颐醒觉，彼时，门外雪已深。

这段往事被收集在《宋史·杨时传》中，后人的演绎让这个故事更显传奇。或许是杨时后期的成就更为彪炳，故事里没了游酢的踪影；也有误传两人为求学而在深雪中伫立许久，夸张得手脚冻僵，几成雪人。

这便是"程门立雪"的故事，是后世激励后辈勤学的典范。虽然过于渲染而失真，但是我们不能否认两位先贤尊师求道精神的可嘉。要知道，40 岁的游酢和杨时，都已成一方大儒，依然能如此，实在不易。也许他们的身上，才有着武夷人的朴实醇厚，才是历代文人学者正统而光辉的形象。

武夷也终于在落魄的柳永的背影里长舒一口气，满纸的"杨柳岸，晓风残月"毕竟没有理学正统来得冠冕堂皇，原本武夷山野间的率性与纯真也似乎被理学正道层层包裹起来，一派知书达理、道貌岸然，山野乡间也满嘴的"仁义道德"。

游酢和杨时，"立雪"而成佳话，同为一方大儒，开创了闽学一派，声名鹊起。儒学之风，在闽间盛行不止，也让水深火热之中的大宋王朝，得以在北国不断南袭的铁蹄下保全中华文化的主脉。

南方，将成为理学新的温床，这得益于游杨二人的开拓与倡首。

然而，这两人毕竟只是先行者，2000 年中华文化里儒学的集大成者，将在不远的日子里到来，上天选择的，还是武夷。

自古以来,作为中华儒家文化精神象征的孔庙一直生生不息,如今曲阜的大成殿里依然供奉着 12 位哲者,被认为继承了孔子儒家文化的精华而得以被顶膜礼拜。他们,都是孔子的得意弟子。

唯有一人,比孔子晚出生 1600 年,却同样威立庙堂之上。

这个人,就是朱熹,南宋理学集大成者,儒学到了他那个年代,直接被称为"朱子理学",他位列孔子、孟子之后而被尊称"朱子",这意味着他同样成为儒学历史上的"圣人"。

1130 年,朱熹出生在武夷南麓的尤溪县。那时,曾经辉煌的北宋王朝轰然倒下刚刚 3 年,中原大地上仍然一派硝烟弥漫,女真的铁蹄,第一次征服南方的汉族。新的国君赵构刚刚苟延馋喘地从东海回到越州城,惊魂未定。

曾经耀眼的中华文化在熊熊的战火中付之一炬,扼腕叹息。

曾经璀璨的中华文明在女真的铁蹄前不堪一击,生灵涂炭。

曾经辉煌的儒学思想在离乱的硝烟里分崩离析,流离失所。

中华何去?

当残存的士族冥思苦想之时,武夷,却似乎悄然世外。她的重峦叠嶂再一次挡住了南下的硝烟,保存了刚刚生根发芽的闽学思想,儒学在这片封闭的土地上大有星火燎原之势,饮水思源,游酢和杨时可谓功勋卓著。

朱熹,便在这样的环境里成长起来。和柳永的匆匆过客不同,朱熹的一生,和武夷的关系要紧密得多,无论是启蒙的童年,求学的少年,守孝的中年,治学的暮年,直到最终的归去,朱熹不断地离去和归来。这片远离世外喧嚣与纷争的土地,给了他太多的精华灵气,滋养了他的学术成就。

同为武夷的山水滋养,柳永似水,词曲里总是充满佳人柔情,令人不免哀伤;朱熹却更像是山,厚重而寡言的大山伫立身前,让人油生敬意,又颇感压抑。

这既是朱熹的形象,也是朱子理学的形象。自汉以来,儒学成为历代王朝的学术正统。儒家"内圣"而"外王"的宗旨,颇迎合王朝的口味。于是,儒家便充当了帝王统治的帮手,用科举笼络天下书生,用儒学约束士人的礼义道德,"修身齐家治国平天下"遂成天下士人共同的追求。

然而古来中华分分合合,外族不时南侵,文化不断碰撞,儒学也在永无休止的硝烟里漂泊不定,浩瀚的文集经典又几欲迷了人眼,让人无所适从,缺乏哲理思想的高度,让中华文明总显得苍白了些许。

朱熹便是在这个时候站了出来。他承洛学,精闽学,重整儒家经典而成"四书",提出了"存天理,灭人欲"这一后世褒贬不一的思想。

站在今日之视角,去探讨 1000 年前的思想,本就不太合理。用今日的人性与人道去评判封建社会里的纲常伦理,也显得不合时宜。

我们无法否认于国家的稳定和儒学的重振而言,这些是有效的,自南宋始,朱子理学主宰了中国封建王朝最后 700 多年的儒学高度。即便无数读书人的头脑被束缚在狭小的空间里苦苦挣扎,即便科举被后世不断诟病直至消亡,即便世人都被那纲常伦理压榨得喘不过气来,甚至被丧心病狂地残害。然而,这也并不是朱熹的罪过。那是后世的统治者刻意地放大、利用了朱熹的学说思想,使之成为封建统治血淋淋的凶器。

朱熹幸运地生活在了宋朝这个思想相对开放的时代。他不仅能研究学问,还能和同时代的贤哲辩论各自的思想。著名的自然是和吕祖谦、陆九渊的江西上饶铅山鹅湖之会。理越辩越明,路越探越清。可以想象,当世最杰出的几位大儒,在鹅湖唇枪舌剑,理学和心学相争,这是多么精彩纷呈的一段历史。这是几千年儒学思想发展巅峰的争辩,是哲学血脉传承的宝贵财富。

可惜到了后世,文人的思想被八股科举消磨得呆板而顺从。朝堂之上多了争吵不休,多了阴谋诡计,却唯独少了这份为学术而辩的单纯。

客观去看待朱熹,依然是伟大的。

我以为,真正让朱熹"入圣"的,不是学说,而是教育。他也许是自孔子以来最重视教育,也在努力践行教育的先行者。并且,摆脱了孔子年代里相对受众较小的教育模式,而开始兴建书院讲学,而这,开辟了中国教育新的一条路径。虽然书院自北宋开国便逐渐兴起,然而到朱熹,已不拘泥于一地一书院的模式,而是不断地重建与扩张,于是,一座座或熟悉或陌生的书院浮现世人眼前。寒泉精舍、云谷书院、武夷精舍、考亭书院、白鹿洞书院、岳麓书院、湘西精舍等,均留下了朱熹的烙印,仅此一点,便属不易。毕竟,他用自己的学识影响了一批人,温暖了一片心,让千千万万士人重建精神家园,重塑学者风范,让儒学日渐式微的道统气脉重新振作。后人称他"继往圣绝学,开万世太平",虽然言过其实,却也在情理之内。

朱熹的一生,由此活出了自己的价值。

1200年,朱熹在建阳去世,魂归故里。据说参与葬礼者近千人,朱熹于当世的影响,可见一斑。

假如时光流转,信奉"饿死事小,失节事大"的朱熹和沉醉青楼脂粉里不能自拔的柳永相遇在武夷山里,不知是何等场面。是朱熹厉声呵斥其有伤风化,还是柳永的酒酣兴浓嗤之以鼻?

历史,和武夷开了个不小的玩笑。

然而,武夷,却由此显得更具生命的张力与多彩。

2017-03-21

漂泊的土楼

(一)梦里不知身是客

中华民族,自古以来历经磨难,分分合合,争扰不断。即便盛世如汉唐,也难得消停。汉朝外有匈奴内有诸王,自不必说;被誉为中华鼎盛的大唐,不说边关的扰袭,单是安史之乱、黄巢起义便耗光了李唐的元气。

张养浩说"兴,百姓苦;亡,百姓苦",深以为然。封建盛世里的百姓,虽然不用背井离乡,流离失所,却也深受层层盘剥,勉强度日,有人一时兴起搞个彪炳史册的工程,苦的依然是百姓;乱世里的百姓,更是如水中浮萍,风中残烛。生命如蝼蚁般卑微的年代里,生存并不是一件易事。

一次次中原战乱,贵族的刀光剑影扰乱了安宁的日子,一次次异族入侵,塞外的金戈铁马更让汉人苟延残喘,手无寸铁的百姓唯有逃亡。一次次的战乱,成就逃亡的温床。

于是,西晋八王之乱、五胡乱华,血流成河,天无宁日,为了躲避屠杀,南逃!

于是,大唐安史之乱、黄巢起义,烽烟四起,尸骨遍野,为了家族血脉的延续,南逃!

于是,宋朝靖康之难,国破家亡,皇帝被掳,为了让曾经璀璨的中华文明传承,南逃!

乱世中,逃亡成了百姓无奈的选择。从北方迁移到江南,江南战火再燃,再逃,直到闽粤,甚至南洋。

南逃队伍最为庞大的一次,便是宋高宗南渡,据说,百万之众随同南下。

北宋一朝的士族精英、朝廷要员,要么做了亡国奴,被迫北上东北,在冰天雪地里丢尽曾经的斯文儒雅,如蝼蚁般苟且偷生,书写下多少凄苦文字;要么举家南迁,跟随新主远离丧家辱国的中原故土,一时文脉微弱。

新任天子作为逃亡的领袖,率众如此庞大,历史上实属罕见。在这长随的队伍里,就有李清照的身影,孤苦地跟随,艰辛地挣扎。然而一路狂奔的高宗是无暇顾及他人了,望着逃窜出海的高宗的背影,李清照一声长叹,放弃了追逐,转向金华安居,终于在乱世里避祸下来。

那百万追随者,有资格伴君左右优先选择的毕竟只是少数。更多的人何去何从,没有人关心,也来不及关心。于是,各自的家族在战乱中躲闪,在迷茫里踯躅,在疲惫里挣扎,在绝望中寻觅。

向南,向南! 何处能安身? 哪里的群山能挡住南下的硝烟,哪里的土地能容得北来的逃客,哪里的清风能扫去思乡的愁绪?

南方多山,平原自然更加难得,北来的逃难者从来不奢望在这沃土上能分得一片安宁,只有偏远的山地才是栖身之处。

　　正当朱熹在闽西北大山的襁褓里牙牙学语时,大批北方的逃难者走进了闽粤交界的永定、南靖,穷山恶水,人烟稀少,那里,将是他们的终点。

　　不知道当地人看到这群长途跋涉衣衫褴褛来自中原的不速之客出现在眼前的时候,会是何种表情。我相信,互相必然都充满着不安与敌意,于当地人而言,这是新的入侵者,他们将从自己手上抢走这里的草木土地,将改变这里的风俗与习惯。

　　对北方的来客而言,首先要活下来,要在这当地人的敌视、野兽的袭击里活下来,要让历经坎坷的同行者依然保有同仇敌忾的气魄,最好的办法就是造一个坚硬的壳,造一个足以让家族安全,也让外人死心的壳。

　　这便有了土楼。随后雨后春笋般在闽南拔地而起,落地生根,叹为观止。从此,土楼,作为新的建筑名称,进入世人的视野。

　　如今,我们就站在永定土楼前,欣赏着人类又一伟大的奇迹。

永定土楼王

　　建造第一座土楼的人绝对是天才。他们因地制宜,就地取材,把并未焙烧的砂质黏土和黏质沙土按照比例搅拌一起,形成了异常坚固的泥土,用夹墙板夯实而成墙体,厚达几米,高 4 层楼左右,围成或圆或方的外形,内部便倚着土墙用木料做起柱梁等构架,造起房屋。

我们看到的是明朝崇祯年间的承启楼,被誉为"土楼王",是一座圆形土楼,内部总面积 5000 多平方米,比一个标准足球场小不了多少。这座圆形的土楼由四圈同心环建筑组合而成。最外面自然是依着土墙而建的主楼,共 4 层,直径达 73 米,每层 72 间屋子。第一、二层外墙上没有窗,一层是灶房,外墙有个小孔用来排烟,二层是仓库,摆放粮食;三四层都是房间,外墙都开着小窗。整个圆形主楼有 4 条楼梯对称摆放。第二环是 2 层的砖木房子,每层 40 间屋子,底层的做客厅或饭厅,二层也做房间。第三环是单层的砖木房子,32 间一层,都是各家的私塾,也兼女子的书房。第四环在最中央,是祖堂,供奉祖先的地方。我们从楼上俯瞰,各环分明,屋瓦密布,虽然拥挤不堪,却又井然有序。据说最多的时候,这里聚居着 800 多人。如今,依然生活着 300 多人。大家族的聚居,是特殊年代里抱团取暖、宗族延续的需要,这更考验族长的睿智与平衡,家风的平和与融洽。毕竟只要有风吹草动,无论是夫妻的争吵,还是孩童的顽劣,都会闹得整座土楼鸡犬不宁,怨声载道。

其他的土楼大致相同,无非面积小一些,环数少一些(简单的,就只有一环)。然而细细观察,却都颇为讲究,阴阳学说、五行原理、生死轮回都在这功能的设计上、物品的摆放上一览无遗,颇费匠心。相比南方民居,这些土楼更有传统文化的底蕴。想想也释然,虽然外在的物质条件极为艰苦,但是骨子里毕竟留着中原的遗风。

这么一个硕大的土楼,土黄色的外墙、深黛色的瓦片,映衬着青山绿水,沐浴数百年风雨,虽墙体斑驳,龟裂密布,却依然巍然而立。

　　这样的土楼,如今比比皆是,布满永定、南靖一带的重山密林之间。曾经的逃客也早已适应了当地的气候和民俗,不断和当地融合,成了这里的主人。

　　然而曾经最早的南逃者必然没有如今的安宁与祥和。在勉强筑成的楼寨里仍不免心惊胆战,在凄风苦雨里追忆故乡的点点滴滴。无论是一马平川的平原,还是美味可口的面食,抑或是天高气爽的晴日,漫天飞雪的冬天,都值得每个南下者细细嚼味,时时浮现。那里,才是他们的故乡。

　　可是故乡早已作他乡,外族的铁蹄早已把故土践踏得满眼狼藉,满目疮痍。

　　故乡,成为所有南逃者挥之不去的眷恋。

　　没来由的,总会想起李煜的《浪淘沙》:

帘外雨潺潺,
春意阑珊。
罗衾不耐五更寒。
梦里不知身是客,
一晌贪欢。

　　曾经是大宋阶下囚的李煜,由南至北,看着潺潺春雨,有感而发。

　　谁曾想 150 年后,大宋无数的子民们由北向南,更加狼狈,更加仓皇。在福建崇山峻岭的孤寂里,在南方暮雨潇潇的惆怅中,停下了脚步的南逃者会不会想起这首词?

也许只有在梦里,他们才会忘却眼前的苦难,忘却自己是北方的来客,忘却家乡是再也回不去的他乡。

这群回不去的汉人,被称为"客家",是汉族中特殊的一个群体,历经千年,如今遍布南方,早已反客为主,在当地做了真正的主人。

然而这个"客"字,永远烙在客家人的肌骨里,流淌在客家人的血脉里,经久不息!

(二)秀美云水谣

离开龙岩的永定土楼,我们驱车向漳州的南靖出发,绕开了声名显赫的"四菜一汤"(所谓"四菜一汤",指的是五座土楼相依而建,外面四座是圆形,中间一座是方形,宛如饭桌上的菜摆列,因此得名),直奔云水谣。盖因初识土楼,永定土楼已经极具代表性,其余无非位置不同,而云水谣,却是以其环境吸引游人。

如果说在永定,土楼是主角的话,到了云水谣,土楼完全成了风景里的点缀。

云水谣本是"养在深闺人不识"的世外风景。2005 年,陈坤与徐若瑄合演的《云水谣》在这里取景,男女主人公分别是陈秋水和王碧云,两个极具古典美韵的名字,讲的又是分合别离的故事,于是取了这个名字。影片颇唯美,硕大的水车,石砌的磨坊,村头的大榕树,流淌的碧水,让人难以忘怀。

云水谣因此得名。

我们到达云水谣的时候,已近暮色。并未见到铺天盖地的土楼,大片因商业化而起的仿造的砖木房屋充斥其间,原本数量不多的土楼在这里沦为配角,也许在这风光迤逦的自然面前,人类的一切奇迹便不值得一提了。

星火无数,点亮了深山小村落,却也黯淡了自然的秀色。我们便放弃了夜游,选择了一家距镇中心约莫1千米的土楼客栈落脚,感受一下1000多年来土楼原住民的生活。

虽然已经装饰一新,但是难掩土楼岁月的斑痕。踏在木板上浓重的"吱呀"声,屋门关闭时粗犷的缝隙,不时萦绕眼前的各色飞虫,隔壁清晰的私语声,狭小的空间带来的压抑感同时涌来,让人喘不过气来。

唯有体验,才能对客家生活感同身受,才能在感叹土楼是"人类的奇迹"时更多一分客家的无奈,才能在赞叹土楼功能齐全结构合理的时候更多一分客家的压抑。

第二天天明,我们站在石桥上,才看清古镇的全貌。

古镇中心是一条南北向的河,河面宽而浅,或是雨季的缘故,河水漫过了低矮的石砌河岸,水流湍急,水色浑浊,发出嘶哑的吼声席卷而下。河的右岸应该是新开发的景区,造了许多两层的连绵的木屋,放满了各色或当地或舶来的商品。贴着岸边,便是经典的景物:硕大的水车,石砌的磨坊,参天的大榕树。那颗庞大的榕树如巨型的伞盖,遮天蔽日,煞是伟岸,半个身子投在河水里,染绿了一池碧水。河的左岸,一条鹅卵石铺就的便道沿河而下,三三两两依偎漫步是极好的选择,抬头便能看到对岸的《云水谣》里经典的景物。

抬头望远,青山逼仄,云雾含翠,空气微湿,清晨的云水谣,静谧而清新。

这种美,与江南的小桥流水人家又不尽相似,那是大山里带着野性的古老,是客家人带着淳朴的从容。

客家的先人似乎为这片山水所倾倒，安定了曾经漂泊的心，悠闲了曾经慌张的心，人和这云这水，便融在了一起。

看土楼的初衷也淡忘在这风景里，无论是被称为土楼里个子最高的"方楼"，建在沼泽地里，轻轻跺脚就能感受到楼的沉浮的"和贵楼"，还是工艺最为精美的"怀远楼"都记不真切了。只记得一行人坐在大榕树边，在露天的早餐摊前，点了一大堆不知名的当地的特色小吃，就着南去的河水，和着清脆的鸟鸣，优哉游哉，好不惬意！

土楼，终成逝去的风景！

2017-03-23

厦门，十年再重游

10年前，我和妻子曾跟团到过厦门，那时，刚满周岁的儿子被扔在了家里；那时，我们第一次乘了飞机，忐忑而又欣喜。不过那时似乎只是围着鼓浪屿转了几圈，在几个或卖刀或卖茶的购物点耗费时间，再不然就是免费看看路过的景点，浑浊的海水扫尽了对大海的憧憬，住的是不入流的宾馆，吃得最好的一顿居然是东北菜，其余，实在记不真切了。

不过那时的我们，正值青春，一棵长须及地的大榕树、一阵夹着鱼腥味的海风，乃至一场极尽口才费力推销的展示，都会吸引我们的目光，偌大的世界，对于我们这些平日里生活单一的上班族来说，都是魅力无限的。

10年后,我们驾车前往,身边多了儿子,旅行的味道便大不相同。个人的喜好、行程的舒适,甚至住宿的别致、饮食的美味都是我们所向往的。来一座城市,总要看到城市个性的一面,能让我们记忆深刻的一面。

我们自进福建开始,从武夷南下到永定,再向东到南靖,一直在大山里穿梭,无尽的绿色甚至让我们产生了审美的疲劳。

直到过了漳州,眼前的群山不知什么时候消失殆尽,一望无际的苍穹蓦地显现时,我们知道厦门到了。

(一)姗姗来迟的厦门

农耕文化主宰的中华大地,海洋是永远的配角,一身腥味的海洋文明很难入中华正统的眼,远离中原的滨海之城更是难得中原的青睐。

只有全盛的大唐,才愿意打开广州的大门,欢迎世界的朝贡;

只有半壁的宋朝,才会打开泉州的大门,为了弥补农耕经济的不足。

这样的开放,只是把厚重的中华文明的大门露出一条小缝,让外来者窥探一丝璀璨中华的模糊的影子。

可是这一切似乎和厦门无关。

厦门在中华千年的文明史里,几乎是个可有可无的角色,就连厦门的名字都在1387年才有,取的是"国家大厦之门"之意。可明朝,恰恰是海禁最为苛刻的时代,这扇大门,并没有打开的机会。

历史终于眷顾厦门的时间,要到明亡后,各地蜂拥而起的反清复明的势力里,就有一支以海为生,让大清铁蹄束手无策的军队,为首的便是郑成功,占据金门、厦门,最终收复台湾,写下了一段与外敌作战扬眉吐气的佳话。厦门,成为郑成功收复台湾的后方,也是对抗清廷倚仗的一道天险(厦门其实就是一个弹丸小岛,如今靠着飞架的大桥浑然一体,畅通无阻了)。厦门的第一次出现,充满着刀光剑影。对于清政府而言,厦门,是一段不愿回首的无奈,然而大清帝国意想不到的是,这份无奈,其实才刚刚开始。

厦门再一次出现,已是200年后。1842年,中英《南京条约》要求开放5个通商口岸,厦门便在其中,其余4个是广州、福州、宁波、上海。

我们不得不佩服英国人敏锐的眼光与国际化的视野,乘风破浪而来的海洋文明最懂得口岸的价值,这5个口岸,如今的地位与作用不用絮说。

如今的厦门,更是因为和台湾隔海相望的特殊关系,成为对台经济的桥头堡。曾经的军事要地早已成为经济重镇。

河东河西,世事轮回,曾经繁华无尽的西安如今在西北的寒风里低吟,曾经灯火璀璨的洛阳在中原静默无声,厚重辉煌的历史羁绊了前行的步伐,农耕文明的落寞模糊了迷茫的眼睛,海洋的兴起更替更是让深处内陆的古城望尘莫及。

姗姗来迟的厦门,用自己的脚步后来居上,如今,提福建必提厦门,贵为省会的福州难免尴尬。

厦门,俨然成为福建新的代表。可是我们又不得不叹服厦门人的智慧,在同质化城市比比皆是的时代里,厦门,却牢牢抓住"小清新路线"不放手,每个去厦门的人都会被她的"情调"所吸引。处处小景,都别具匠心,总让人情不自禁放慢匆匆的步伐,沾染慵懒的气息,对着蓝天大海,时光静止,心绪祥和。

这不正是现代人所梦想的吗?

2017-03-28

（二）南方的普陀

厦门的第一站，我们选择了南普陀寺。并非对佛教有特殊的情感，只是来自浙江，去过普陀的我们，对于"南普陀"，自然会有一种亲近感；领略过普陀的雄伟庄严，也会诧异小小的鹭岛之上怎能容得下如此大的寺庙。

去了才知道，所谓南普陀，坐落在鹭岛上的五老峰下，远眺大海，只是因为供奉着观音菩萨，不知怎么就有了"南普陀"的称号，规模影响都不能和普陀道场同日而语，不过恰好坐落在厦门这座新兴的旅游城市，也便有了这个称呼。

南普陀也算得上千年古刹，不过中间经历过兴亡，香火到了康熙之后才算兴盛起来。

南普陀寺山门

走进刻着"鹭岛名山"的山门，就算进了南普陀，照样也是熙熙攘攘，信徒众多。大门口就是一个长方形的莲花池，百米长七八十米宽，面积不比法雨寺前的小。铺天盖地的荷叶层层叠叠挤满了放生池，颇有"接天莲叶无穷碧"之感，荷花星星点点，却并不是"映日荷花别样红"，略施粉黛，也不傲然凌驾于荷叶之上，似乎入了佛门,荷花也显得从容而内敛。莲花池前还有一个放生池,是个长约30米的正方形,金鱼、乌龟不时显现。

寺庙的建筑布局也大同小异,前面是天王殿,后面是大雄宝殿,两边各有偏殿。

生在闽南的寺庙,也自然带上了厚重的闽南风格。寺庙往往带着古典建筑的特色,大江南北,无不是琉瓦飞檐,雕梁画栋。但是闽南的色彩要鲜艳而夸张些,图案更是丰富而活泼。南普陀的建筑,基本上都是古代宫殿式的重檐飞脊大屋盖,装饰着杏黄色的琉璃瓦,殿顶部绘着龙凤麒麟等瓷画,檐顶雕刻着龙形图案,如欲腾空而飞。

这种风格带给人视觉冲击更强,看惯了寺庙单一的肃穆庄重,平添一分温暖与新鲜。

我们去的时候,大雄宝殿并不对外开放,后方开了一扇木门,无数缁衣居士脱鞋入内,密布殿中,不知道是不是当地的某种仪式。

寺内还有一座别处没有的大悲殿,更似一个巨型的佛龛,八角三重飞檐,内部斗拱层叠而成,据说殿内藻井全用木料,没有一支铁钉。里面摆放了4尊背靠相依的镀金观音像。隔着窗棂,只感觉殿内无数双手臂各具形态,甚为庄严。所有的香客都在窗棂外虔诚朝拜。

回想到普陀山上,香火鼎盛,其中往来者相当一部分来自于闽粤,似乎南方对宗教的信仰要远胜于北方。是因为连绵的群山保护了南方的宗教文化免遭侵蚀,还是远离中原纷争的南方人更好地传承了宗教的精髓,保留了更完整的仪式?

南普陀,还是保留了自己的特色。

2017-03-28

（三）绕不过的鼓浪屿

此次厦门之行，因为带着孩子，所以我们考虑的路线自然有所不同。

为了给孩子梦想的熏陶，我们走进了厦门大学，体会这所吹着海风的学校所散发出的魅力，穿越芙蓉山隧道，被密布的学生的创意涂鸦所吸引。

为了培养孩子对科学的兴趣，我们去了厦门科技博物馆，琳琅满目的各色科技成果让孩子们大开眼界。

可是我们知道，有的地方不去，总是有些遗憾，比如鼓浪屿。

鼓浪屿就是厦门的象征。虽然商业气息过浓的鼓浪屿必然会抹去曾经纯洁而质朴的一面，虽然对音乐并无研究的我们去参观钢琴博物馆并不会有太多的共鸣，在摩肩接踵的人流里感受文艺与清新实属天方夜谭，但我们还是毅然上岛，即便形式大于内容。

乘着渡船晃过窄窄的一方海水，便到了鼓浪屿，依然似曾相识的建筑，依然游人如织的场景。

10 年前，我们热衷于游人趋之若鹜的景点，因此，无论是日光岩，还是钢琴博物馆，我们一个不落跑了个遍，细细回想，似乎又没有留下什么印象。

10 年后，再次回到这个小岛。如雨后春笋般而起的各色文艺小店，成为新的吸引人眼球的热点。那些消费着中国几千年文字历史的光怪陆离的店名，那些让文艺青年为之欣喜的各种别具匠心的点缀，甚至空气里弥漫着的青春的气息，都让这里人气极旺。

可这并不是我们憧憬的鼓浪屿。我们努力绕过挥汗如雨的闹市区，远离文艺小店密布的地带，寻找悠闲的漫步里依稀可见的厦门的影子。

　　鼓浪屿实在是个弹丸小岛，面积不过 2 平方千米。因其靠海，每逢涨潮水涌时，浪击礁石，声似擂鼓而得名。岛上街巷纵横，似蛛网般密布，假如不赶时间，惬意地漫步巷弄里是个不错的选择。岛上绿植遍布，挺拔瘦高的棕榈、长须及地的硕大榕树自然是这里的主角；家家户户墙头探出头来的三角梅，却也是厦门的特色，那大片的三角梅恣意地舒展开去，艳得热烈；还有白里透黄的鸡蛋花，也不甘寂寞地争着夏日的宠幸。红瓦白墙便在这绿树红花的掩映中忽隐忽现。耳畔，便是碧海蓝天、行云流水不经意的声响。

　　这种过于静谧的境界自然是孩子所不能理解的。所以，我们迁就了孩子，找了一块浴场，让孩子们下了海。

　　10 年前我们似乎就到过这片浴场，这是大海给我的第一次真实的感受：海水并不清澈，远方应该是另一面的陆地，群山连绵，也未曾带来极目天舒的感觉，更别说气魄渐大，豪情顿生。不时还有军舰从不远处驶过，让海水更为浊黄。这几乎抹杀了初见大海的我对海的一切浪漫的幻想。

　　10 年后依然如旧。然而孩子们并不在意，只要有水，有伴，就是玩耍的天堂。

　　场面便变得有趣。大人站在沙滩上对着这片海一脸不屑，意兴阑珊，不时张望一下孩子；孩子在水里扑腾游戏，兴致盎然，偶尔顾盼一下大人。

　　只有爱，才是景色里永远的主题。

　　虽然鼓浪屿不再能够吸引我们，我们却依然待了很久，直到如血残阳染红了整个海面，海风渐起，海浪微猛，孩子才依依不舍地从海水里爬出来，满脸是夕阳的掠影。

　　出了鼓浪屿,对面便是中山路,喧闹了一天的鼓浪屿刚刚在夜色里平静下来,对岸的中山路便霓虹如昼,人声鼎沸。各种美食的味道相融在一起,飘散在厦门的夜空里。

　　厦门靠海,海鲜自然成了主角。不说沙虫制成的晶莹剔透的土笋冻,清凉鲜爽;也不说牡蛎与鸡蛋混合而成的黄白相间的海蛎煎,香嫩酥软;更不说配料特别、虾贝众多、汤色红亮的沙茶面,咸中带鲜;单是随处可见的生蚝到了厦门,也个个壳壮肉肥,更具滋味。

　　一行人经受不了美食的诱惑,四处散开各做各的"饕餮客"去了。

　　鼓浪屿的印象,便在这无尽的尘烟中渐渐淡去,末了,定格在孩子嬉戏海中的场景里,鼓浪屿,也便多了一份温馨。

2017-03-30

（三）秘境

　　去过鼓浪屿,总觉得厦门的海实在难负盛名。不要说远逊于三亚的湛蓝澄澈,也不如青岛的辽阔静谧,甚至还比不上普陀的婀娜多形。

　　为了让孩子体验帆船的乐趣,我们偶然去了五缘湾。五缘湾位于厦门本岛的东北部,和鼓浪屿正好处于截然相反的两个方向。来厦门的游客大多倾倒于鼓浪屿的盛名之下,很少会听闻五缘湾之名。

　　去了才发现,鼓浪屿实在不能代表厦门的海。

　　到了港湾,我们眼前顿时一亮。海水碧绿,无数的白帆静待岸边,几只海鸥不时从帆顶掠过。这不正是我们梦想的海吗?

迫不及待登上帆船的我们，开始人生第一次的尝试。

帆船在中华文明里并不是新鲜的事物，无论是"孤帆远影碧空尽"，还是"风正一帆悬"，抑或是郑和下西洋的"大宝船"，帆的影子都和船紧密相连。然而作为运输工具的船，稳定是第一位的，帆只是为了提供风的动力。

时至今日，古老的帆船早已消失在我们的生活里。如今的帆船，是我们竞技与娱乐的工具，长不过 4 米，宽不过 1 米，除了一位水手，最多容纳 8 人。除了救生衣，也没有其他的安全措施，绳索做成的扶手，算是唯一能着力的地方。如今的帆，带来的是感官的刺激，是和大海竞速的愉悦，是和风相依偎的和谐。

一只只白帆有序地驶离海岸，海风柔和，海水呢喃，风平浪静之中并没有"乘风破浪"的感觉；骄阳似火，夏日的灼热在海面上更为明显，我们一行人似乎成了露天的烧烤。

出了五缘湾大桥，陡然生变。海风微兴，海浪却似脱了缰的野马，瞬间放肆起来，不住地拍打着小船，小船也想做那离弦的箭，猛地加快了速度，风浪一联手，小船便颠簸起来，一会儿上下跳动，一会儿左右晃动，直把一行人原本的谈笑风生颠簸成胆战心惊，早忘了刺眼的阳光迷了人的眼。控着风帆的年轻小伙告诉我们，今天的风并不大，不算刺激，我们暗自庆幸。

过了不一会儿，风渐弱，船难得地平稳了下来，紧张了半天的我们，终于可以静下心来欣赏一下五缘湾的美景。

常说"无风三尺浪"，果然如此。微风下的浪花像绿色的火焰燃遍海面，又似一块巨大的绿丝绒被揉得深褶厚皱。原本碧绿的海水揉碎了几分宝蓝，显得更为澄澈。不远处的夕阳又忍不住洒下一片金芒，犹如泛着熠光的翡翠，尤其夺人的眼。蔚蓝的天幕下

五缘湾点点船帆

点缀着几朵白云,纹丝不动。水面上的点点白帆,百舸争流,如鱼跃水面,几只海鸟一会儿伫立帆头,一会儿掠翅海水,发着欢快的叫声,忙得不亦乐乎。

我们倚在船上,贪婪地深嗅着海的气息,倾听着海的呼吸,消融在天地之间。

许是水手不愿意看到我们过于陶醉的模样,许是大海不想让我们带走对帆船温柔的误解。突然一阵惊呼,帆船来了个急转弯,整只帆船近乎和海面垂直,我双手死死拽住扶绳,整个背却不由自主触到了海面,对面的几个人更是悬在了半空,脸色惨白,惊叫声此起彼伏,如鬼哭狼嚎般响彻大海,大海似乎向我们露出了峥嵘的狼牙,残暴地想把我们湮灭在它的怀抱里。

正至崩溃的边缘,船终于回归平稳。口干舌燥的我们,顾不上被海水浸湿的衣服,心有余悸,颇有劫后余生之感。

回看水手,唯独他暗自窃笑,方明白这是预设的危险,也不禁暗自佩服他们的技艺。

五缘湾,让我认识了真正的大海,真正的风景总是藏在不为人所知的秘境。

厦门的最后一晚,在中尚房车公园,我们又一次领略了"秘境"。

每到一地,我们总希望能够全方位去走进一座陌生的城市,触摸这座城市的脉搏,却又不悖自己的初心,不随波逐流般去追寻从众的步伐。

美食如此,景色如此,住宿,其实也是如此。

去陌生的地方,我们总会有很多住宿的选择,无论是档次还是风格或者安全,都是理应考虑的因素。

我们既会选择福州聚春园似的五星酒店,感受一把奢华,也会选择贵州小七孔外的破旧客栈,既会去福建土楼感受千年传统里的厚重,也会去阳朔城外的东岭山庄享受世外桃源般的悠闲。

这一次,我们选择了房车。棕榈成林的环岛路边,有一个村庄叫黄厝,名气远不如文艺范十足的曾安厝,却也吸引小众追捧。中尚房车公园便坐落在村里不为人知的角落。

公园里有四五十个小庭院,每个庭院也有四五十平方,每个院子里摆放着一辆改造过的房车,这便是我们的栖身之所。小院风格各异,中式日式欧式一应俱全。我们选择的是中式,小院的门用的是古典的扇门,铜制的兽头门钹更添古韵,一盏昏暗的灯笼悬在门口,摇曳在微风之中,更让小院平生幽静。

房车内部略显紧凑,面积虽小却也五脏俱全,颇感温馨。洗手间、淋浴房一应俱全,一床一沙发错落有致,对于未曾有过房车出行的我们而言,也是一种崭新的体验。

光是房车,必然单调。这里的小院颇吸人眼球。一张木制的长摇椅，一张木制的四仙桌，角落是一根铜水管，下方一个石水池，墙上也点缀着山水墙画，处处匠心。房车外镶嵌着电视屏幕，和房车内的电视是同频播放。

我们一会儿坐在摇椅上看看电视，一会儿趴在桌子上吃着夜宵，孩子们好不兴奋。

等到四周寂静时分，我坐在深邃的夜幕里，拥着恬淡的妻儿，赏着密布的繁星，受着习习的凉风，听着隐约的海浪的轻吟，嗅着空气里淡淡的海的味道，不觉忘了身在何处，夜，便在这份宁静里睡去。

第二天晨起，方才发现不大的公园里竟然还有小桥流水、亭台轩榭，水边有垂杨，墙头有三角梅。角落里几棵芭蕉叶下掩着一串串青涩的芭蕉，木瓜却争先恐后地挣扎出来，探出无数圆圆的小脑袋，向我们这些北来的客人炫耀着南国的热情。

未曾想到如厦门般的旅游旺地居然也有这片悠然世外的"人间秘境"。

厦门，也便更加朦胧起来。

2017-04-05

泉州，逝去的海港

（一）孤寂的安平桥

泉州晋江安海镇和南安水头镇之间，有一座安平桥，据说是中古时期世界上最长的梁式石桥，也是中国现存最长的石桥。

冲着这两个名头，我们放弃了厦门到泉州的高速，沿着烟尘飞扬的国道，决定前往一睹真容。

行至水头镇，导航便开始如无头苍蝇般不负责任地胡乱闯街走巷，几次迷失在路的尽头，我们向当地的人问询，无论是青春少年还是垂暮老人，对"安平桥"三个字都露出茫然的神色，这让我们大失所望，不禁暗自嘀咕是万能的百度信息出错了，还是安平桥早已消失在历史的岁月中而我们竟不得知。

忐忑的我们，怀揣着最后的一丝奢望，突兀在水头镇上，我相信这座有这么大名声的安平桥不应该就这样将自己的身影掩埋在历史的角落里。

皇天不负有心人，终于在一条尘土漫天的公路边，我们找到了安平桥。

众里寻她千百度的思慕尚未来得及化作蓦然回首的欣喜，便被铺天盖地的失望冲击得七零八落。

一块高约3米宽不足1米的石碑上，刻着"安平桥"三个阴文鎏朱篆体大字，不过看材质应该是新立的。边上是一座"听潮楼"，孤寂地立在路边，楼全身都是条石砌成，上边胡乱贴着些标语，地上垃圾纵横，楼边的绿植蓬头垢面地拥在那里，似乎这座曾经风光无限的长桥被扔进了历史的垃圾堆里，无人问津。

穿过楼下一扇锈迹斑斑的矮小的铁门，再向前走了约莫200米，我们终于看见了长桥。

安平桥架在尚显清澈的一池湖水之上，看不到尽头，据说有近5里长，所以也被称为"五里桥"。桥面是平的，约3米宽；用的是大小相似的长条花岗岩石，每排五到六块不等，差不多都是半米宽，6米多长。石缝间的水泥是后世填充进去的，有的石板也明显是新替换的。一块块粗糙的石板被千年的岁月和曾经如织的行人磨得光滑起来，却并不平整。每隔一段距离，还有一个凉亭，用以避暑

孤寂的安平桥

遮雨休憩。有的亭子里有石刻的人像,桥面两侧有石护栏,栏柱头雕刻着狮子、蟾蜍之类,应该都是祈盼平安的。

桥的下面用的是桥墩,据说有 360 多个,和江南或方正或圆润的桥墩不同,这里的桥墩用小型的条石垒成船形式样,两端呈尖状,在这个河海相接的地方,往往海潮迅猛,对桥墩的冲击远大于江南内陆,这种设计,巧妙地保护了桥墩,延长了桥的寿命,也更利于排水。

安平桥的设计,匠心独具,是别处所没有见过的,固然出于实用,然而有意无意,却也处处透露着别样的自然之美。湖水浩渺(以前应该还和海相连),水天一色,难免单调,长桥卧波,在蓝天绿水间蓦地出现一道灰白的直线,就像在平静的水面上划了一道深痕,自然活泼了许多。加上船型桥墩的设计,既拓开了桥墩的宽度,让长桥更显张力,也平添了动感,从空中看,应该更像一条泅水的蜈蚣;又巧妙地把船引入了桥身,似乎是流动的船承载了静止的桥,又或是厚重的桥平稳了漂浮的船,让以海为生的安平人多了一份安宁与温暖。

当安平人正热火朝天地兴建这座桥,憧憬着车水马龙南北通途的日子时,南宋王朝刚满 10 岁,惊魂未定,自然无暇顾及远在闽南的民众自发的建桥行为。

可是历史终归是公平的。曾经偏安一隅繁花似锦的南宋王朝终像璀璨夺目的烟花,散尽最后的辉煌后消失在慢慢历史长河里,遗迹难寻;而安平桥,却历经千年的风雨无常、冷暖更替、世态炎凉后坚强地存活下来,落满千年的尘埃淡去曾经的热闹喧哗,在现世的光影里揉碎了寂寞的身影,投洒在这一池相伴千年而枯守孤独的湖水里。

也许,只有最接地气的,方最有生命力。

走着走着,我们停下了前行的步伐。

这座桥,曾经让两岸欢呼雀跃。桥上,车轮滚滚,人影碌碌;桥下,摩肩接踵,人声鼎沸。

沧海桑田,物是人非,桥的两头不再是千年前的期盼,曾经浊浪滔天的海水早已化作一池静水,周围所谓的风景区固然绿树成荫,群鸟相栖,但却和这桥依然是格格不入的。

毕竟,安平桥不是江南的石拱桥,追求小桥流水、垂杨拂堤的雅致,也不是高山峡谷里的索桥,独爱河水湍急、群山突兀的险峻,更不是横跨大江之上的现代桥梁,渴慕长虹贯日、气势磅礴的雄伟。每一人,每一物,每一桥,终究该活在自己的生命里。安平桥,就应该面海而立、迎风而啸,失去了海,也便丢失了自己的魂。

远远的一望,浅浅的一步,就已经足够,过多的打扰,也是一种对生命的践踏。

再看安平桥,孤独的身影里泛不起一丝波澜,也许,这就是安平桥最好的归宿,任世间变迁,我自安宁。

2017-04-10

（二）老去的泉州

1292 年，一个在中国生活了 17 年的威尼斯人离开刺桐港，当他登船扬帆远航时，不无眷恋地回顾这个热闹非凡的东方大港。

回国以后，他写了一本书，书中毫不吝惜地美誉刺桐港：宏伟美丽的刺桐城有一个港口，船舶往来如织。刺桐是世界最大的港口，大批商人云集于此，货物堆积如山，买卖的盛况令人难以想象。

这个威尼斯人，便是马可·波罗，意大利著名的旅行家，以上文字出自《马可·波罗游记》的记载。

刺桐，是一种树的名字，每逢花开，似红火欲燃空，煞是震撼，曾经的泉州，遍植刺桐，因此得名。

马可·波罗记忆里的泉州，弥漫的硝烟尚未散尽，离 10 万宋人崖州死难不过 13 年。这一定不是鼎盛时期的泉州，却已足以让远道而来的欧洲人瞠目结舌。

泉州的盛世，也便更让人憧憬。

自西汉张骞出使西域，打开了中华通向世界的大门，从此，驼铃悠扬，马蹄喑哑，各色商人络绎不绝，各种商品琳琅满目，尤其是东方的丝绸，薄如蝉翼，软于清风，灿若云霞，凉似山泉，令世界为之侧目，成了西方贵族爱不释手的宝贝。这条通往西方的路，被后世称为"丝绸之路"。

然而这条路却并非通畅无阻，各路商人的钩心斗角，国家之间的腥风血雨，中华王朝的兴衰更替，让这条路时断时续。

到了大宋王朝，彻底断绝。对于军事羸弱的宋王朝而言，丝绸之路早已鞭长莫及，成了他国的领土。一腔豪气的苏轼也只能"西北望，射天狼"。天狼，就是横亘在宋和西域之间的彪悍孔武的西夏国。从此，沙漠驼铃，绝响中原。

大宋 300 年，是中国历史上少有的繁华时代。然而农耕时代里只守着半壁江山，断了丝绸之路的宋朝何以成了经济的快速发展时代？海上"丝绸之路"的开辟功不可没。而泉州，就是这条路的起点。

1087 年，汴京的苏轼登上政治的高峰，却正深陷洛川党争的泥潭不能自拔时，远在东南的泉州，迎来了改变命运的一刻——泉州市舶司正式成立。从此，泉州的海运，支撑起了大宋半壁江山；泉州的街头，流动着金发碧眼、服装各异的番人，泉州的天空，飘荡着各种欧亚的口音。

蜂拥而至的各色人种，让泉州顿时鲜活起来，颇有如今的"国际范"。

1271 年，一个叫雅各的意大利商人描述了他所见过的泉州：

"在刺桐，人们可以见到来自阿拉贡或威尼斯、亚历山大里亚、佛兰芒的布鲁格等地的商人，还有黑人商人和英国商人……在城里，人们可以听到一百种不同的口音，到那里的人中有许多来自别的国家，因此，蛮子人（南宋人）中也有精通法兰克语和萨拉森语的人。城里有很多种基督教徒，有些教徒还布道反对犹太人；除此以外，他们还各自有自己的寺庙、屋舍，我们船队的基督教徒和萨拉森人可以在其中找到自己的住所。"

宋人祝穆在《方舆胜览》中曾经这样写道："诸番有黑白二种，皆居泉州，号'番人巷'。每岁以大舶浮海往来，致象犀、玳瑁、珠玑、玻璃、玛瑙、异香、胡椒之属。"

"苍官影里三州路，涨海声中万国商"，这也许是对泉州盛况最好的概括。

从此,泉州有了一个新的身份:海上丝绸之路的起点。这条路上,不再有驼铃悠扬,尘沙飞扬,有的只是万桨齐舞,惊涛骇浪。

从此,泉州走入极盛的时代,世人誉为"东方第一大港"!

然而这份荣耀的保质期却并不算太长,从马可波罗离港回国起,不过百年。

明清的海禁一起,泉州便如流星般瞬间陨落。即便没有倭寇的纷扰,郑成功的保台这些断断续续的插曲,西方的海洋文明日渐兴起,开始觊觎东方时,农耕文明的选择依然只有"海禁",泉州的没落是注定的,是难以绕去的归宿。

从此,泉州抹去了昔日的辉煌,湮灭了曾经的鼎沸,消散了过往的喧嚣。番语声、船桨声,渐次消失在滚滚波涛里,踪影难觅。

泉州,繁华散尽,烟火燃枯,终于重回宁静。

如今走在泉州的街头,悠闲的人群里看不见曾经辉煌的踪影,潮湿的空气里嗅不出曾经繁华的剪影。只有满街的红色骑楼在不断提醒我们,这里必定有大量曾经下南洋的侨民,回到家乡后也带来了异域的建筑风格。这种上面楼下面廊的建筑,极好地吻合了闽南或多雨或晴热的气候,行走在骑楼下,看着一家家店铺延伸到廊下,店主们耐心地喝着工夫茶,行人们悠闲踱步,仿佛回到了百年前民国时期的泉州,恍如隔世。

可是骑楼毕竟只有百年历史,远不是泉州的巅峰时代,那千年辉煌的背影难道在落寞的岁月里已经寻不到一点踪迹?我不禁茫然起来。

2017-08-07

（三）泉州三寺

或许苍天并不想掩盖泉州曾经辉煌的文化底蕴，也不忍辜负了我们冒着细雨寻找泉州"古韵"的一番诚意，冥冥中指引着我们往泉州鲤城区走去，一座座风格迥异的寺庙便一一浮现在我们的面前，一段段原本破碎的记忆渐渐拼凑成千年泉州的过往，释然了我们满腹的期待与失落，泉州，瞬间变得立体而多姿。

我们首先前往的是开元寺，既是因为它是本土的佛教寺庙，也是因为它巨大的影响力。据说这是福建目前规模最大的佛教寺庙，始建于唐初 686 年，其中几度被毁，几度重建，现在我们能看到的已是明初的建筑。

或是隐迹于闹市之中的缘故，开元寺不像其他依山而建的大寺，外观极为恢宏，掩映在青山绿树之间的佛墙黛瓦，又平添几分与世隔绝的淡然与超脱。

高筑的围墙掩盖了寺庙所有的神秘，除了靠墙的大树，偶露真容的两座塔尖，似有似无的诵经念佛声，很难觅得开元寺的踪影。

大江南北寺庙的格局其实大同小异，中轴线上无非是山门—天王殿—主殿，左右各有偏殿，或置一高塔。其余则因寺庙的规模、缘起而略有差异，开元寺也大致如此。

寺庙门口也并不引人注目，马路的左边一壁照墙，很容易让人误以为是谁家的围墙，上书"紫云屏"三字，据说便是象征着与尘世的隔绝。右边便是山门连着天王殿，由于闹市之中，显得愈发紧凑而容易被忽视，总觉堂堂大寺如此山门似乎寒酸了些许。

天王殿里寻常寺庙的四大天王也莫名地少了两位，走过这么多古刹名寺，还是头一遭，开元寺给我留下了草率随意的初步印象。唯有刻的一副楹联颇有气势:此地古称佛国,满街都是圣人。语言朴实,底气十足,据说这是朱熹对泉州的评价。有圣人的肯定,泉州质朴的外表下,便多了几分浑厚大气。

穿过山门,眼前豁然开朗,千年名寺终于露出原本该有的景象。拜庭极大,两旁各有4棵参天榕树,枝繁叶茂,盘根错节,几百年默守在殿前,见证着开元寺的起伏飘定,兴衰荣辱,平添了一分古朴与肃静。

拜庭的尽头便是大雄宝殿,上书"桑莲法界"四个大字,据说和开元寺的来历传说有关。

福建最大的寺庙——开元寺

我对佛教知之不多,但是去过的寺庙却也不少,无论是布局、供奉的佛像等,绝大多数寺庙都是大同小异,然而即便是如我辈的凡夫俗子,稍加留意便发现,开元寺的大雄宝殿实在有太多的与众不同。首先要说的便是门口斗拱上雕刻的图案是 24 尊相对而生的飞天乐伎像,说是飞天,却又和敦煌的飞天形象截然不同,完全没有婀娜俏丽、衣裙飘逸、彩带飞舞的如仙形象。这些姿态各异、体态丰腴、衣着绚丽的飞天一色的棕色皮肤,背上带着一对硕大的翅膀,少了轻盈之感,多了些异域的色彩。这 24 尊雕像也不相同,

12 尊翅膀如大鹏,捧的是文房四宝之类的器物;另外 12 尊飞天翅如蝙蝠,手上拿着琵琶、尺八(洞箫)、二弦、拍板、南嗳、笙之类的乐器,这些并不是佛教推崇的乐器,也不都是流传广泛的传统乐器,而是中国现存最古老的乐种——泉州南音的主要乐器。佛教和当地文化巧妙的融合,在其他寺庙里似乎很少见到。

但是开元寺的独特还不尽在此。大殿前方的须弥座上刻的竟然是狮身人面像,石柱上雕刻的是印度的神话传说,大殿供奉的佛像也比他处多了很多,据说这是佛教密宗的特色,和我们寻常看到的佛像不尽相同,包括山门缺少的另外两位天王,居然在主殿看到了另外两尊,虔诚地立伺左右,想必这些在密宗佛教里另有名堂。这些充满印度异域色彩的雕像同时出现在泉州,似无理却又合理。这是泉州曾经辉煌的最好印证,也许佛教不仅仅是从西天而来,披荆斩浪间也有北上泉州的传入,形成了如今混搭意味极强的开元寺特色。

大殿的东西两侧,相距 200 米,各有一座高塔,高近 50 米,东面的是镇国塔,西面的是仁寿塔,建塔时间约差 50 年。自唐起,也算饱经沧桑,从木塔到砖塔到如今的石塔,见证了泉州城千年变迁,成为国内现存最古老的一对石塔。

双塔不能攀登,我们只能在塔底绕了一圈,塔基的须弥座上刻满了释迦牟尼的各种故事,清晰可辨。每层有四个门龛,每个门龛里都摆放着形态各异的佛像。矗立在眼前,煞是雄伟,千年的岁月化作了那一块块被磨得锃亮圆润的石壁。石雕上渐渐斑驳的身影难以掩盖雕工的精细,全塔虽然无一木一砖,却又处处保留了木塔的斗拱、飞檐,甚至质地、色彩,让人朦胧间忘却了这其实是座石塔。

机缘巧合,80多年前,一位身形消瘦的僧人曾经走进过开元寺,研讨佛法,后来几度来泉州,被泉州所吸引,终在泉州定居,一待便是10多年。在泉州,他的佛学造诣达到了巅峰,终成一代高僧。

这位僧人法号弘一,出家前俗名李叔同,百年前响彻大江南北的《送别》便是出自大师之手,学贯中西的他被那个时代公认为通才与奇才,万众瞩目,众星捧月。那个年代里,李叔同吸引了世人太多的关注与钦羡。

可是繁华尚未散尽,他便洗尽铅华,皈依佛门,潜心向佛。从此,世间少了新文化运动的一面旗帜,佛门多了一位佛法高深的宗师。

如今的"弘一法师纪念馆"便设在开元寺中,可惜大门紧锁,我驻足在馆外法师的雕像前不觉沉思:开元寺内香客寥寥无几,游人也零零星星,自不能和普陀的香火鼎盛相比,也难以和灵隐寺的游人如织望背。为什么偏偏是泉州有幸承载了大师的最后岁月?是泉州繁华散尽后的安宁更符合大师的人生轨迹,还是泉州曾经的包容四海换得的一身淡泊致远吸引了大师,还是开元寺千年的沉淀倾倒了大师?

也许正是在这个几乎被世人遗忘的角落里,开元寺重归寺庙应有的清净,在喧嚣的尘世里反而得到难得的安宁。

离开开元寺,脑海里挥之不去的只有那首《送别》:

> 长亭外,古道边,芳草碧连天。晚风拂柳笛声残,夕阳山外山。天之涯,地之角,知交半零落.一壶浊酒尽余欢,今宵别梦寒。

送别的何止是旧友,更是泉州城千年辉煌渐行渐远的背影。

离开元寺不到 2 千米,在仿古建筑林立的涂门街边,我们发现了清净寺。

清净寺并不难找。它的布局并不像传统的佛教寺庙那样统一工整,门面也不见恢宏。高高长长的石墙隔开了寺庙内外。寺门窄而高,是圆形的穹顶拱门,采用的据说是叙利亚大马士革伊斯兰教礼拜堂的建筑形式。

因为清净寺就是伊斯兰教寺庙,是阿拉伯穆斯林在中国创建的现存最古老的清真寺,距今已经 1000 多年。

清真寺和佛教寺庙的布局大相径庭。我知之甚少,从门楼到望月台、南墙、奉天坛、明善堂等,一色的石材,单一的色调,远没有佛教寺庙的色彩斑斓、构建复杂,却也平添一分肃穆与纯洁。

400 年前的一场地震摧毁了奉天坛,原本硕大的穹顶荡然无存,只剩下十几根残柱屹立不倒,夕阳拉长了残柱的倒影,更增悲凉。这也似乎成了清净寺的缩影。

对于 1000 年前定居于此的穆斯林来说,清净寺就是他们的精神家园,即便家财万贯,商船如梭,物质上的富裕遮掩不了精神的需求。虽然身在万里之外,但是寺庙在,信徒便有了精神的寄托,游子便有了家园的依附。清净寺,便也比一般的寺庙沉重许多。

很多阿拉伯人再也没有离开泉州,如今新建的清净寺虽然不对非教徒开放,依然陆续有朝拜的信徒前往,千年不断。

这份传承,让小小的泉州国际范十足,也在提醒着后人泉州曾经的辉煌,包容的底蕴。

在历史的殿堂里,泉州有理由高高地仰起头,笑看众生。

不知道清净寺建成时,大宋的子民是带着怎样的目光注视这造型奇特的建筑,看待穆斯林虔诚的朝拜的。是嘲笑,是不解,是惊讶,还是一个民族对另一民族的尊重,或是一种宗教对另一种宗教的包容?

可我知道,当年的穆斯林一定是激动异常的,因为每一个穆斯林在异乡寻找到了家乡的感觉,因为每一个穆斯林的灵魂找到了应有的归宿。

沿着清净寺往前走不久,一座造型奇异类似寺庙的建筑跃然而出,庙前人行如织,香火极旺,虔诚至极,看打扮绝非游人,年轻人的数量也不少。

此庙就在路边,占地也不大,但是建筑式样却显特别,尤其是庙宇顶部,采用的是单檐硬山顶结构,屋脊上嵌满了各色艳丽的花鸟图案,每条屋脊两端都是高高翘起的夸张的弧线,弧线上方似是瓷质的彩龙形状,线条夸张,彩龙似随时腾空而起。庙的门檐、斗拱都是装饰精美的木雕。数座庙宇前后重叠在一起,满眼都是飞腾的艳丽的龙。

如此炫目的庙宇,生平未见,中间檐下写着三个大字"关岳庙",正自纳闷,踱进庙门,豁然开朗。殿内居然供着两位武将,一边是关羽,另一边是岳飞,两位万人景仰的将军身边又都各自有几位从祀的名将。原来这是一座武庙,无关宗教,只系信仰。武庙并非未闻,只是两位隔着千年的武圣一起供着,实在有些穿越。原本这是座关帝庙,也有近千年的历史,一百年前的政府又把岳飞请了进来,也便两人合用香火了。

一路走来,开元寺的安静,清净寺的冷清,盛名之下的两座寺庙多少有些出乎意料。然而偏偏这座与宗教无关，装饰也不见大气从容的关岳庙，烟雾缭绕，香火鼎盛。

也许这里有最接百姓地气的信仰价值。关公和岳飞，之所以能登堂入室，独享香火，并不是两人的武艺有多高强，而是都沾了"忠诚"的光，于小是忠君，于大是忠国，历来并无异议，和孔夫子的文庙实际上是异曲同工。如果说文庙的设立，是圈定了天下士族共同的精神家园，牢牢控制了士族的价值观；那么武庙所推崇的正气、忠诚，是圈定了士族以外更多百姓的价值观，学了关岳，自然就不会有人高举造反的旗帜。文武庙的设立，未尝不是妙策。

然而为什么不见文庙信徒如织，只见武庙人声鼎沸呢？恐怕文庙就如阳春白雪，武庙如下里巴人了。曲高自然和寡，百姓读不透孔夫子的儒学，但却知道救国于危难之中的武圣人。于百姓而言，造福为民，解救百姓于火热的可能还是刀剑比经书靠谱。也可以想象，宋明之后的福建，饱受战火，民不聊生，生死一线对生命的渴望，武将要比佛祖来得实际。

或许这就是为什么偏偏是这关岳庙的香火占了泉州的半壁江山。

或许这也是为什么明清时偏偏是泉州出了一大帮武将：俞大猷、郑成功、施琅、洪承畴，明清交接时风起云涌的故事主角里竟然有这么多泉州人。

泉州的三寺，突然变得有趣起来。正统的佛教寺庙处处洋溢着南洋的气息，毁于地震的清净寺依然能在这片异国的土地上挣扎着延续信仰，而最没有系统教义支撑的关岳庙活得却是最为滋润。

这也许就是所谓庶民的胜利？是真正滋长于泉州人心底深处的对价值的追求，对人生的探索，对世界的构想？

脑海交织着庄严的佛黄,纯洁的白色穆斯林,还有色彩斑斓的武庙。

脑海里闪过一个个泉州的名人,既有民族英雄郑成功,也有卖国求荣的洪承畴,既有全心主政的李光地,也有桀骜不羁的李贽。最后,都化作泉州多彩的人文底蕴,多元的价值追求,曾经辉煌而又重归平静的历史。

泉州,便像铅华洗尽的雍容老者,脱去曾经的锦衣华服,放慢了曾经匆匆的步伐,举手投足间却依然保留着那份清晰可辨的厚重的历史气息。

泉州,似乎并没有老去。

2017-08-12

坊巷里的福州

(一)失败的都城

到过厦门,厦门满城的榕树让我记忆犹新,却暗自诧异为何厦门只称"鹭城"。待到福州,恍然大悟,原来"榕城"竟是福州的称号,福州榕树之盛,可见一斑。

福州之名缘于城北有座福山。一个"福"字,让福州城喜气了几分。

说福州是块福地,并不为过。无尽的连山成为天然的屏障,阻挡了千百年来南下的铁蹄,一次次的衣冠南渡,让北方的士族蜂拥而至,纷纷选择了福州作为栖身之地。从兵荒马乱的中原来到这海风袭人的东南,换得的不仅仅是喧嚣的远离,更是一份安逸与富庶。有山为防,有海为傍,和平的年代里偷得浮生半日闲,战乱的岁月里群山换得百万兵,也可抵挡一阵强敌。福州虽然远离中原,却也成为很多偏安一隅的小王朝的首选。纵观中华5000年的历史,汉唐宋明才是汉族统治的王朝代表,巧合的是,福州的建都,和这4个朝代休戚相关。

第一个慧眼建都的是无诸,跟随着刘邦建立了闽越国,也造就了福州的雏形。也正是从那时起,荒蛮的闽越人开始接触到中原的文化。可是文化的磨合必然要经历血的洗礼,自以为正统的汉文化未必便是天下效仿的榜样,文化的控制和反控制,最终换来的是战火的重燃,硝烟的再起。闽越也就在这一阶段遭到了第一次的血洗与侵蚀,100年的光阴,换来的是闽越族的或杀或迁,和后世的每一次强势文化的来袭如出一辙。即便是万里之外的白人对印第安人的征服,也是这个老套路。闽越人在硝烟里沉默下来。

这样的沉默一有就是1000年。1000年的时间,仍是闽越之地,却再也不是闽越之族。摆脱了风雨飘摇的唐帝国的控制,从中原奔袭而来的王审知相中了这块偏安的绝佳地盘,建立了闽国,并忙着扩建都城,福州于是成形。这个闽国,便是"五代十国"中的一个,存在了46年,被另一个并不强大的南唐消灭。地势再险要,没了守卫的强军,也是万事成空。但好歹,福州也是正儿八经当过都城的地方了。

此后的福州,经受着不断南下的孔孟礼学的熏陶,沐浴着中原知书达理的正统,也便有了"滨海邹鲁"的美誉,到了只有半壁江山的大宋朝,福州也成了人才辈出的"福地"。

可是福州之福并不能庇佑凋零的宋王朝。辽人、金人、蒙古人不断地冲击，终于把原本羸弱的宋王朝扫荡得分崩离析。

1276年，临安失陷，幸免于难的7岁的赵昰南逃至福州，仓促称帝，也许宋王朝的遗老寄希望于福州能给予帝国最后的瑞福，能够羁绊蒙古铁蹄的南袭。可事与愿违，仅仅半年，福州沦陷，并没有庇佑苟延残喘的南宋王朝。这一时间距离崖州海难仅仅3年。对于9岁便死于非难的赵昰而言，唯一幸运的是他没成为末代皇帝，他的后面，还有一个只活了8岁的赵昺。

如果说在宋王朝，福建对帝国最大的贡献，是培养了一批左右政局的文臣，那么到了明王朝，福建又为帝国培养了一批武将。可惜这批武将，或降或逃，并没有捍卫住明帝国最后的辉煌。

1645年，南京沦陷，和宋王朝如出一辙的命运，朱元璋的九世孙朱聿键逃到福建，建立了南明小朝廷，号称"隆武皇帝"，强做最后的抗争，仅仅一年，福州沦陷，不久，南明灭亡。

4次为都，4次被灭，滚滚历史潮流之下，福州自然难以逆势而为，没能幸运地保全残存的小朝廷，也是理所当然的结局。

作为都城，福州自然是失败的，一次次见证王国的灭亡，何来之"福"？

也许，福州不适合做都城，它应该有自己的生存方式。

2017-08-14

（二）流连坊巷间的福州

坊者，巷也。中国几千年的城市发展，孕育出了坊巷。然而坊和巷还是有明显的区别的。坊是块状的区域，比巷要大；巷则是小而弯曲的弄堂。我们如今提及早已消失的坊，必会浮现宋王朝热闹的坊间,而曾经在都市里星罗棋布的巷,也承载着江南的细雨渐行渐远。坊巷,曾经编织着多少城市角落的故事,如今空留下几个虚无的地名,聊作慰藉。

然而福州城有一大块硕大的坊巷区域,抖落千年的尘埃在现实的社会里保留了下来,让我们依然能够窥探到曾经城市的一角。

这个坊巷纵横的地方,叫"三坊七巷",自古以来便是福州的中心,经历晋的初始,唐宋的完善,明清的鼎盛,躲过了战火的纷飞,老城的拆迁,运动的毁灭,奇迹般地存留了下来。如今得了"明清建筑博物馆"的美誉,得以向世人展示这片神奇的街区,这里,是福州城的根和灵魂。

所谓"三坊七巷",一条中轴街横贯南北,坊和巷都是东西走向,东面集中着 7 条巷,分别是杨桥巷、郎官巷、塔巷、黄巷、安民巷、宫巷、吉庇巷,西面是 3 个大型的坊,分别是衣锦坊、文儒坊、光禄坊。

对于生在江南的我们来说,小巷是江南的意象,早已司空见惯,戴望舒的《雨巷》是定了调的。即便到了闽越之地,似乎也清晰可辨。幽深而曲折的小巷四通八达,淅沥的小雨轻敲青石板的路面,一色的白墙黛瓦连绵不绝。墙内总是或亭台楼阁,或花草假山。

如果仅此而已,那么这里的景致无非比家乡的规模更大而已,可"三坊七巷"的魅力,远不止此。

历来不乏名人聚居的福州城,到了清末,如火山喷薄般出了一大批的名人,而这些名人,或生长于斯,或寓居于此,几乎串起了整个中国近代史。

中国近代史的开端,是第一次鸦片战争的爆发。鸦片战争的爆发,始于"虎门销烟"。硝烟的人,叫林则徐,最早放眼看世界的人里,就有他的身影,他便是地道的福州人,"三坊七巷"里走出的第一个有分量的名人。

林则徐出生寒门,父亲只是一个私塾先生,却生下了 11 个子女,林则徐是老二,贫寒的童年没有磨灭他苦读求仕的梦想,十年寒窗终换得一日的飞上枝头。曲曲折折的仕途里,让林则徐见识了中华之贫瘠,国民之羸弱,也埋下驱除外辱,振兴王朝的种子。谁也没有想到,这颗种子居然在虎门发了芽,曾经的"福建子",如今已然成为振臂高呼重燃民族梦想的希望。在浓厚的黑夜里迷失了前行方向的中华终于看到了点滴暗淡的星光。

似乎林则徐的出现,打开了福州看世界的另一个视角。可以想象,当虎门的硝烟飘到福州,"三坊七巷"的有识之士一定会奔走相告,欢呼雀跃。因为举起泱泱中华在羸弱的现实面前反抗外辱大旗的人,是从福州的小巷里走出来的。

然而孤独的先行者往往会成为时局的牺牲品,撕破夜空的星光瞬间又被黑夜吞噬。在大英帝国的滚滚炮火中溃败的清王朝恼羞成怒,唯有拿林则徐问罪,以息外人之怒,顺庸者之见。昨日的钦差大臣,沦为今日的阶下囚,林则徐被发配新疆。

一腔热血却换得囹圄深陷,熟谙为官之道的林则徐唯有一声长叹,疲倦的背影里承载不了积重难返的没落的帝国。

但是他依然影响了一批有识之士,前赴后继拯救国难于火热之中。他的故乡自然是受他影响最深的地方。

林则徐离开福州之前,他的外甥经常去林家玩耍。耳濡目染见识了舅舅胸怀天下的情怀和苦读修身的勤奋,也随着林则徐的起落浮沉感慨世事艰难,在一次次帝国耻辱的屈服里苦寻强国的梦想。

这个人叫沈葆桢,他不仅仅是林则徐的外甥,后来还娶了林则徐的女儿,舅甥化为翁婿,多了一段佳话。他更是洋务运动的重臣,中国"船政之父"。从造船到建福建船政学堂,从培养海军到建南洋水师、福建水师,这些都离不开沈葆桢的呕心筹划。最早"睁眼看世界"的林则徐、魏源们所憧憬的"师夷长技以制夷",所怀揣的光复中华的梦想,沈葆桢是不遗余力的实践者。中国近代海军的创立,沈葆桢功不可没。

曾经轰轰烈烈的洋务运动难逃失败的命运,盖因历史的车轮里,没落的农耕文明难以阻挡海洋文明的兴起,依然存活于天朝上国幻想里的中国仍然以为中西的差距不过是机械的差距、技术的差距。殊不知自己依附的沾了 2000 年封建泥土气息的制度早已腐蚀了帝国的根基,牢牢束缚了技术所能带来的改变。

可是洋务运动毕竟播下了西方先进文明的种子,致力西化的学堂里送出了许多留学的人才,让更多的人见证了西方的制度与文明。

福州船政学堂成为培养中国海军将领的摇篮。一大批青年才俊在福州船政学堂成绩优异,并得以游学诸国,回国后许多人加入大清最强的海军——北洋水师。1894 年,中日甲午战争爆发,这批海军才俊迎来人生最为严峻的考验,这是两个向西方学习的亚洲霸主之战,战争的结果,是全盘西化的日本彻底击沉了满足于"师夷长技"的几千年的亚洲霸主——大清帝国,中国的海军精英几乎全军覆没。参战的 24 艘军舰里,福州籍的管带便有 10 人,副管带3 人,士兵更是不计其数,最强的两艘铁甲舰"镇远号"和"定远号"的管带都是福州人。

福州船政学堂的优异毕业生们不幸用生命见证了中华历史耻辱的一页，一腔的报国热情在残酷的现实面前被击得粉碎。

这些毕业生，有许多来自于"三坊七巷"。

林永升，"经远舰"管带，战争中被日军四面包围，舰破人亡。明知必死仍奋勇向前，这便是军人的本色。

林履中，"扬威号"管带，守着一艘老式的战舰，难以匹敌日军的战舰，终被击沉。无力回天之际，慨然跳海，放弃被救。

林泰曾，"镇远号"管带，作为最强的战舰，和"定远号"一样并未在战场上被摧毁，然而惨败之军拖着战舰不堪的身躯撤回港口，不幸触礁损坏。林泰曾自责不已，自杀谢罪。他的祖父叫林霈霖，林则徐的亲弟弟。

刘步蟾，"定远号"管带，甲午战争中英勇作战，幸免于难。半年后在威海保卫战中再次遭遇血战，战舰被毁，当夜自杀殉国，生前的"苟丧舰，必自裁"的诺言竟成真。

杨用霖，"镇远号"副管带，历经甲午血战，目睹林泰曾自杀后，升任"镇远号"管带。威海海战中，北洋水师深陷重围，丁汝昌、刘步蟾先后自杀，一时群龙无首，坐以待毙。众人推举他与日军接洽投降，杨用霖义正词严地拒绝，返回船舱吟诵着"人生自古谁无死，留取丹心照汗青"的绝命诗，以枪自杀。

······

我实在不愿再去考证这份名单的完整性。福州船政学堂里必然还有陨落在黄海的英雄，这些人里一定还有大量的福州人，用自己的生命去试图拯救败落的祖国。

我们的先辈从来不缺乏一腔热血精忠报国的情怀，这些英雄和邓世昌一样应该被后人所铭记。然而令人痛心的是这份名单里太多的将领自杀殉国,似乎没有哪场战争是以如此的方式结束。是因为海战的特殊,还是因为过于悬殊的差距击碎了才俊最后的信心? 我不得其解。

然而我知道,自杀不会改变英雄的本色,我相信林泰曾们在生命的最后一刻决绝地选择死亡,脑海里挥之不去的是激战后的惨败,是战友们的牺牲,是空学本领而不能救国于危难的无奈,是对帝国无能的愤慨,是对"舰在人在,舰亡人亡"的诺言最后的坚守。

我不知道福州海政学堂到底给这些帝国的精英们教育了什么,让这些"三坊七巷"走出的英才不惧死亡,血脉里永远流动的是以天下为己任的责任感。悲壮的英雄拯救不了日渐西沉的帝国,但是我们却不能忘却他们依然是我们的民族英雄。

或许是先驱者林则徐留给了他们代代流传报国救民的家风,是让更多的人睁眼看世界的思想,是激励了更多的人前赴后继般去寻找国家的出路,拥有民族振兴的抱负?

那是"三坊七巷"最为悲壮的时代,坊巷间,到处是白衣缟素,到处是生死别离,到处是哀号满巷。

为这些知名,也为更多不知名的甲午英雄们致敬!

小小的"三坊七巷"由是而让我尊敬,林则徐由是而让我倍添敬仰。

甲午战争只是中国陨落的开始,中国的迷惘和苦难依然没有结束。而"三坊七巷"的后人们,依然在黑夜里摸索先行。我惊叹于这块土地的神奇,感慨于福州城底蕴的浓厚。

有一个同样毕业于船政学堂的学生,和林泰曾、林永升是同窗,同样来自"三坊七巷",却最终没有走上战场。成绩优异的他被送到英国去学习军事,但是这个年轻人却对英国的社会政治产生了浓厚的兴趣,对中国需要什么有了自己的思考。这个年轻人学成回国,最终没有从政,没有从军,而是做了老师,致力于启发民智,挽救国难,培养了中国第一批现代海军人才,并翻译了大量西方的作品,成为杰出的翻译家。中国人看到的第一本外国著作就是翻译自他之手,那是达尔文的《进化论》,中文译名《天演论》。

他的名字,叫严复。西方的民主与科学,在严复的笔下源源不断地被介绍到中国,在那个愚昧无知的年代里犹如一盏高悬着的明灯,指引了无数后人奔赴向前。如果说林则徐以行反抗外辱,点燃民众内心之火,那么严复是以文启智,点亮世人心中的灯。无数热血青年因严复而知民主和科学,因严复而懂唯有变法方能挽救中国。

如果严复当初和林泰曾一样上了战场,也许黄海上多了一缕英魂,却推迟了中国民智的开启。一个文弱书生,很多时候比荷枪实弹的战士更有价值。

受严复的影响,积极参与了戊戌变法的大有人在。但是为变法而流血牺牲的却不多。我们大可看见康有为梁启超上下奔走,殚精竭虑,但是变法失败,安然逃脱的也是他们。

为变法而流血的人有 6 位,后世称为"戊戌六君子",名气最大的自然是谭嗣同,年龄最小的是只有 24 岁的天才少年林旭,依然来自"三坊七巷"。24 岁,鲜花刚绽开的年龄,还来不及展示全部惊世的才华,便陨落在变法的血泊里。林旭就义后,他的妻子沈鹊应写了一副挽联:"伊何人?我何人?全凭六礼结成,惹得今朝烦恼;生不见,死不见,但愿三生有幸,再结来世姻缘。"事后服毒自尽,追随丈夫而去。

沈鹊应的父亲是当朝大臣沈瑜庆,她的祖父便是沈葆桢。一个个如雷贯耳的名字救不了变法的命运,在腥风血雨的政治斗争里无能为力。

虎门销烟没有打击大英帝国掠夺的决心,洋务运动未能挽救甲午海战的失败,西方的技术与设备拯救不了腐朽的王朝,百日的维新更是将没落帝国的劣根暴露无遗。一代代沾满鲜血、献出生命的努力化为一个个泡影,"三坊七巷"里走出的英才们扼腕长叹。

苟延残喘的大清帝国拖着疲惫不堪的身影深陷泥潭,如风中残烛,如西山落日。帝国的精英们在轰隆隆的机器声里,在弥漫的硝烟中茫然无措。

中华的出路在哪里?

当改革无法挽救千疮百孔的清帝国的命运,那么暴力的革命换得新的政权也许是最后的选择。

1911 年 4 月 27 日,孙中山领导的中国同盟会再次在广州发动起义,目标是清政府的两广总督衙门,领导者是黄兴,仓促举事的广州起义最终失败。后来有 72 具烈士遗体被收集葬在了黄花岗,这场起义被称为"黄花岗起义",是辛亥革命胜利前最悲壮的一次起义。

这 72 位烈士里,有 20 位福建人,福州人占据了一半多。其中3 位同年生,同宗同族,同时捐躯,牺牲的年龄和他们的先辈林旭一样,只有 24 岁。他们的名字是林文、林尹民、林觉民,"黄花岗三林"由此得名。这些来自"三坊七巷"的先驱者用自己年轻的生命打开了清帝国灭亡的大门,用满腔的热血敲响了 2000 年封建王朝的丧钟。

这些先驱者,不仅仅有铮铮铁骨、万丈激情,他们年轻的生命里,同样涌动着似水柔情,让"三坊七巷"满身的正气里,更多了情和爱。

林觉民便是代表。他留给世人的,不仅仅是慨然就义的伟岸,更有那生死离别情意缠绵让后人潸然泪下的《与妻书》。

这封起义前三天写就的书信,是一封遗书,一边是浴火纷飞的战场,一边是缠绵悱恻的家园;一边是水深火热的百姓,一边是如胶似漆的妻子;一边是对生的留恋,一边是对死的无畏。

年轻的生命里,没有对生活的苟且,没有对天下苍生的无视,没有对民族国家的冷漠。

两年后,他的妻子陈意映抑郁而终,年仅22岁。

1842年,被充军伊犁的林则徐发出"苟利国家生死以,岂因祸福避趋之"的心声,以明其志。

70年里,"三坊七巷"前赴后继的英才不断以此为铭,激励着一代代人走出小巷,心系天下。

每每在历史的拐角,总有来自"三坊七巷"的人影响历史的进程。

林觉民牺牲8年后,中华民国虽立,然而军阀混战,民不聊生的困顿依然不改。

中国依然是弱国。弱国便无外交。"一战"结束后,作为战胜国的中国却似一个赠品从德国转到了日本。由此引发的由学生爱国热情、民族自尊燃起的五四运动改变了近代史。

而五四运动的缘起,是1919年5月2日刊登的文章,题目是《外交警报告国民》,文章揭露了整个和谈的内幕,这让明知真相的国民愤慨不已,"五四运动"由此而发。

这篇文章的作者叫林长民,是林觉民的长兄,民国初期的风云人物,师从同为福州人的一代翻译名家林纾。林长民虽然没有林觉民以身殉国来得轰轰烈烈,却也在民国波谲云诡的时代里坚持着对民主的渴望与追求。中国历史上的第一部资产阶级性质的宪法《中华民国临时约法》的制定,就有林长民的心血。林氏一族,或从戎或从政,在坎坷前行的历史脚步里,留下了鲜明的福州的烙印。

百年的中国风云,竟然在"三坊七巷"里不停地徘徊。一部中国近代史,便由这片街巷间的各色人物如接力般传承、积淀。

然而林长民以后,"三坊七巷"突然安静了下来,这个 80 年来左右了中国近代风云的街巷里,渐渐淡去了刀光剑影的血腥,放慢了拯危救难的脚步,多了些许风花雪月的柔情。

也许,是林长民和徐志摩的一段说不大清白的往事,让这片街巷平添了几分暧昧,茶余饭后多了消遣的主题。

也许,更是由于林长民生下了一个倾倒中华的才女。

他的女儿,便是民国一代才女林徽因。一个让所有女子顿然失色,让所有男子自惭形秽的绝美女性。

然而最吸引我的却不是她的美貌与智慧。若论文学的造诣,张爱玲甚至更胜一筹,若论美貌,陆小曼也毫不逊色。然而张爱玲如空谷幽兰,孤傲得不食人间烟火;陆小曼如盛开的牡丹,浓郁而让人窒息。生在杭州的林徽因却决然不同,她有江南女子的温婉娴静,有书香门第的清丽脱俗。她优雅地一坐,便能吸引半个中国的文人学者,温和如胡适之,纯粹如金岳霖,固执如沈从文者,无不趋之若鹜。

然而偏偏是这么个女子,却能跟着梁思成东奔西走,栉风沐雨,在扬起的漫天灰尘里,在坍塌的断壁残垣间竭力挽救中国建筑的宝贵遗产。

偏偏是这么一个女子,在李庄阴暗破旧的民居里拖着日渐消瘦的病体苦苦支撑,和梁思诚撰写着《中国建筑史》这部不朽巨著。

也许,她的骨子里深深埋藏着"三坊七巷"里走出来的人的通质:坚毅,以国为己任。这无关乎性别,无关战争或者和平,这是耳濡目染潜移默化的林氏精神内核的传递,即便是一个绝美的弱女子,依然能用自己的方式传递这份精神的内核。

福州的市花是茉莉花,我想,林徽因就是一朵茉莉,纯洁而热情,高贵却又低调。

1928 年,学成回国的林徽因生平第一次回到"三坊七巷",第一次进入故乡的街巷,第一次感受浓郁的人文,不知道这朵漂泊的茉莉会不会感慨良多。

我相信她一定会在林觉民的故居前驻足,因为那里曾经有她的亲人,这间老宅里有最凄美的爱情,有家族不忍回首却值得铭记的往事。

可是她也一定没有走进老宅的大门,因为这家的主人,在她出生前便早已换作了他姓。

新的主人姓谢,他们家也出了一个坊巷间啧啧称美的才女,这个才女,也是林徽因在美国的旧识,异国逢乡友,交情应该不浅。彼时,大林徽因 4 岁的她正在清华大学国文系任教。

这个才女叫谢婉莹,笔名冰心,是"三坊七巷"里走出来影响最大的作家。她清新隽永的文章影响了一代代少年,很多时候,冰心就是一个慈祥柔情的母亲的化身,让很多孩子对母爱有了最真切的认识与表达。

冰心曾留下一篇《我的故乡》，极尽对"三坊七巷"的留念，一草一木，一副楹联，一册线书，都是冰心眷恋的童年往事。

初中课文里，有一篇《红莲》，记录了小时候家里那缸红色的莲花，风雨飘摇里荷叶护着菡萏，让冰心想起了无尽的母爱庇护着自己的成长，文短而意长。

我们去的时候，也的确应景地放了一缸水，水面飘着大朵的荷叶，荷叶下隐约也有些许淡红的颜色，提醒我们温馨的往事。

冰心的笔下也不全是温馨的回忆，也留下了犀利的批评。1933年，她的小说《太太的客厅》问世，一时掀起千层浪。因为所有的人都觉得这个"太太"指的是林徽因，这是个不谙国事自顾消遣的客厅。一时口诛笔伐不断，两位福州的老乡，失了情谊，实为憾事。

我宁愿相信冰心所作的只是一篇小说，即便含沙射影，也不应该是指林徽因。一个为研究古迹能够不顾病体的女人，一个东奔西走呼吁保护北京古城的女人，不应该是一个醉生梦死的女人。

"三坊七巷"的结局，多少留了些遗憾。

如今走在坊巷间，踩在油光锃亮的青石板上，推开颤巍的古朴的大门，透过岁月斑驳下的堂屋，苍老的苔痕隐约在后院里，曾经的风起云涌重归平静。不再有琅琅书声穿过高大的外墙，不再有卿卿私语萦绕雅致的闺房，不再有感时伤怀的深深长叹，也不再有义愤填膺的阵阵咆哮。

岁月，被冲淡在如织的人群里；往事，被吹散在灼热的空气里。

没有了岁月和往事，空有塞目的明清各色建筑，"三坊七巷"也便真真切切成了一座空城。

错过了时间，我们只能站在"林则徐纪念馆"的门外，看着夜色渐浓。高大的红墙阻断了与院内所有的联系,在黑魆魆的夜空里显得肃穆起来,嗅不到一丝历史的气息。

朦胧的夜里,我似乎又看见林则徐的背影,背着几千年中华的沉重,艰辛却又毅然地往前走去。

又似乎无数人的影子渐渐浓了起来,或温情,或愤怒,或憧憬,或无奈,或仰天长啸,或号啕大哭……重重叠叠地隐约在夜色里。

在中国最为黑暗而绝望的百年岁月里,是这些人一次次用思想点亮前行的灯光,一次次在大厦将塌、巨轮即沉之际用生命延缓坠落的速度,而他们,同属于一片土地。

一座城,三个坊,七条巷,一百年。

2017-09-04

寻觅深山里的白水洋

离开福州,我们直接驶往宁德屏南县的白水洋。

宁德群山密布,高速一直在隧道里穿行,然而吸引我们的偏偏不是满眼的连山叠翠,而是深山里的白水洋。

我能理解西部对湖泊动则称"海",浩瀚的大海对于内陆来说遥不可及,大湖权作"海"的向往;我也能理解中原一马平川,偶尔一个小土丘便迫不及待地美其名曰"山",来缓解对"山"的渴望。

闽粤一带喜欢把宽阔的水面说成洋,这也能解释文天祥笔下的伶仃洋也带着个"洋"字,但伶仃洋毕竟在珠江的入海口,与海洋融为了一体,称之为"洋"倒也能勉强接受。

可是白水洋虽居群山之中,却离海并不遥远,区区 100 千米应该不足以阻断世人对洋的认识。

我们驱车前往屏南一睹真容。屏南位于群山环抱之中,处处林木苍郁,枝叶颀长的各色草木恣意地舒展开身子,前赴后继层层叠叠地垂挂下来,满眼都是铺天盖地的绿。

从屏南再往深山里走 20 公里,便到了白水洋。

进了景区,售票处每人发了一双袜子,说是套在鞋上用以防滑。正暗自诧异,走了不久,便发现山脚下一条小溪,或许刚下过雨的缘故,溪水略显浑浊,也失了往日的悠闲,然而依旧很浅,勉强没踝。溪底应是高低不平大小不一的鹅卵石,水激溪石,不时泛出几朵浪花。

溪中早已有人行在其中。这难道便是白水洋?我们不免有些小觑。谁知一下水,便被来了个下马威,踉踉跄跄险些滑倒。看似平静的水面下,一块块鹅卵石光滑圆润,有的苔藓密布,即便穿了防滑袜,也很难着力。所幸溪水微寒,山雨偶至,在炎炎夏日里甚是凉爽。我们也不舍得上岸了。

一行人便在摇摇晃晃里踟蹰前行,早忘了对"洋"的不屑。沿着小溪曲折了约莫 20 分钟后,眼前豁然开朗。

溪的尽头,是一大片水面。乍一看,如一面微微倾斜的巨型镜子镶嵌在崇山之中;细一瞧,这片水域的下面是一整块硕大而平整的巨石,几百万年的山风化之,流水腐之,让平整的岩石有了褶皱、有了凹陷,恰似柳宗元《小石潭记》里对各色岩石的描述:"为坻、为屿、为嵁、为岩。"如果能从高处俯视,一定像极了翡翠里嵌着一块白玉。流水微激,白浪轻泛,似无数条银鱼在溪水里翻腾,又似一朵朵绽放在溪水里的摇曳的白花。

这片水面足有十多个足球场大,造物主在群山之间拉扯出这么硕大而平整的岩石,各山峰之间的溪水倾注而下,汇聚在这片岩石上,便形成了如此奇观。

这才是真正的白水洋。据说艳阳之下,波光粼粼,水面白炽一片,因以得名。我们到的时候,山雨刚停,水也刚没脚踝。与小溪的混浊不同,这里依然清澈见底,踩在岩石上,光滑柔和,苔藓反而比溪水里要少了很多,玩的顾忌自然就少了很多。

这里就是天然的水上乐园,水里到处都是游人,玩水的工具也是五花八门,有拿着水枪的,有带着瓢的,还有拎个大水桶的,个个都喜笑颜开,个个都浑身湿透。孩子们见了水,兴奋不已,褪尽了衣服,冲进了水里,一会儿翻滚,一会儿泼水,一会儿索性躺在水里,一会儿又追逐了起来,孩子的天性在这片水里尽情挥洒。

我们几个大人拖着旅途的负重,便没有这么潇洒,不敢让水彻底湿了身,看孩子欣喜若狂地奔跑,也是一道悦目的风景。

蓝天白云下,青山碧水间,跃动的水和静默的山,奔跑的孩子和纯粹的自然,便如身处世外般融在一起。

我们忘却了暮色渐至,忘却了行程仍远。

养在深山人不识的白水洋,被我们偶然揭开了神秘的面纱,留给了我们一路的欢歌笑语。

2017-09-05

霞浦，最后的终点

每次旅行，出发时总是按捺不住内心的兴奋，一草一木都能引起不住的惊叹。及至归途，长途的疲惫往往袭来，审美的疲劳也时时涌出，归途上的风景，总是匆匆掠过，被愈来愈浓的对家的思念所淹没。

归途的风景，未免尴尬。

此次的终点，在霞浦。而霞浦，也挽救了归途风景的尴尬。

同属宁德，屏南群山环抱，霞浦却面朝东海，是个滨海的小县城。一到霞浦县城，空气里弥漫的浓郁的海腥味就扑鼻而来，潮湿的空气里也似乎带着盐分，浑身黏糊糊的。

水墨画里的霞浦

霞浦最美的风景都在海边。第二天一早，我们前往北岐村，去寻找被誉为中国最美摄影点的地方。

似乎美景总是隐藏在常人不太关注的角落。我们穿过一个败落而拥挤的村落，正当疑惑是否偏离了航向时，北岐滩涂出现在我们的眼前。

天公不作美，并没有一轮朝日东升，染红半个天空的震撼；也没有万舸竞航,向大海讨生活的壮观,但是霞浦还是征服了我们。

霞浦没有令人艳羡的沙滩,却有大片肥沃的滩涂;没有如织的游人,却有三三两两滩涂里劳作的渔民;赶上退潮,也就没有"天光云影共徘徊"的澄澈。滩涂上插满了成千上万的细竹竿,形成了一望无垠的"竹海",一问才知道,霞浦是中国赫赫有名的"紫菜之乡",伴着我们成长的紫菜番茄蛋汤也许就有霞浦的味道。这些竹竿,就是用来张开一张张网,用以人工养殖紫菜的。看着如今光秃秃的竹竿,周边又是一片静谧,想必我们也没赶上丰收的景象。

霞浦的美就在于这片滩涂。滩涂上留下了几只相距甚远的渔船,渔船半斜着身子倚在滩涂上,锈迹斑斑的船底平添了些沧桑的味道。我们并不敢走进满是淤泥的滩涂,只能远远看着几只轻盈的水鸟一会儿立在滩涂上,一会儿栖在渔船边;也有一些小生物在滩涂上或蠕行,或跃动,这片看似安静的滩涂下一定涌动着无穷的生命。滩涂也并不像我们想象的呆板,每日的潮起潮落,海水在滩涂上撕开一条条看似随意却又弯曲柔和的口子,形成了一条条滩涂上的河流,光影便因为地貌的不同而忽明忽暗,忽深忽浅,显得活泼了起来。

滩涂边的石岸被潮水侵蚀得千疮百孔,这倒成了小生物们的乐园。不计其数的贝壳镶嵌在石岸里,述说着千百年来霞浦海的传说;堆砌在一起的银白色的螺壳,也闪耀着如珍珠般的光芒;寄居蟹闪烁在石缝里,躲避着日晒雨淋,一有风吹草动,便惊恐地往深处爬去。

霞浦的美也在于渔民的劳作。霞浦没有惬意的海滩,没有细润的海沙,自然没了休闲畅游的游人。大片的滩涂,原本就是自然的恩赐,也是渔民劳作的天然场所。夕阳下的一次抛向余晖的撒网,滩涂上一次深陷泥泞的弯腰赶海,那些因劳作而弯曲的各色线条,那些在光的作用下变幻的各色影像,才是霞浦的本色美。

我们虽然错过了最美的镜头,却收获了海的宁静,也给足了遐想的空间,这些屹立在滩涂中、浅海上的竹竿,打破了海天一色下的单调,让画面更有层次感与立体性。

或许这才是霞浦美的真谛。

余　音

10 天时间里驱车 6000 千米,穿越在崇山峻岭之间,游走在大海的边缘,欣赏着不同的风景,领略了多元的文化,感慨对福建了解甚少,却又庆幸虽浮光掠影但毕竟所涉颇多。可是细细一想,碍于精力与时间,还是留下了些许遗憾。

我们经过了莆田,却没有停下脚步去看看南少林寺的风采;我们接近了湄洲岛,却还是放弃了接触妈祖文化的良机;我们到了宁德和泉州,还是没去太姥山和清凉山,盖因避免体力的透支……

然而想想也释然,旅行总是会留下一些遗憾,明智的旅行并不以牺牲自己的身体为前提,也不仅仅是以到过某个景点为目的。悦纳喜欢的方式,舍弃可能的负重,方能到达心灵的彼岸,这不就是"舍得"的真谛?

人生也是如此。

2017-09-06